LISTEN TO ME
護理師

TESS GERRITSEN

泰絲・格里森——著　尤傳莉——譯

獻給 Josh 和 Laura

1

艾美

我今天應該穿靴子的。她剛走出史奈爾圖書館時心想，看著滿校園裡剛鋪上的一層凍雨和融雪。她早上出門時是清爽宜人的攝氏九度，而且這幾天的天氣都像春天，讓她相信冬天終於結束了，於是她穿著藍色牛仔褲和帽T來學校，腳上是全新的、有蝶翼鏤空紋的粉紅色平底鞋。但是趁著她關在圖書館裡一整個白天、埋頭對著筆記型電腦奮鬥時，外頭的冬天又呼嘯著回來了。現在天色已暗，隨著凍人的寒風吹過校舍間的庭院，柏油地面很快就會滑得像溜冰場了。

她嘆了口氣，拉起帽T的拉鍊，把裝著書和筆電的沉重背包揹上肩。也沒辦法了，走吧。她小心翼翼地下了圖書館大門外的階梯，踏進腳踝深的融雪裡。她雙腳現在沁溼又刺痛，沿著海頓館和布雷克曼禮堂之間的小徑快步前進。好吧，這雙新鞋毀了。蠢，真蠢。這就是她早上出門前沒查氣象預報的下場。因為她忘了三月的波士頓有可能讓一個女孩心碎。

她走到伊萊館忽然停下，轉身。她聽到的那些腳步聲是在後方嗎？她盯著兩棟建築物之間的那條小巷一會兒，但唯一看到的就是空蕩無人的走道，在燈光下一片溼亮。黑暗和惡劣的天氣清空了校園裡的人，她現在沒聽到腳步聲了，只有凍雨咔噠咔噠落下，還有遠處杭廷頓大道上汽車呼嘯經過。

她把自己的帽T拉緊，繼續往前走。校園的四方院地面結了一層薄冰，又亮又滑，她那雙不適合的可悲鞋子踩過霜晶、踏入小水窪，冰水濺溼了她的牛仔褲。她雙腳已經凍得失去知覺了。

這一切都要怪哈索恩教授。都是他害她一整個白天窩在圖書館，害她現在沒能待在家裡跟父母吃晚餐，而是在這裡，腳趾麻痺且快要凍傷。都是因為她的畢業論文——她花了好幾個月寫出來的那三十二頁報告——不完善，他說。沒達到標準，因為她沒處理阿特米希雅．簡提列斯基[1]人生中那個關鍵性的事件，那個改變她一生、使她的畫作帶著暴力與撼人力量的創傷：被強暴。

講得好像女人只是一團無形的黏土，需要被反覆捶打和凌虐，才能成為更偉大的形狀。好像阿特米希雅要成為藝術家，所需要的就是老套的性侵犯。

她走過四方院，踩過小水窪，一邊想著哈索恩教授的評語，愈想愈氣。像他這樣一個年老

[1] Artemisia Gentileschi，十七世紀義大利畫家，與父親都是卡拉瓦喬派畫師。此派作品往往深具舞台戲劇感，明暗對比強烈，不乏暴力風格畫面。阿特米西雅的作品尤其有許多隱含女性復仇意義的暴力場面，在二十世紀以來女性平權風潮下常被評論者反覆討論，成為深具女性主義象徵性的藝術家。

乾癟的老頭哪會懂得女人，怎麼可能曉得女人要忍受多少煩人又氣人的事情？要聽多少男人用我比你懂的口氣指使她們該怎麼做？

她走到行人穿越道前，碰到剛亮起的紅燈，於是停下來。當然是紅燈了；今天就沒有一件事情是順心的。一輛輛汽車在她面前駛過，輪胎濺起水花，凍雨嘩啦啦敲打著她的背包，她想到自己的筆電，擔心會不會弄溼了，那她忙了一下午寫的那些稿子就毀了。啊，那可真是這一天的完美結局。是她活該，誰叫她沒查氣象預報，誰叫她沒帶雨傘，誰叫她穿這雙蠢鞋子。

燈號還是紅的。是壞掉了嗎？或許她應該不管，衝過街就是了？

她太專注盯著紅燈，因而之前都沒意識到有個男人站在她身後。然後他身上有個什麼吸引了她的注意。或許是他尼龍夾克所發出的窸窣聲，或許是他呼出氣息中的酒臭味。她猛然才發現有個人在那裡，於是轉頭看。

他整個人包得緊緊的，脖子的圍巾裹到下巴，羊毛帽拉低到眉際，因而他臉上她唯一真正能看到的就是那雙眼睛。他沒迴避她的目光，而是直直盯著她瞧，那眼神銳利得讓她覺得被侵犯了，彷彿那目光要吸出她最深的秘密。他沒湊近她，但是那眼神已經足以讓她不安了。

她看著杭廷頓大道對面的那些店家。塔可餅餐館還開著，窗子裡燈光明亮，她看得到裡面有半打客人。那是安全的地方，如果她需要幫忙，就有可以求助的人。她可以進去那裡取暖，或許叫一輛 Uber 載她回家。

燈號終於轉綠。

她太快走下人行道，鞋底立刻在結冰的路面上打滑。她雙手猛揮，奮力想保持直立，但是背包害她失去平衡，於是她倒地，一屁股跌坐在泥濘中。她渾身溼透又顫抖，踉蹌著想站起來。

她始終沒看到飛馳而來的那對車頭大燈。

2

安琪拉

兩個月後

察覺問題，開口直言。[2]這個建議我們都聽過太多遍，所以每當我們發現一個可疑的包裹出現在不應該的地方，或是看到一個陌生人在社區裡鬼鬼祟祟，我們當然會特別注意。我鐵定就是這樣，尤其因為我女兒珍是警察，而且我的男朋友文斯是退休警察。我多年來聽過他們講的種種可怕故事，所以要是我察覺到問題，相信我，我就會開口直言的。

我住在里維爾市，嚴格來說不屬於波士頓市，而比較像是波士頓北邊比較便宜的表親。我家的這條街道上，兩旁各有一排簡樸的單戶住宅。四十年前我們剛搬來時，法蘭克（很快就會成為我的前夫了）都說這些房子是初次購屋者的家，只不過我們一直停留在原地，沒搬到更大的地方。同樣留在原地的，還有一直住在我家隔壁的阿格妮絲．卡明斯基，以及住在對街、去年在家過世的格連．卓克邁爾（於是他反倒成了末次購屋者）。隨著一年又一年過去，我看著一戶戶人家搬來又搬走。我家右邊的房子現在成了求售的空屋，等著下一個家庭搬進來。住在我家左邊的阿格妮絲本來是我最要好的朋友，直到我開始跟文斯．考薩克交往，搞得阿格妮絲憤慨極了，因為我的離婚流程還沒走完，於是她視我為蕩婦，其實一開始根本是法蘭克為了另一個女人（一個金髮女），拋下了我們的婚姻。真正讓阿格妮絲跟我反目成仇的，是現在法蘭克離去、而我非常樂在其中的事實。我樂於生活裡有個新的男人，樂於在我家的後院裡吻他。不然我丈夫跑掉了，阿格妮絲認為我該怎麼辦？穿上一身貞潔的黑衣、兩腿乖乖併攏，直到我下面那裡整個乾涸掉？她現在幾乎不跟我講話，但反正也沒必要。我知道她在隔壁做些什麼，就是她向來做的那些事情：抽她的維珍妮香菸，看QVC電視購物台，然後老是把蔬菜煮太久。

但是輪不到我來批評。

在我家對街，從角落開始，是賴瑞．李歐波跟他太太羅蕾萊的藍色房子，他們已經在這裡住了大約二十年了。賴瑞在本地的高中教英文，雖然我們不算要好，不過每個星期四晚上都會一起玩桌遊「拼字塗鴉」（Scrabble），所以我很清楚賴瑞的字彙量有多麼豐富。李歐波家的下一戶是格連．卓克邁爾以前租住的房子。再下一戶位於我家正對面，住的是喬納斯，他是六十二歲的單身漢，待過海軍的海豹特種部隊，六年前搬來這裡。羅蕾萊最近沒先問過我們其他人，就邀請喬納斯加入我家舉行的拼字塗鴉之夜，結果喬納斯是個很棒的玩伴。他總是會帶一

❷ If you see something, say something.二〇〇一年九一一恐怖攻擊之後，紐約市所倡導公共安全的口號，後推廣到全國，鼓勵人民看到可疑活動時，就踴躍舉報。

瓶義大利Ecco Domani的卡本內蘇維濃紅葡萄酒，他的字彙量不錯，而且他不會設法偷渡外國字，這其實不應該允許的。畢竟，拼字塗鴉是美國遊戲。我必須承認，他也長得不錯。很不幸他自己清楚這點，而且很喜歡打赤膊在前院裡割草，讓人看到他結實的胸膛和鼓脹的二頭肌。他要是看到我站在窗前，就一定會朝我揮手，搞得阿格妮絲．卡明斯基以為我們兩個之間有曖昧，其實根本沒那回事。我只是大家的友善鄰居，而且如果有人搬來我們這條街，我總是第一個上門拜訪的，帶著微笑和櫛瓜蛋糕，大家都會很歡迎。他們會邀我進門，介紹他們的小孩，告訴我他們從哪裡搬來，還有他們的職業。他們會拜託我推薦水管工或牙醫。我們會交換電話號碼，保證很快就要聚一聚。我跟所有的鄰居都是這樣的。

直到葛林夫婦搬來。

他們租下了二五三三號，就是格連．卓克邁爾死去的那棟黃色房子。房子空了一年，我很高興終於有人住進去。要是街上有一棟房子空太久，絕對不會是好事；那會顯得整條街似乎不是理想的環境。

那天我看到葛林家租來的U-Haul自助搬家卡車停下，想都沒想，就立刻從冷凍櫃拿了一條我有名的櫛瓜蛋糕出來。等著蛋糕解凍時，我就出去站在門廊上，想看一下新鄰居。首先是丈夫下了駕駛座：高個子、金髮、肌肉發達。沒有笑容。這是我注意到的第一個細節。你剛搬到一個新的地方時，不是應該面帶微笑嗎？但是他沒有，而是冷冷地打量著四周環境，腦袋轉來轉去，雙眼藏在鏡面太陽眼鏡後頭。

我揮手招呼，但是他沒有立刻回應，只是站在那裡看了我一會兒。最後才終於像機器人似的舉起手臂揮了一下，彷彿他電腦腦袋裡的晶片分析了狀況，判定正確的回應就是也跟我揮手。

唔，好吧，我心想。或許他老婆會比較友善。

她下了卡車的乘客座。三十來歲出頭，白金色的頭髮，苗條的身材穿著藍色牛仔褲。她也同樣察看著這條街，不過是迅速地東張西望，像松鼠似的。我朝她揮手，她猶豫地揮手回應。

我只需要這樣的邀請，於是過了馬路說：「很榮幸成為第一個歡迎你們搬來的鄰居！」

「很高興認識你。」她說，看了丈夫一眼，好像連多說一句話都要得到他的准許似的。我立刻敏感起來，因為這對夫婦之間不對勁。他們在一起似乎不太自在，我立刻想到婚姻觸礁的各種可能。這方面我是老經驗了。

「我是安琪拉．瑞卓利，」我說，「請問你們是？」

「我是，呃，凱莉。這位是馬修。」她回答得結結巴巴，好像講出每一個字之前都得先想一下。

「我住在這裡四十年了，所以你們如果想知道這一帶的任何事情，來問我就行了。」

「談一談我們的鄰居吧，」馬修說，看了二五三五號、也就是他們隔壁的藍房子一眼。

「他們是什麼樣的人？」

「啊，那是李歐波家。賴瑞和羅蕾萊。賴瑞在公立高中教英文，羅蕾萊是家庭主婦。你看到他們的院子維護得有多好嗎？賴瑞這方面很行，絕對不會讓他家花園裡有雜草。他們沒有小孩，所以是很不錯、很安靜的鄰居。你們另一邊的鄰居是喬納斯。他是海軍海豹特種部隊退役的，老天，他可有好多相關的故事可以講。在我家房子那一邊，我右邊住的是阿格妮絲．卡明斯基。她丈夫過世很多年了，她一直沒再婚。我想她喜歡所有事情都保持原來的樣子。我們以前是最要好的朋友，直到我丈夫——」我意識到自己講太多了，於是暫停下來。他們不需要知道我跟阿格妮絲是怎麼鬧翻的。反正我很確定阿格妮絲會告訴他們。「所以你們有小孩嗎？」我問。

這個問題很簡單，但是凱莉又看了她丈夫一眼，好像還得他同意才能回答。

「沒有，」他說，「還沒有。」

「那麼你們就不需要我介紹保姆了。反正現在也愈來愈難找。」我轉向凱莉。「我廚房裡有一條櫛瓜蛋糕正在解凍。不是我吹牛，我的食譜很有名的。我馬上去拿來給你們。」

他替兩人回答：「你真是太好心了，不過謝謝，不用了。我們會過敏。」

「對櫛瓜過敏？」

「對麩質過敏。含小麥的製品都不行。」他一隻手放在太太的肩膀上，把她朝房子輕推。「好吧，我們得去安頓下來。下次見了。」他們兩個都走進房子，然後關上門。

我看著那輛自助搬家卡車，他們還沒打開貨車廂。一般人不是應該會急著要把東西搬進屋裡嗎？要是換了我，第一個就是先搬出我的咖啡機和茶壺。但是凱莉和馬修．葛林卻把東西都留在車上。

一整個下午，他們的自助搬家卡車都停在街上，緊緊鎖著。直到天黑之後，我才聽到金屬的哐噹聲，於是朝對街仔細瞧，看到那個丈夫馬修的剪影站在卡車後方。他把車後端可收放的斜坡拉下來，爬進車裡，過了一會兒拉著裝滿箱子的拖車下來。為什麼他要等到天黑才卸貨？他有什麼是不希望鄰居看見的？卡車裡面的東西一定不多，因為他才花十分鐘就全都搬光了。然後他鎖上車子，回到新家。屋裡亮著燈，但是我什麼都看不到，因為他們的百葉簾都關上了。

住在這條街四十年，我的鄰居曾有幾個酒鬼，幾個老公有外遇，還有一個會打老婆，說不定是兩個。但是我從來沒碰到過像葛林夫婦這麼冷淡的。或許是我太過熱心了。或許是他們夫妻間有些問題，眼前實在沒法應付一個太好奇的鄰居。我們沒有一見如故，有可能完全都是我不好。

往後我得多給他們一些空間才行。

但是次日，以及再次日，還有更次日，我都忍不住觀察著二五三三號。我看到賴瑞・李歐波離家去學校上課。我看到喬納斯打赤膊在用割草機割草。我看到我的死對頭阿格妮絲一臉不滿地經過我家外頭，每天兩次。

但是葛林夫婦呢？他們設法避開了我，像是鬼魂似的。只有偶爾幾次，他開著一輛黑色豐田汽車進入車庫時，我看到極短暫的一眼。另外我偷偷看到他在樓上的窗子掛百葉簾，有回還看到聯邦快遞送了一箱東西到他們家，那位送貨的司機跟我說是紐約市的攝影設備店 BH Photo

寄來的。（知道你們家這一區的聯邦快遞司機很愛櫛瓜蛋糕，也當然不會有壞處。）但是我沒看到這對夫婦有正當工作的任何跡象。他們的生活很不規律，出門和回家都沒有明顯的時段，表現得像是退休人士。我找李歐波夫婦和喬納斯問起葛林家，但是他們知道的都不比我多。

我把這一切在電話裡跟我的女兒珍解釋，以為她會跟我一樣好奇。結果她指出，不想被鄰居刺探又不犯法。她向來很自豪擁有警察的直覺，很自豪碰到有不對勁的時候、她能感覺得到，但是她根本不關心一個母親的直覺。我第三次為了葛林夫婦的事情打電話給她時，她終於失去耐性。

「等到真的出了什麼事，你再打給我吧。」她兇巴巴地說。

一個星期後，十六歲的崔莎・塔利失蹤了。

3

珍

氣泡盤旋向上，經過一個粉紅色的童話城堡，翻攪著一叢塑膠海藻，裡頭有個海盜藏寶箱裝了滿溢出來的寶石。一隻滿頭捲曲紅髮的美人魚斜倚在她的蚌殼床上，周圍環繞著一大群甲殼動物愛慕者。這個水中仙境只有一個住客是真的活著的，而且此刻正隔著濺血的玻璃瞪著珍．瑞卓利警探。

「對於一隻小金魚來說，這個水族箱真夠豪華的。」珍說，「我想裡頭有電影《小美人魚》的全套卡司。這一切，都只為了一隻養了一年就會被倒進馬桶裡沖掉的魚。」

「不見得。那是扇尾金魚，」莫拉．艾爾思醫師說，「這種魚理論上可以活十年、二十年。最高紀錄是活了四十三年。」

隔著水族箱的玻璃，珍看著水糊糊的莫拉，正蹲在另一頭檢查五十二歲的索菲亞．蘇瓦雷茲的屍體。即使現在是星期六上午的十點四十五分，莫拉還是有辦法讓自己看起來冷靜又高雅，那是珍永遠做不到的。不光是因為莫拉穿著量身訂製的長褲套裝，以及那頭剪得線條俐落的頭髮；而是某種莫拉本身散發的氣質。對於波士頓警局大部分的警察來說，塗著血紅唇膏的她是個令人敬畏的人物，才智就是她的護身盾牌。而她現在正忙著發揮這份才智，從屍體的傷口和血跡噴濺痕裡閱讀死亡的語言。

「真的？金魚真的可以活四十三年？」珍問。

「你自己查就知道了。」

「你為什麼剛好會知道這個完全沒用的資訊？」

「任何資訊都不會是沒用的。只不過是等著正確的鎖去打開而已。」

「唔，我會去查一下。因為我從小養過的金魚，每一隻都不到一年就死了。」

「不予置評。」

珍直起身子，轉身再度審視著這個簡樸的家，死者曾在這裡生活，也死在這裡。索菲亞・蘇瓦雷茲，你是什麼樣的人？珍從架上的書、茶几上整齊排列的遙控器尋找蛛絲馬跡。從邊桌上的雜誌判斷，這個女人喜歡編織、講究整潔。書架上放著護理教科書和羅曼史小說，顯示她工作時慣見死亡，但還是願意相信愛情。角落的一張小几上供奉著一張照片，還以鮮豔的塑膠花裝飾，照片中是一個微笑男人，有著亮晶晶的雙眼和濃密的黑髮。他生前的影像仍逗留在這棟房子裡的每個房間。

有一張結婚照掛在死去男人供奉處上方，裡面是年輕的索菲亞和丈夫東尼。在他們結婚那天，喜悅照亮了兩個人的臉。那一天，他們一定相信往後還有很多年，可以讓他們一起變老。但去年，死神帶走了丈夫。

而昨夜，一名凶手來帶走了蘇菲亞。

珍繞到前門，那裡有一個聽診器落在地板，上頭濺了血。

攻擊就是從這裡開始的。

索菲亞昨夜踏入門內時，凶手就在屋內等著她嗎？或者凶手聽到鑰匙插入鎖孔轉動時很驚訝，明白自己就要被發現了，一時恐慌起來？

第一記重擊沒有殺死她。當時她還活著，還有意識。

珍循著地板上抹髒的血往前走，看著被害人拚命想逃離攻擊者的痕跡。血跡從前門開始，來到客廳另一頭，中間經過了輕聲冒著氣泡的水族箱。

然後就結束在這裡，她心想，往下看著屍體。

索菲亞．蘇瓦雷茲側躺在鋪了瓷磚的地板上，雙腿往上蜷縮，像是仍在子宮裡的嬰兒。她穿著藍色的護理師刷手服，襯衫上還別著醫院的識別證：索菲亞．蘇瓦雷茲，護理師。破裂的頭骨周圍是一圈血，而且她的臉碎爛得無法辨識。在結婚照裡笑得那麼愉快的那張臉，現在只剩悽慘的碎片。

「我看到一個鞋子的輪廓，在這片血跡裡，」莫拉說，「另外這裡還有個局部的鞋印。」

珍蹲下來審視著那個鞋印。「看起來像是某種靴子。尺寸是男性七號或八號？」珍轉向前門。「她的聽診器很靠近門。所以她一進屋就被攻擊了，設法想逃，爬到這個地方。她蜷縮成這個胎兒姿勢，或許是想保護自己，保護頭部。然後他又打她。」

「你們發現凶器了嗎？」

「沒有。會是什麼樣的凶器？」

莫拉跪在屍體旁邊，戴了手套的手輕輕撥開死者的頭髮，露出底下的頭皮。「這些傷口輪廓很清楚，而且是圓形的。我想凶器應該是鐵鎚。」

「我們沒發現任何鐵鎚。沾血或不沾血的都沒有。」

珍的搭檔巴瑞．佛斯特從後頭的臥室走出來，平常蒼白的臉因為曬傷而一片通紅，這是他昨天去海灘沒戴帽子的下場，搞得珍只要看到他就皺起臉。「我沒找到她的皮包或手機，」他說，「不過我發現了這個，插在臥室的插座上。」他舉起一條充電線。「看起來是蘋果筆記型電腦用的。」

「那筆電在哪裡？」

「不在這裡。」

「你確定？」

「不然你自己去找找看啊。」佛斯特的暴躁回答很不像平常的他，但或許是她自找的。而且那個曬傷一定害他很難受。

她稍早已經在屋裡巡過一遍，這會兒她再巡一次，鞋套掃過地板發出呼嘘聲。她朝客房裡頭看了一眼，裡頭的床上放著洗好摺好的衣服和床單。接著她去浴室，洗手台下方的櫥子裡塞滿了一般的面霜和軟膏，這些保養品所承諾的青春永駐從來沒能實現。醫藥櫃裡有幾罐治療高血壓、過敏的藥片，還有一個裝了氫可酮的處方藥罐，已經過期六個月了。浴室裡看起來沒被翻動過，這讓珍覺得困擾。醫藥櫃是竊賊首先會去翻的地方之一，而氫可酮是很值得拿的藥物。

珍接著去主臥室，看到梳妝檯上有另一張索菲亞和丈夫的照片，顯然是在比較快樂的時光。他們挽著手臂站在沙灘上，看起來已經結婚多年，兩人都多了皺紋和體重。他們的腰更粗、笑紋更深了。她打開衣櫥，看到除了索菲亞的衣服之外，裡面還掛著東尼的外套和長褲。索菲亞每天早上打開衣櫥就會看到亡夫的衣服，也太痛苦了。或者，能夠碰觸他穿過的那些衣服，吸入他的氣味，會是一種撫慰？

珍關上衣櫥門，佛斯特說得沒錯：要是索菲亞真有一台蘋果筆電，那反正也不在這棟房子裡。

她走進廚房，料理檯上放著幾袋玉米粉，還有幾個塑膠袋裝著曬乾的玉米穗殼，除此之外廚房裡很整潔，所有的表面都擦乾淨了。索菲亞是護理師；或許把所有表面都擦得一塵不染是她的第二天性。珍打開食材櫥，看到架子上放滿了自己不熟悉的調味品和醬料。她想像索菲亞在雜貨店裡，推著她的購物手推車經過一條條走道，計畫著要做什麼菜給自己吃。這個女人獨居，大概也是獨自用餐，而且根據她囤積了那麼多調味料，她一定從下廚得到撫慰。這又是另一塊索菲亞．蘇瓦雷茲的拼圖，喜歡編織和烹飪。她想念過世的丈夫，想念到衣櫥裡還留著他的衣服，在客廳裡還有一個供奉他的地方。這個女人喜歡羅曼史小說和她的金魚。她獨自居住，但死的時候絕對不是一個人。有另一個人站在她上方，拿著殺害她的工具。這個人看著她嚥下了最後一口氣。

珍低頭看著地上的碎玻璃，是廚房門上那塊玻璃破掉落下的，凶手就是從這裡入侵的：先砸破了門上的那塊玻璃，伸手進來，拉開門閂。珍走出廚房門，進入側院，那是一條窄長而空盪的碎石地，放著一個空垃圾桶，幾株雜草冒出來。這裡又有一些玻璃碎片，但是碎石地上不會留下腳印，而且這扇門只有個簡單的門栓，很容易從外頭拉開。沒有監視攝影機，沒有警報系統。索菲亞一定覺得這一帶很安全。

珍的手機發出了小提琴的尖響。那是電影《驚魂記》的主題配樂，搞得她神經緊張起來——非常恰當。不必看來電者名字，她就把電話鈴聲關成靜音，走回屋裡。

一名護理師。誰會去殺害一名護理師？

「你不接她的電話嗎？」莫拉問，看到珍回到屋裡。

「不接。」

「但那是你母親打來的。」

「這就是為什麼我不接。」她說，看到莫拉揚起一邊眉毛。「這是她今天第三次打來了。我已經知道她會說什麼。你算哪門子警察啊？連綁架案都不在乎？」

「有人被綁架？」

「沒有。只不過是她有個鄰居女孩蹺家了，而且不是第一次。」

「你確定只是這樣？」

「我已經找里維爾的警探談過，那是他們的轄區，輪不到我插手。」珍又低頭看著屍體。「我要操心的事情已經夠多了。」

「瑞卓利警探？」一個聲音喊道。

珍轉頭，看到一個巡邏警員站在前門。「什麼事？」

「隔壁鄰居的孫女剛剛趕到了。她準備好要幫你們翻譯，你方便的話就過去吧。」

珍和佛斯特走出門外，陽光明亮得讓珍暫停片刻，在強光下眨著眼睛，同時觀察那些看熱鬧的群眾。一打鄰居站在人行道上，被停在這條街上的幾輛公務車給吸引過來。當一輛鑑識組的廂型車停在那排巡邏車後頭時，兩個灰白頭髮的女人搖著頭，不安地用手摀著嘴。這不是珍經常在市中心看到的那種馬戲團氣氛，在那裡，犯罪現場是一種娛樂活動。索菲亞的死亡顯然讓認識她的人覺得震驚，他們哀傷而沉默地看著珍和佛斯特走向隔壁鄰居的房子。

一個年輕亞裔女子開了門，她身穿條紋長褲和燙過的白色襯衫，這種上班的裝束在星期六的上午看起來有點怪。「她還是很難過，但是她急著想跟你們談。」

「你是她孫女？」珍問。

「是的，我是麗娜．梁。就是我打電話報案的。一開始是我祖母很驚慌地打電話給我，要我幫她打電話報警，因為她講英語沒把握。我本來可以更早趕來幫忙翻譯的，可是剛好約了一個客戶要在市區碰面。」

「在星期六上午？」

「我的某些客戶只有這個時間有空。我是移民律師，有一大堆客戶是餐廳服務人員。他們唯一有空碰面的時間，就是星期六上午。所以我也只能配合了。」麗娜揮手請他們進屋。「她在廚房裡。」

珍和佛斯特走進客廳，格子布沙發在塑膠沙發套底下看起來很新。茶几上有一缽用玉石雕刻的水果，玉綠色的蘋果、粉紅石英的葡萄。這些發著永恆微光的農產品絕對不會腐壞。

「你祖母幾歲了？」佛斯特問，和珍一起跟著麗娜進入廚房。

「七十九歲。」

「她一點英語都不會講？」

「啊，她其實懂得很多，但就是不好意思開口講。」麗娜在門廳暫停，指著牆上那張照片。「那是祖母和我爸媽和我，當時我六歲。我爸媽現在住在普利茅斯，一直要我祖母搬過去一起住，但是她不肯。她在這棟房子裡住了四十五年了，而且不打算放棄她的獨立。」麗娜聳聳肩。「她很頑固。我們還能怎麼辦？」

他們進入廚房，看到梁太太雙手掩面坐在餐桌前，一頭銀髮蓬亂得像蒲公英的絨毛。她面前放了一杯茶，茉莉香片的氣味隨著蒸氣飄散。

「奶奶？」麗娜用華語說。

梁太太緩緩抬起頭看著訪客，她的雙眼哭紅了。她指著其他椅子，其他人都坐下，麗娜坐在她祖母旁邊。

「首先，麗娜，你能不能告訴我們，她之前在電話裡跟你講了什麼？」佛斯特說，掏出他的筆記本。

「她說她和索菲亞約好了今天早上要聚一聚。但是我祖母去隔壁按門鈴時，沒人應門。門沒鎖，所以她就進去了。她看到了血。然後看到了索菲亞。」

「這是什麼時候的事？」

麗娜問她祖母，梁太太回答了一長串華語，絕對不是只講時間而已。

「快八點的時候，」麗娜說，「她們講好要一起包墨西哥粽的。往年都是在一月包，但是今年一月東尼剛過世不久，當時索菲亞還很難過。」

「東尼就是蘇瓦雷茲先生了？」珍問，「他是怎麼死的？」

「出血性中風。醫院幫他開了刀，但是他始終沒能醒來。昏迷三個星期之後就過世了。」

麗娜搖頭。「他真是個大好人，對我祖母很好，其實對每個人都很好。他們常常牽手在附近散步，就像新婚夫妻似的。」

佛斯特寫到一半抬頭。「你說你祖母和索菲亞本來今天上午要包墨西哥粽。那她們兩個要怎麼交談？」

麗娜皺起眉頭。「對不起，什麼意思？」

「你祖母不會講英語。我想索菲亞也不會講華語吧？」

「她們不必講話，因為烹飪就是一種語言。她們會一起看、一起試吃。她們常常拿自己做的菜給對方。索菲亞的墨西哥粽。我祖母厲害的牛尾燉菜。」

珍看著爐子上方的架子，那些調味料和醬料跟索菲亞廚房裡的截然不同。她想起索菲亞廚房裡那幾袋玉米粉，想像著這兩個女人並肩坐著，用玉米穗殼包起玉米麵團，大笑著用不同的語言吱喳說話，完全了解對方的意思。

珍看著梁太太擦淚，臉頰留下溼溼的淚痕，然後她想起自己的母親，同樣非常獨立，同樣獨居。她同時也想到這個城市裡其他夜裡獨自在家的女人。這些女人對玻璃被擊碎和陌生的腳步聲會很警覺的。

「昨天夜裡，」珍說，「你祖母有聽到任何不尋常的嗎？講話的聲音，或者有任何騷動？」

麗娜還沒來得及翻譯，梁太太就已經搖頭。顯然她聽懂了這個問題，然後她又回答了一長串華語。

「她說什麼都沒聽到，但是她十點就去睡覺了。」麗娜說，「索菲亞在醫院上晚班，通常夜裡大約十一點半到家。在那個時間，我祖母老早睡著了。」麗娜停下來，聽著梁太太又說了些話。「她問事情就是在那個時候發生的嗎，就在她剛到家時？」

「我們認為是這樣。」珍說。

「是竊盜嗎？因為最近這一帶發生了幾樁入室行竊案。」

「這些入室行竊是什麼時候的事情？」佛斯特問。

「幾個月前有一次，在下一個街區。當時屋主一家在睡覺，從頭到尾都沒驚醒。那件事之後，我爸就在祖母的門上加了新的鎖。但是我想索菲亞不會加裝鎖。」麗娜看著珍，然後看佛斯特。「是這樣的嗎？有個人想偷她東西，她剛好回家撞見？」

「她屋裡有些東西不見了，」珍說，「她的皮包，還有手機。可能還有一台筆記型電腦。你祖母知道索菲亞有沒有電腦嗎？」

又是一陣急速的華語交談。「是的，」麗娜說，「祖母說索菲亞上星期在她的廚房裡用電腦。」

「她可以描述那台電腦嗎？什麼顏色，什麼牌子？」

「啊，我想她不會曉得牌子的。」

「蘋果。」梁太太用英語說，指著料理檯上的一缽水果。

佛斯特和珍驚訝地對望一眼。這個女人才剛回答了他們的問題嗎？

佛斯特掏出自己的手機，指著背面的商標。「這種蘋果嗎？一台蘋果電腦？」

那女人點點頭。「蘋果。」

麗娜大笑。「我就跟你們說，她其實很多都聽得懂。」

「有關那台電腦，她可以告訴我們其他的嗎？什麼顏色？是新的還舊的？」

「賈瑪爾，」老奶奶又用英語說道，「他幫她買的。」

「好吧，」佛斯特說，把名字寫在筆記本上。「賈瑪爾是在哪家店工作？」

梁太太搖頭，懊惱地轉頭跟孫女講話。

「啊，那個賈瑪爾，」麗娜說，「是住在這條街前面的一個男孩，賈瑪爾．博德。他會幫很多老太太鄰居一些小忙。你知道，就是有的人不曉得要怎麼打開電視。電腦的事情你們得去問他。」

「會的。」佛斯特說，闔上筆記本。

「另外她又說，你應該用冷凍的四季豆和金盞花，警探。」

「什麼？」

「治療你的曬傷。」

梁太太指著佛斯特疼痛的紅臉。「會覺得好很多的。」她用英語說，然後頭一次有辦法微笑。佛斯特果然哄得這個憂傷的老婦人露出笑容。銀髮老太太們好像總是把他當成自己失散多年的孫子。

「還有一件事，」麗娜說，「祖母說，你們跟賈瑪爾談的時候要小心。」

「為什麼？」珍問。

「因為你們是警察。」

「他對警察有什麼不滿嗎？」

「沒有。但是他的母親有。」

4

「你們為什麼想跟我兒子談？你們這些人就認定他做了什麼壞事嗎？」貝芙麗．博德站在那裡守護她家前門，成了一道無法移動的障礙，要擋下任何膽敢入侵她家的人。雖然她個子比珍矮，但是身材結實得像個樹樁，穿著粉紅色夾腳拖的雙腳張開，穩穩踩在地上。

「我們不是要來控告你兒子什麼，女士，」佛斯特輕聲說。碰到有爭執的狀況時，珍就得仰賴佛斯特那種危機時刻的低語聲，好讓衝突的局勢降溫。「我們只是希望賈瑪爾能協助我們而已。」

「他才十五歲，怎麼有辦法協助你們偵辦一件謀殺案？」

「他認識索菲亞，而且——」

「這一帶每個人都認識她。但是你們這些人就偏要來找這個街區唯一的黑人小孩？」她當然是會這樣覺得，怎麼可能不呢？對一個母親來說，整個世界似乎都很危險，而當你是一個黑人兒子的母親，這些危險只會更放大。

「博德太太，」珍說，「我也是當媽媽的。我明白你為什麼很擔心我們要跟賈瑪爾談。但是我們需要有人幫我們查出蘇瓦雷茲太太的電腦，聽說是你兒子幫她買的。」

「他幫附近很多人處理過電腦的事情。有時候還有錢拿。你看看這一帶。這些老人有的連自己的電話都不太會用。」

「那麼他就是最佳人選，可以幫助我們找到她不見的電腦。闖進他家的人拿走了，我們得知道那台電腦的品牌和款式。」

博德太太打量他們一會兒，像一隻母熊在衡量這些入侵者是否對她的幼熊構成威脅。然後她不情願地往旁邊站，讓他們進屋。「告訴你們一聲，我有手機，而且我不怕拍下你們的對話。」

「你高興就好。」珍說。這個時代誰沒有手機？面對現在這個世界，警察就得步步為營，每個動作都會被錄影、被事後批評。而在這個母親的地盤上，她也會這麼做。

博德太太帶他們進入走廊，粉紅色夾腳拖啪啪響，同時朝她兒子的房門口喊：「蜜糖，是警察。他們想跟你談談有關索菲亞。」

那男孩之前一定聽到了他們的對話，因為他對母親的話毫無反應，甚至沒有回頭看他們。他坐在自己的電腦前，肩膀垂垮，好像已經被這次警察來訪搞得很沮喪。他的房間就跟典型十來歲小孩一樣凌亂：衣服亂丟在床上，藍色耐吉運動鞋放在地上，架子上放滿了塑膠公仔：雷神索爾、美國隊長、黑豹……

「我可以坐下嗎？」珍問。

那男孩聳聳肩，她就把這當成同意了。也或許是隨你。她走向他旁邊的一把椅子時，發現椅子上放著一個氣喘藥吸入器。這孩子有氣喘。她把吸入器拿起來放在他桌上，這才坐下。

「我是瑞卓利警探，」珍說，「這位是佛斯特警探。我們在波士頓警局的凶殺組服務，需要你的協助。」

「是有關索菲亞的，是嗎？」

「所以你聽說發生的事情了。」

他點點頭，還是沒看她。「我看到那些警車。」

博德太太站在門口說：「當時他待在家裡，我出去察看怎麼回事。我叫他不要出去，因為我不希望有人誤會。你們警察啊，有時候就是會有先入為主的想法。」

「我盡量不要那樣，博德太太。」珍說。

「那你們為什麼要來我家？」賈瑪爾說。他終於把椅子轉過來面對珍，她看到潮溼的眼睛和長得不可思議的睫毛。以十五歲來說，他個子很小，而且模樣很柔弱。都是因為氣喘，她心想。

「索菲亞家裡有幾樣東西不見了，包括她的筆電。梁太太說那台電腦是你幫忙索菲亞買的。」

他眨眼，睫毛亮晶晶。「她人很好。我每次幫她做些雜事，她總是想付錢給我。」

「你幫她做了什麼？」

「就是一些雜事。比方幫她搞懂電視的操作，設定新電腦。她先生過世之後，我很替她難過。」

「我們全都替她難過，」博德太太說，「感覺上，最壞的事情總是發生在好人身上。」

佛斯特對賈瑪爾說：「告訴我們有關索菲亞的筆電吧。你是什麼時候幫她買的？」

「大概兩個月前吧。她的舊電腦壞了，想要一台新的，好上網去查一些東西。她的預算不多，問我應該買哪種。」

「這個街區很多老女士都拜託他幫忙，」博德太太說，一副自豪的口吻。「他是我們鄰居間的技師。」

「所以這台電腦她是在哪裡買的？」佛斯特問。

「我幫她在eBay找了一台。價格很划算。二〇一二年的MacBook Air賣一百五十元。她不在乎影像功能，所以我想四GB的記憶體就很夠了。她只是要用來搜尋資料而已。」

佛斯特把這些寫在他的筆記本裡。「那麼，一台MacBook Air，二〇一二年的……」

「十三．三吋螢幕。一．八千兆赫茲英特爾酷睿——」

「慢一點，不要講那麼快。我要全部記下來。」

「不如我就把所有技術規格印一份給你吧？」賈瑪爾轉向他的電腦，敲了鍵盤幾下，叫出資訊。幾秒鐘之後，他的印表機發出呼呼聲，一張紙送出來。「是銀色的。」

「你剛剛說只要一百五十元？」珍問。

「對，是她標到的，賣家的評分也很好。她收到時，我就過去幫她把WiFi也設定好。」

「老天，」珍說，「我需要一個像你這樣的人，設在我的手機速撥鍵裡。」

賈瑪爾頭一次露出微笑，但那是猶豫的微笑。他還不信任他們，或許永遠不會。

博德太太說：「有些女士會付錢給他，你知道。所以他的協助就不是免費的。」

「但是我從來沒有要求索菲亞付錢給我，」賈瑪爾說，「她會給我一些墨西哥粽。」

「那位太太，她做的墨西哥粽好吃極了。」博德太太說。

那些墨西哥粽始終來不及做，珍心想。有時讓鄰里間團結起來的是一些小東西，比方墨西哥粽。

「那她的手機呢，賈瑪爾？」佛斯特問，「你還記得嗎？」

賈瑪爾皺眉。「她的手機也不見了嗎？」

「對。」

「怪了。因為那只是舊款的安卓機，她用好久了。那支上網有困難，因為她眼睛不好。所以她才需要一台筆電，用來搜尋。」

「什麼樣的搜尋？」

「她要找一些舊報紙的報導。如果你的眼睛不好，用一支小手機去找，真的會很辛苦。」

佛斯特把筆記本翻了一頁，繼續寫。「所以那是一支舊安卓機。什麼顏色的？」

「我知道包著藍色保護殼，上面印了一堆熱帶魚。她喜歡魚。」

「印著熱帶魚的藍色保護殼。好的，」佛斯特說，闔上筆記本。「謝謝。」

賈瑪爾緩緩吐出一口氣，顯然對這場偵訊的結束如釋重負。只不過其實沒結束，珍還得問一個問題。

「我不希望你誤會這個問題，賈瑪爾，」她說，「但是我非問不可。你能不能告訴我們，你昨天晚上人在哪裡，接近午夜的時候？」

剎那間，他臉上彷彿掠過了一片烏雲。就這麼一個問題，她摧毀了他們在他心目中建立起來的信任。

「我就知道，」博德太太厭惡地厲聲說，「你們為什麼想問這個問題？這就是你們來這裡的真正目的，對吧？來指控他？」

「不，女士。這完全是例行性問題。」

「這絕對不是例行性的。你們在找理由把罪名套到我兒子頭上，但他是絕對不會傷害索菲亞的。他喜歡她。我們全都喜歡她。」

「我明白，但是——」

「既然你們想知道，我就乾脆告訴你們。昨天晚上很熱，我兒子的身體受不了天熱，氣喘發作得很厲害。他最不想做的事情，就是出去傷害別人。」

母親發脾氣的時候，賈瑪爾一言不發，只是背部僵硬地坐在那裡，肩膀挺直，沉默地保持他的尊嚴。珍無法收回這個問題，其實只要有竊盜案發生，她就會問住附近任何一個十來歲男孩這個問題的，何況這個男孩認識被害人，又進去過被害人家裡。

她的下一個問題會更傷人。

「賈瑪爾，」她低聲說，「因為你去過索菲亞的房子裡，可能在那裡留下指紋。我們需要你的指紋，好從我們發現的那些排除掉。」

「你們想要我的指紋。」他木然地說。

「只是為了要知道哪些我們可以排除。」

他無奈地嘆了口氣。「好吧。我了解。」

「一個採證技師會來幫你採指紋。」她看著他母親。「你兒子不是嫌疑犯，博德太太。其實他幫了我們很大的忙，所以謝謝，謝謝你們兩位。」

「是喔。」博德太太譏嘲道，「沒問題。」

珍站起來要離開時，賈瑪爾問道：「亨利呢？他現在怎麼辦？」

珍搖搖頭。「亨利？」

「她的魚。索菲亞沒有任何家人，所以誰要餵亨利？」

珍看了佛斯特一眼，他搖了一下頭。然後她又轉回來看著賈瑪爾。「你對金魚有什麼了解？」

5

在珍的經驗裡，醫院是壞事發生的地方。四年前她女兒瑞吉娜出生時，本來應該是個歡喜的時刻，但結果卻恐怖又痛苦，成了一場以血腥和槍聲結束的苦難。人們來到這個地方死去，她心想，跟佛斯特走進朝聖者醫院，搭電梯到六樓的外科加護病房。在疫情大流行期間，COVID-19席捲全市，這裡真的成了人們來送死的地方，但是在這個星期日傍晚，一種詭異的平靜籠罩著加護病房。櫃檯只有一個職員，六台心臟監視儀的螢幕發出輕微的嗶嗶聲。

「我們是波士頓警局的瑞卓利警探和佛斯特警探，」珍說，向那個職員出示警徽。「我們要跟索菲亞．蘇瓦雷茲的同事談，任何跟她共事過的。」

那職員點點頭。「我們也認為你們可能會過來。我知道每個人都想跟你們談。」她伸手拿起電話。「我也會呼叫安淳姆醫師。」

「安淳姆醫師？」

「我們的加護病房主任。他應該還在醫院裡。」她抬頭看著一個護理師從病人小隔間走出來。「瑪麗貝絲，警察來了。」

那名護理師立刻走過來。她一頭紅髮，臉上有雀斑，睫毛上有小塊結粒的黑色睫毛膏。

「我是護理長瑪麗貝絲．尼爾。索菲亞的事情我們都很震驚。你們抓到凶手了嗎？」

「現在還在偵辦初期。」珍說。

一個接一個，更多護理師來到了護理站，形成一小圈凝重的臉。佛斯特很快寫下他們的名字：法蘭・索薩是個矮壯的女人，深色頭髮剪得像男人的髮型一樣短。寶拉・杜以爾一頭金髮綁成馬尾，瘦削健美，加上曬成古銅色的皮膚，活像是平價戶外服飾L. L. Bean的模特兒。阿爾瑪・阿奎諾戴著一副大大的眼鏡，遮掉大半張精緻的臉。

「我們昨天夜裡聽到時都不敢相信，」瑪麗貝絲說，「我們不曉得有誰會想傷害索菲亞。」

「恐怕有個人的確想傷害她。」珍說。

「那麼一定是不認識她的人。老天，這個世界真是瘋了。」

幾個護理師全都難過地點頭贊同。對於這些曾立誓拯救生命的醫護人員來說，取走一條性命、更尤其是他們其中之一的性命，的確像個瘋狂的舉動。

加護病房區的門嘶嘶打開，一名醫師走進來，一雙長腿在白色長袍內拍動。他沒表示要跟他們握手；在這個疫情之後的世界裡，保持距離已經成了新的日常，但是他站得夠近，珍看得清他識別證上的名字。五十來歲，玳瑁框眼鏡和一張認真的臉。這是讓珍印象最深刻的，他的認真。從他皺起的眉頭、焦慮的目光看得出來。

「我是麥可・安淳姆，」他說，「加護病房主任。」

「我們是瑞卓利警探和佛斯特警探。」珍說。

「我們一直希望是搞錯名字了，希望是別人。」瑪麗貝絲・尼爾說，「希望是另一個叫索菲亞的。」

一時之間沒人說話，唯一的聲音就是病人隔間裡傳來的呼吸器呼嘘聲。

「說吧，看我們能幫上什麼忙。」安淳姆醫師說。

「我們想把星期五發生的事情建立一個時間線。」珍看著那些醫護人員。「你們最後一次看到她是什麼時候？」

法蘭・索薩說：「是在晚班下班的時候。我們會在晚上十一點簽字，把病人移交給夜班的人。所以下班大概是十一點十五分。」

「之後呢？」

「之後我就回家了。」

其他護理師也點頭，同時說：「我也是。」

「那你呢，安淳姆醫師？」珍問。

「星期五時，我人在這裡值班。」

「你是什麼時候看到索菲亞離開醫院的？」

「其實我沒看到她離開。我正忙著第七床的病人。他心跳停止好幾次，我們花了好幾個小時想讓他穩定下來，可惜他天亮前還是走了。」他暫停一下，目光望向七號病床的小隔間。

「運氣不好的病床，」瑪麗貝絲輕聲說，「東尼也是死在那張床上。」

正在寫筆記的佛斯特抬起頭。「東尼？」

「索菲亞的丈夫，」安淳姆醫師說，「他開刀之後，在這個加護病房待了將近一個月。可憐的索菲亞，自己在這裡值班，同時東尼在那個病床成了植物人。他就像我們的家人一樣。」

「兩夫妻都是。」瑪麗貝絲說。

又是一陣沉默，以及另一輪嘆息。

「是真的，我們這裡就是一個大家庭，」安淳姆說，「我女兒兩三個月前住進來時，索菲亞是負責的護理師，她照顧艾美就像對待自己的女兒。我們沒辦法要求更多了。」

「你女兒——她現在還好嗎？」珍問，簡直害怕聽到回答。

「啊，艾美現在沒事了。她在行人穿越道被一個瘋子駕駛人撞到，一腿有三處骨折，而且脾臟破裂要動緊急手術。我太太和我嚇壞了，但是這裡的護理師全都幫她撐過去。尤其是索菲亞，她……」他的聲音愈來愈小，然後別開眼睛。

「你們想得出任何人可能想要傷害索菲亞嗎？或許是以前的病人？或是病人的家屬？」

「不。」護理師們異口同聲地說。

「不會有人想要傷害她的。」安淳姆說。

「每個人都是這樣告訴我們。」珍說。

「唔，因為那是真的。」瑪麗貝絲說，「而且如果之前有人威脅她，她會告訴我們的。」

「她有在跟誰交往嗎？」佛斯特問，「她生命中有什麼新男人嗎？」

瑪麗貝絲顯然被這個問題冒犯了，兇巴巴地說：「東尼才死了六個月。你真以為她會開始找另一個男人？」

「她最近好像在擔心什麼嗎？」珍問。

「只是話很少。失去東尼之後，她這樣也很正常。這大概就是為什麼她不再參加我們每個月的百樂餐聚會。」

珍注意到安淳姆皺著眉頭。「醫師？」她問。

「我不確定這是不是表示什麼。我當時只是覺得有點怪，現在想起來，還是想不透。」

「是什麼？」

「上個星期三，我正要離開醫院時，在停車場看到索菲亞，正在用手機講電話。當時她應該是要來值班，所以大概是下午兩點半左右。」

「有什麼怪的地方？」

「她好像很心煩，好像聽到什麼壞消息。我只聽到她說：『你確定？你確定是這樣沒錯？』」

「你還聽到別的什麼嗎？」

「沒了。她看到我就掛斷了，好像不希望任何人聽到她講電話。」

「你知道跟她通話的是誰嗎？」

他搖頭。「你們可以調到她的電話紀錄，應該查得到吧？」

「我們還在等她手機電信公司的通聯紀錄。不過沒錯，我們會查出來的。」

「我只是覺得很怪，你知道？我們都認識她十幾年了，從她來朝聖者工作開始，我不懂她為什麼這麼神秘。」

一個五十二歲的寡婦護理師會藏著什麼秘密？珍納悶著。索菲亞沒有犯罪前科，就連欠繳的停車費都沒有。之前搜索她的房子沒找到違禁藥物或成疊的現金，她銀行帳戶裡的存款也不多。

或許秘密不是關於她自己的。

「那她的丈夫東尼呢？」珍問，「他生前是做什麼工作？」

「他是郵差，」瑪麗貝絲說，「做了三十年，很熱愛他的工作。他喜歡跟他送信路線的人們聊天。他甚至喜歡他們的狗，而且那些狗也很愛他。」

「不，牠們愛的是他的狗餅乾，」法蘭．索薩苦笑說，「東尼的送信貨車上都會放著一包。」

「但是他的確很愛狗。兩夫妻都是。東尼過世後，索菲亞說過要養一隻，或許是大大的黃金獵犬。然後她又覺得這樣對狗不公平，因為她去上班的時候，狗就獨自被丟在家裡。」瑪麗貝絲暫停一下。「可惜她沒養狗。否則這事情或許就不會發生了。」

法蘭輕聲問：「事情發生得很快嗎？她有受苦嗎？」

珍想著抹過客廳地板上那些乾掉的血跡，是索菲亞拚命想逃離的證據。是的，她有受苦。索菲亞活得夠久，體會到了驚駭，知道自己快死了。但是她只說：「我們還在等驗屍報告。」

「是莫拉．艾爾思負責驗屍嗎？」安淳姆問。

珍看著他。「你認識艾爾思醫師？」

「啊，是的。我們參加了同一個管弦樂團。」

「她參加了管弦樂團？」

「那是一個醫師樂團。我們每星期在布魯克萊高中排練一次。她是我們的鋼琴師，而且非常優秀。」

「我知道她彈鋼琴，但是完全不曉得關於管弦樂團的事。」

「我們只是業餘玩票的，不過我們玩得很高興。過幾個星期我們有場音樂會，你應該來參加。我是不太重要的第二小提琴樂手，但是莫拉，她是真正的音樂家，也會是我們挑大梁的獨奏者。」

結果她都沒跟我提過。

莫拉還瞞著她什麼？珍納悶著，跟佛斯特搭電梯到一樓，兩人走過停車場去開她的車。這是小事，但是卻讓她覺得困擾。她知道莫拉不愛跟人談心事，但她們是多年的朋友，曾經一起面對過最糟糕的事情，而最能建立緊密情誼的，莫過於並肩面對死亡的經驗了。

她坐上駕駛座，看著佛斯特。「她為什麼都沒告訴我們？」

「誰？」

「莫拉。為什麼她都沒提過她參加了管弦樂團？」

佛斯特聳聳肩。「你凡事都會告訴她嗎？」

「不會，但是這事情不一樣。音樂會是很大的事情。」

「或許她不好意思。」

「因為她做得到、而我做不到的事情又多了一件？」

他大笑。「看到沒？你覺得這樣很煩，對吧？」

「我更煩的是她沒告訴我。」她的手機又響起那個令人神經緊張的小提琴尖響。「另一件讓我心煩的事情。」

「你不接她電話？她還會再打來的。」

珍認命地拿起手機。「嘿，媽。我現在正在忙。」

「你老是在忙。我們什麼時候可以談？」

「又是關於崔莎．塔利嗎？」

「你知道那個里維爾的警探怎麼著？他告訴賈姬說，等崔莎錢花光了就會回家。誰會對一個孩子失蹤的媽媽這樣說話的？我告訴你，警方沒把這個案子當一回事。」

「不像前三次崔莎逃家那樣？」

「可憐的賈姬一塌糊塗。她想跟你談談。」

「媽，這事情必須讓里維爾警局處理。要是我介入，他們會不高興的。」

「介入什麼？他們完全怠忽的職守？珍，你認識塔利家大半輩子了。你幫那個女孩當過保姆。你不能只因為有更大的魚要煎，就不理會一樁失蹤案。」

「媽，一具屍體可不是魚。」

「唔，崔莎有可能成了一具屍體。要這樣才能引起你的興趣嗎？」

珍揉著太陽穴，想揉掉剛開始形成的頭痛。「好啦好啦。我明天會過去。」

「幾點？」

「下午吧。我得去看一起解剖，然後還有一大堆事情要追查。」

「啊，還有，你知道對面剛搬來的那家人？葛林夫婦？」

「你還在偷偷監視他們？」

「他們屋裡有某種奇怪的鎚子敲打聲。你知道國土安全部的宣導口號。『察覺問題，開口直言。』好吧，我剛剛就開口直言了。」

是啊，老媽。你向來如此。

6

莫拉

「你參加了一個管弦樂團，怎麼從沒告訴我們？」珍說，「感覺上這種事情你可能要提的。」

莫拉聽出珍聲音裡的控訴意味，於是不急著回答，而是繼續專注於解剖檯上躺著的屍體。索菲亞・蘇瓦雷茲的衣服——藍色的醫院刷手服、四十六B的胸罩，白色的棉內褲——已經移除了，在明亮的停屍間燈光下，這個女人活了五十二年的每個瑕疵、每個疤痕都暴露出來。莫拉還沒把注意力放在碎裂的頭骨或毀掉的臉部，而是先檢查左手背的燒傷疤痕，以及因為關節炎而腫脹的右手大拇指。或許是連續幾小時在廚房裡切菜、煎炸、揉麵所造成的結果。老化是一個殘酷的過程，以前曾經苗條而光滑的大腿，現在出現了橘皮組織。下腹部有一道盲腸手術的疤痕。脖子和胸部有雀斑和皮膚息肉，以及粗糙、黑色的脂漏性角化症，俗稱老人斑。皮膚是人體最大的器官，這些都是隨著年老而常會出現在皮膚的瑕疵。莫拉也開始在自己的皮膚上看到這些了，令人沮喪地提醒她：人人都會變老——如果你幸運的話。

索菲亞・蘇瓦雷茲就沒有這等幸運。

莫拉拿起解剖刀，開始切割。

「我們還聽說你們即將有場音樂會，」佛斯特說，「愛麗絲和我想去。她真的很愛古典音樂。」

莫拉終於抬起頭，看著解剖檯對面的珍和佛斯特。佛斯特的曬傷現在處於最慘的脫皮階段，紙口罩上方的前額是一大片正在剝落的死皮。「相信我，那個音樂會真的沒什麼了不起。這也是為什麼我從來沒提起。不過你們是怎麼會聽說的？」

「安淳姆醫師告訴我們的，」珍說，「他跟索菲亞・蘇瓦雷茲是朝聖者醫院的同事。」

「我都不知道他們是同事。」

「我們去訪談她加護病房的同事，他跟我們說，你會是他們音樂會的明星獨奏者。」

「只是莫札特而已。」莫拉拿起肋骨剪，開始剪斷骨頭。「第二十一號鋼琴協奏曲。」

「唔，這個聽起來就夠厲害了。」

「那不是什麼困難的作品。」

「愛麗絲很愛莫札特，」佛斯特說，「她一定會很想聽。」

「我又不是郎朗。」莫拉剪斷最後一根肋骨，把整個胸腔外的骨架拿起來。「我們是業餘的。只是一群醫師，為了樂趣而聚在一起演奏而已。」

「你還是應該告訴我們的。」珍說。

「我才加入沒幾個月。是因為原先的鋼琴手摔倒肩膀骨折。」

「於是就這樣，你就可以接手，演奏什麼複雜的曲子？」

「剛剛跟你們說過了，那真的沒什麼了不起的。」

珍冷哼一聲。「你一直這樣說，但是我一直不相信。」

「嘿，或許我們應該自己組個樂團之類的，」佛斯特對珍說，「一個警察樂團。你以前是吹小喇叭的，對吧？」

「你不會想聽我吹小喇叭的。」

莫拉的手探入索菲亞・蘇瓦雷茲的胸腔，皺起眉頭。「右肺葉摸起來不太正常。這裡有纖維化。」

「意思是？」珍問。

「線索在她的胸部X光片裡。」莫拉朝顯示著胸部X光片的電腦點了個頭。「她的病歷紀錄裡也有。那是COVID-19留下的疤痕。她是加護病房護理師，所以被感染也不稀奇。她從來不需要插管，但還是住院四天接受氧氣治療。現在有不少康復的人肺部X光片是這樣，他們自己可能根本都不曉得。」

莫拉拿起解剖刀，再度伸入胸腔。一時之間，唯一的聲音就是她從胸腔摘出器官的潮溼啪噠聲，還有放進盆子裡的潑濺聲。那是屠夫工作檯會有的種種聲音。

她把注意力轉向腹腔，取出了成圈的腸子、胃臟和肝臟、胰臟和脾臟。她割開胃臟，把裡頭稀少的內容物倒進一個盆子裡。「她的最後一餐是在死前至少四小時進食的，」她說，「那應該是在她值班的時候。」

「所以她回家路上沒有暫停下來吃東西，」珍說，「四小時。當時她一定餓了。」

莫拉把胃臟內容物裝了一份樣本，好送去進一步分析。「自動指紋辨識系統裡有符合的嗎？」

「所有現場指紋都沒找到符合的，」佛斯特說，「我們查出身分的指紋，有她隔壁梁太太的，還有同一條街那個電腦神童賈瑪爾．博德的。假設不是這兩個幹的，那麼看起來我們的嫌犯是戴了手套。」

「那鞋子呢？」

「一般的防水雨靴，男性的八號半。在任何沃爾瑪大賣場都能買到的那種。我們還在等她的電話通聯紀錄，但是如果凶手是她不認識的人，那麼調到電話紀錄也幫不了我們。」

「那一帶最近的幾樁入室行竊案呢？有任何細節符合嗎？」莫拉抬頭看著珍問，珍搖搖頭。

「那個竊賊穿的是十號耐吉運動鞋，而且他的指紋沒出現在索菲亞家裡。如果是同一個附近的小偷，就會讓這個案子簡單很多了。」

莫拉接著把注意力轉到骨盆腔，解剖刀劃開了子宮，又揭發了一個令人難過的秘密。「子宮內膜纖維化，幾乎整個內壁都是。」

「她沒生過小孩。」珍說。

「這可能就是原因。」

莫拉把切除的子宮放在盆內時，想到掛在被害人屋裡的那張結婚照，新娘和新郎兩人都一臉開心的笑容。索菲亞和東尼結婚時，兩人都已經年過四十，不再年輕了；或許這讓他們的婚姻更為甜蜜，因為他們這麼晚才找到彼此。但是也來不及生小孩了。

最後她把注意力轉向，看著讓索菲亞・蘇瓦雷茲來到這張解剖檯上的致命傷口。到目前為止，莫拉已經檢查過心臟和肺臟，胃臟和肝臟，但那些都是沒有臉的器官，就像肉店裡的豬內臟一樣沒有個人特色。現在她必須看著索菲亞的臉，此時已經殘酷地變形，成了畢卡索筆下扭曲的版本。莫拉之前檢視過頭骨的X光片，看到了顱骨和顏面骨的破裂，她還沒剝下頭皮、打開頭骨時，就已經知道會在裡頭發現什麼損害了。

「頂顳骨有一個下凹的破裂，」她說，「顱部損傷的輪廓清晰，是圓形的，顱骨外板的傷口邊緣尖銳而規則。在X光片上就看得很清楚，有外板破裂的骨頭穿透，加上內板的粉末狀碎片。這些都符合鐵鎚造成的鈍器創傷。第一記鎚擊很可能是來自死者後方，攻擊者以斜角揮向被害人。」

「慣用右手的？」佛斯特問。

「很可能。某個人是從右肩上方揮過去。那記鎚擊也造成了斜穿過顳骨的裂縫骨折。這一切的威力當然足以讓她暈眩，但是我們都知道她沒有當場死亡。拖過客廳的那道血跡告訴我們，她還設法爬了一段距離……」

「五公尺，」佛斯特說，「當時感覺一定遙遠得像是有好幾哩。」

莫拉又把目光轉回頭部，把頭髮和頭皮從頭骨剝下，她想像索菲亞驚駭的最後時刻。毀滅性的疼痛，滲流出來的血。雙手底下的地板滑溜溜，她拖著身子爬離門邊，爬離凶手。

但她爬得不夠快。凶手跟著她，經過了有美人魚住在奢華粉紅城堡裡的水族箱，經過了塞滿羅曼史小說的書架。此時她的視線應該開始模糊了，四肢愈來愈麻痺。她知道自己無法逃掉，無法避開攻擊了。最後她再也爬不動，於是就在此結束。她側躺著蜷縮成胎兒姿勢，抱緊自己，同時最後一記鎚擊落下。

那一記擊中她的右邊太陽穴，那裡的骨頭最薄。她的顱骨被擊碎，眼眶塌陷，這一切都顯示在X光片以及剝了皮的頭骨表面。莫拉還沒打開骨鋸的開關、還沒鋸開顱骨，就知道那些鎚擊的力量已經讓骨頭碎片移位，切斷血管，劃破灰質。她已經知道當血液擠壓腦部、神經元軸突被扯到斷掉時，會造成什麼災難性的後果。

她不知道的是被害人在臨終時刻在想什麼。索菲亞一定嚇壞了，但她覺得驚訝嗎？覺得被人背叛嗎？她認得往下看著她的那張臉嗎？這是病理學家解剖刀的局限。莫拉可以切開一具屍體，仔細檢查其中的組織，一路直到細胞的層級，但是當生命之光閃爍至終於熄滅時，死者知道什麼、看到什麼、感覺到什麼，將永遠是個謎。

這天傍晚莫拉開車回家時，一種不滿之感折磨著她。她走進前門時，不禁想到索菲亞幾天前走進自家前門，發現死亡正等著她。事實上，死亡等著每個人；唯一的問題是什麼時間和地點。

莫拉直接來到廚房，給自己倒了一杯卡本內蘇維濃紅葡萄酒。然後拿到客廳，在鋼琴前坐下。莫札特第二十一號鋼琴協奏曲的樂譜已經攤開來面對著她，提醒著她所答應的另一個承諾，要是她失敗了，就可能會非常丟臉。

她喝了口酒，把杯子放在一張邊桌上，開始彈奏。

第二樂章的行板獨奏部分輕柔而不複雜，不需要那些比較忙亂的段落所需的技巧，從這裡開始練有撫慰作用。這樣她可以專注於節奏和旋律，不要去想索菲亞·蘇瓦雷茲的死。她感覺到自己的緊繃逐漸放鬆，心頭的烏雲也逐漸消散。音樂是她的安全空間，死亡不會來打擾，解剖刀和骨鋸遠在另外一個世界。她沒告訴珍這個樂團的事，是因為她想要保持兩個世界之間的遙遠距離，她不希望音樂的純粹性被另一個世界污染。

她彈到行板的最終，然後直接開始彈第三樂章的快板，她現在暖身完成的手指迅速掠過琴鍵。她持續彈下去，即使聽到前門打開的聲音，即使丹尼爾·布洛菲神父走進客廳，她都沒停下。他一言不發，只是默默聽著，同時摘掉自己的教士硬領，脫掉他聖職身分的制服——這個聖職禁止他們之間有任何親密關係。

然而他卻來到這裡，面帶微笑。

她彈到整個協奏曲的最末，雙手離開琴鍵時，他手臂環抱住她的肩膀，溫暖的氣息輕觸她的頸背。

「聽起來棒極了。」他說。

「不像上星期那麼笨拙了。」

「你不能接受讚美就好嗎？」

「只有在我應得的時候。」

他坐在她旁邊的琴凳上，吻她的唇。「你會表現得很精采的，莫拉。另外不要開始指出你彈錯的每一個地方，因為反正我聽不出來，觀眾也聽不出來的。」

「珍也會去。佛斯特還要帶他太太去，而且他太太應該是古典音樂專家。」

「他們也要去音樂會？我以為你不打算告訴他們。」

「他們自己發現的。畢竟，他們是警探啊。」

「我從來不明白你為什麼不告訴他們。他們是你的朋友。你不講，有點像是你對這事情覺得難堪。」

「我難堪的是自己可能會搞砸。」

「又是完美主義者的論調。你知道，你不完美也不會有人在乎的。」

「我在乎。」

「你揹著好沉重的十字架啊，」他微笑。「到目前為止，你都有辦法愚弄我們所有人。」

「我簡直是後悔答應這場演奏。」

「等到結束時，你就會很高興你當初答應了。」

他們相視微笑，兩個看似不可能的戀人，本來應該永遠不會在一起的。他們也曾試著保持距離，試著否認對彼此的渴望，但是失敗了。

他注意到她旁邊那張小桌上空的葡萄酒杯。「要再來一杯嗎？」

「那當然。反正我已經練完了。」

她跟著他進入廚房，看著他把葡萄酒倒進她的杯子。那瓶卡本內蘇維濃豐富而濃郁，是她昂貴的享受之一，但是當她看到他沒給自己倒酒，忽然就失去了再喝一杯的渴望了，於是只喝了一口就放下。「你都沒喝。」她說。

「真希望可以，但是我今天晚上不能留下。八點有個教區財務委員會的會議。然後還要去我們的移民外展服務委員會，大概會到十點。」他搖頭。「時間實在是不夠用。」

「啊，好吧。那我今天晚上就有更多練琴的時間了。」

「但是我明天會留在這裡過夜。」他靠過去吻了她一下。「你不會太失望吧？」

「反正也只能接受了。」

他伸手捧住她的臉。「我愛你，莫拉。」

幾年來，她眼看著丹尼爾的深色頭髮裡有愈來愈多銀絲，看著他眼睛周圍的紋路愈來愈深，她自己的臉上也有同樣的變化。他永遠會是她深愛的男人，但這份愛也同時帶著遺憾。遺憾他們永遠無法像正常伴侶那樣生活，或每一夜睡在同一個屋簷下。他們永遠無法公開牽手同行，向全世界展示兩人的愛。這是他們跟對方達成的協議，也是他跟他的神所達成的協議。這樣也就足夠了，她心想，聽到他走出前門。

她回到鋼琴前，看著協奏曲樂譜。還有好多部分她必須能駕馭自如，還有好多小節她彈得不夠輕鬆流暢。這是個挑戰，沒錯，但她同時很需要這件事暫時忘記丹尼爾，也暫時忘記她永遠解剖不完的屍體。

她回到樂譜第一頁，又重新開始彈奏起來。

7

艾美

我母親好美。

艾美常常這樣想茱麗恩，但是今晚，看著母親揉麵團要做義大利寬麵時，她的感覺更是前所未有的強烈。茱麗恩前後搖晃著，把魔法揉進麵粉和水中，黑色的花崗石料理檯上不時揚起一縷縷小型的白煙。多年來揉麵、打蛋、切菜下來，四十一歲的茱麗恩雙臂依然苗條而結實，此刻臉上因為吃力而發紅，太陽穴沾了些麵粉。烘焙師的戰繪，她母親都這麼說，而今晚烘焙師茱麗恩開心地作戰，袖子捲起來，把她最喜歡的條紋圍裙綁在腰部。艾美的父親在醫院上晚班，所以晚餐只有母女兩人。女生之夜，這表示她們可以吃自己想吃的任何東西。

今晚是義大利寬麵佐新鮮蘆筍。茱麗恩把麵團一次又一次放進義式製麵機，壓出來的麵團愈來愈薄。艾美刮下檸檬皮，釋放出一陣濃烈的清爽氣味。團隊合作，她母親總是這麼說。你和我對抗全世界。

一個小時後，她們品嚐成果：捲成窩巢狀的義大利寬麵，散發著檸檬和帕瑪森乳酪的香氣。她們沒去餐室吃，而是拿著盤子來到客廳看電視。今天晚上沒有規則，茱麗恩說。只有我們女生。

而她們選擇看的，就是女生的電影。《傲慢與偏見》，艾美的爸爸會覺得無聊極了，但是今晚他不在。今晚她們可以穿著睡衣坐在電視前面，叉起義大利麵放進嘴裡，一邊看著綺拉．奈特莉迷倒羞怯的達西先生。要是現在女人還會穿那麼漂亮的連身裙就好了！要是男人真的會被一個女人的機智和聰慧所吸引就好了！

「有些男人還是會的，」茱麗恩說，「好男人就會。像你爸爸。」

「好男人都到哪裡去了？」

「你只是得有耐心，不要太早定下來。絕對不要。你有資格得到最好的。」茱麗恩伸手把一綹頭髮塞到艾美的耳後，她的手指逗留在艾美的臉頰。「你有資格快樂。」

「我很快樂。」

茱麗恩微笑。「要我幫你的腿擦些乳液嗎？我們得繼續努力。」

艾美把睡袍拉到臀部，露出上回開刀所留下的醜陋疤痕。那些手術把她碎裂的大腿骨用鋼釘拼合起來。她那條腿冷天時還是會痛，癒合的傷口形成一道鮮紅的隆起。她可以把那道疤藏在裙子底下，但它總是在的，那是一個瑕疵，等著一趟海灘旅行或一個親密時刻被揭露。茱麗恩每天幫她擦的乳霜會讓疤痕消褪嗎？艾美不知道，但現在這成了母女兩人的晚間例行儀式，她母親輕抹著乳液，揉進那道隆起的疤痕。在電視上，綺拉．奈特莉終於吻了達西先生，而在電視外的沙發上，艾美的眼睛逐漸閉上，身體滿足地放鬆。就連電話鈴聲響起、茱麗恩起身去接時，艾美都沒動，只是在那個溫暖如液體的狀態中等著。達西先生。達西先生。

「你是誰？」茱麗恩說。

艾美睜開眼睛，懶洋洋地轉頭看著母親，茱麗恩站在那裡，電話緊貼耳朵。

「你是誰？」

茱麗恩聲音裡的怒氣讓艾美擔心起來。她看到母親掛斷電話。一時之間茱麗恩站在那裡動也不動，瞪著電話。

「媽？誰打來的？」

「只是撥錯號碼的。」

艾美等著茱麗恩回到沙發，跟她一起看《傲慢與偏見》的片尾工作人員名單，但是茱麗恩走到窗前，站在那裡一會兒，仔細看著外頭的街道，然後拉上窗簾。接著她走到下一扇窗，把窗簾也拉上。她轉向艾美微笑。「要不要再看一部電影？」

「不了。」艾美打呵欠。「我想我要去睡覺了。」

「好吧，你看起來累了。要我幫你上樓嗎？」

「我自己可以。」艾美從沙發上撐起身子，去拿她的手杖。「我等不及要擺脫這玩意兒了。」

「到時候我們慶祝一下！辦個燒手杖派對。我來烤個蛋糕。」

艾美大笑。「那當然了。」

她蹣跚上了樓梯，一手拄著手杖，另一手抓著欄杆。她可以感覺到母親的目光跟著她，在觀察。母親總是照看著她。安全爬到樓梯頂，她轉身要揮手道晚安，以為會看到母親也揮手回應，結果茱麗恩根本沒在看她，而是在門廳的保全系統鍵盤上輸入密碼：五四二九。啟動保全系統。

「晚安！」艾美朝她喊。

「晚安，甜心。」茱麗恩說，然後走到窗前。當艾美一跛一跛地回房睡覺時，茱麗恩依然站在那裡，依然望著外頭的黑夜。

8

安琪拉

我女兒認為我是在浪費她的時間。她走進我的廚房，隨意把皮包扔在料理檯上，我從她的表情就看得出來。珍從小就沒耐心。在她的成長過程中，總是急著要學走路、要穿大女孩的內褲、要跟男生打籃球。我聰明、兇悍、不屈不撓的女兒，向來準備好要對抗難以對付的敵人。

今晚她要對抗的是我。當她站在我家廚房、給自己倒了一杯咖啡時，就已經擺明了對抗的態度。

「今天工作很辛苦？」我問，想跟她隨便聊一下。她是凶殺組警探；對她來說，工作向來很辛苦。

「羅斯林代爾有個女人死了，是個護理師。」

「謀殺？」

「是啊，還真是意外呢。」她喝著咖啡。「最近有文斯的消息嗎？」

「他今天上午打了電話給我。說他姊姊還是很痛，所以他還得在那裡待兩星期。我一直以為髖關節置換手術很輕鬆。她可不是。他一直在伺候她，什麼事都得幫她做。」

「叫他趕緊逃走，回來這裡。然後他就可以幫你找到崔莎了。」

「這是你以前住過的老社區，小珍。有個女孩失蹤了，你應該會特別關心啊。」

「我已經照你的要求做了。我跟薩達納警探談過，問了他們這個案子的進度。」

「賈姬說他根本沒想辦法去找她。」

「他考慮的是機率問題。之前崔莎逃家三次，三次都回家了。」

「這次有可能不一樣。說不定有個跟蹤狂。說不定某個讓人毛骨聳然的老頭誘拐她去他家裡，然後把她關在地下室當性奴隸。就像克里夫蘭的那個傢伙，把三個女孩關了好幾年。搞得警察看起來像一群白痴。」

克里夫蘭那個案子後來還上了《時人》雜誌的封面報導，一提起來，珍就不吭聲了。我知道這會讓她再想一想。任何警探都不想搞砸像這樣眾所周知的案子。

「好吧，」珍嘆了口氣。「我們去跟賈姬談吧。」

我們不必開車；塔利家就在一個半街區外，在傍晚的這個時間，走路過去很舒服，空氣中有飯菜的氣味，各家窗子裡透出電視機的微光。我看到瑞克的藍色雪佛蘭Camaro停在車道上，想著不曉得他跟賈姬這陣子是否相處得好一點。都結婚二十年了，你會以為他們要不是化解歧見，就是老早分手了。賈姬跟我說有回他們吵架時，他推著她撞上冰箱，崔莎從頭到尾都在旁邊目睹。雖然講起法蘭克我有很多抱怨，主要是他跟另一個女人搞外遇，但至少他從沒推過我。或許是因為他如果敢，珍就會給他上手銬。

我敲了門，賈姬幾乎立刻就出現，她的頭髮凌亂，一邊臉頰有眼線的污痕。我一直覺得她很有吸引力——或許太有吸引力了——但今天我看到的是一個嚇壞的母親。「啊，安琪拉，你帶她來了！謝謝。小珍，我不敢相信你現在是警探了。我還記得那回你當保姆照顧崔莎，把她放進遊戲圍欄裡，跟她說她坐牢了。即使在當時，你就已經在練習逮捕壞人了。」

賈姬一直緊張地閒扯個沒完，同時帶我們走進廚房，瑞克正坐在裡頭看報紙體育版。雖然他算得上英俊，四十五歲還是一頭茂密的深色頭髮，但是我從來不喜歡他的長相，今天晚上更尤其如此。他的頭髮光滑地往後梳，一條金手鍊從袖口探出來。我受不了男人戴手鍊。他看到珍，身子坐直了些。或許是因為她臀部有一把槍。有時讓女人贏得男人尊敬的唯一方式，就是身上帶槍。

賈姬匆忙走向爐子，那裡有一鍋煮滾的湯快要溢出來了，她趕緊關掉火。餐桌上放了兩個盤子，加上一堆隨便放置的刀叉。廚房裡一股燒焦食物的氣味，爐子很髒，有油脂和褐色的污垢。這個悽慘的狀態，讓我知道他們女兒的失蹤如何打亂了整個家。

「真對不起，塔利太太。看起來你們正要吃晚餐。」珍說。

「不，不，別擔心。你肯過來一趟，比什麼都重要。」賈姬拉開一張椅子。「請坐。想想我們的小珍現在到處在抓壞蛋，要是有任何人能幫我們，那就是你了。」

「嚴格來說，這其實是里維爾警局的案子，不過我會想辦法幫忙。」珍坐下，小心翼翼地把袖子放在散佈著碎屑的餐桌上。「我媽說崔莎上星期三不見了。」

「我那天醒來，發現她不在自己房間裡。前門的門鍊已經解開，所以我知道她是自己離開的。我本來以為她是去看她的女生朋友，所以也就不擔心，直到那天很晚了，她都沒回來，於是我就打電話報警了。」

「薩達納警探說崔莎從你皮包裡偷了錢。是多少？」

賈姬不安地挪動了一下。「不曉得。或許五十元吧。」

「你猜得到她為什麼跑掉嗎？」

「她最近很少跟我講話。我們吵了幾次。」

「是為了什麼？」

「什麼都有，」瑞克口氣疲倦地插話。「為了她的成績，為了她抽菸，還有她所謂的朋友們。自從她滿十四歲之後，這個家裡就沒有平靜過。」

「老是為了這些事跟她吵的人是你，可不是我。」賈姬說。

「不過在我看來，現在她氣的人是你。」

「那當然，因為我是她母親。十來歲女生總是找母親出氣，這很正常。」

「如果是正常的話，那麼每個小孩出生時沒有被掐死，還真是奇蹟哩。」瑞克說著起身，從料理檯上拿了車鑰匙。

「你要去哪裡？」

「我要去跟班碰面，談一下昆西的那個計畫。我跟你提過了。」

「那晚餐呢？」

「我會在路上找點東西吃。」他不情願地看著珍點頭。「謝謝你們過來，不過我不認為你有必要介入。我不曉得崔莎腦子裡在想什麼，但是等她錢花光了就會回家的。她向來是這樣。」

他走出廚房時，我們全都保持沉默。彷彿我們不敢多說什麼，免得他又拖延著不離開。等我們聽到他的車發動駛出車道，我幾乎看得到賈姬的身體鬆懈下來。珍看了我一眼，意思是說：這兩個人幹嘛不離婚？這個念頭我想了不止一次了。他們兩個以前不是這樣的。我還記得他們剛搬來時，崔莎還沒出生，他們兩夫妻總是相擁親吻。小孩在婚姻裡有可能很棘手的。

「我去查她的Facebook，但是她封鎖我了。你能相信嗎？」賈姬說，「我去找她的朋友打聽，他們全都說不曉得崔莎在哪裡。但是這些十來歲的小孩，很會互相幫忙保密，我不曉得她是不是交代過他們要跟我撒謊。」賈姬垂下頭埋在雙手裡。「真希望我知道激怒她的是什麼，知道她為什麼這麼氣我。那就好像有個開關突然撥開。她星期二放學回來，忽然用一堆很下流的話罵我，然後把自己關在房間裡。第二天早上，她就不見了。」

「她上回逃家，結果去了哪裡？」珍問。

「躲在一個女生朋友的家裡。連那個女生的父母都不知道她在那裡，就睡在他們女兒的臥室。另一次，她搭巴士跑去紐約市。後來是她打電話給我，要我匯錢讓她買車票回家，我才知道的。」

珍審視賈姬一會兒，好像想看她是不是隱瞞著什麼沒說。「你想她為什麼生你的氣，塔利太太？」她輕聲問。

賈姬嘆了口氣搖頭。「你也知道她是什麼樣，就是很容易生氣。」

「家裡發生了什麼事嗎？或許是她和她父親之間？」

「瑞克？沒有，要是有的話，她會告訴我的。」

「你確定？」

「完全確定。」賈姬說，但接著她別開眼睛，使得她的話不那麼令人信服。我想著瑞克·塔利和他的黃金男性手鍊和他後梳的光滑頭髮，實在看不出他會喜歡十來歲的女孩。不，我想像他會喜歡的型是更豔麗、胸部更大的，笑聲響亮又刺耳。

賈姬低頭瞪著餐桌，上頭散佈著碎屑和乾掉的滴濺醬汁，我看到她開始垂垮的下巴。這不是十八年前剛搬來、在附近高中教書的那個活潑女人，當時她成了街坊間熱議的新成員。我那時不太喜歡她，甚至還迴避她，因為我知道她吸引了這一帶每個男人的目光，包括我的法蘭克。但現在她只是個嚇壞的母親，困在一個顯然不快樂的婚姻裡，而且她對我的婚姻再也不是威脅，因為另一個無腦波霸已經搶走法蘭克了。

走回家裡的一路上，珍和我沒說什麼話。這個晚上很溫暖，大家都開著窗子，我可以聽到家家戶戶傳來的片段談話、餐具的叮噹，以及電視的聲音。這裡雖然不是全市最好的社區，但畢竟是我住的地方，而且在這些簡樸的房子裡住著我認識的人，有些是我的朋友，有些不是。我們經過李歐波家，隔著前窗我看到賴瑞和羅蕾萊並肩坐在白色沙發上，拿著托盤在電視前吃晚餐。這種事在我的房子裡是從來不允許的，因為晚餐就應該好好坐在餐桌前吃。

每個人都可以選擇自己想要的，即使是錯的。

我們到了家，看到對街那個銀髮的喬納斯正打著赤膊在他的客廳裡舉重。這些窗子就像電視螢光幕，上演著真實的戲劇，想看的人都可以看。二五三一頻道：喬納斯，海軍海豹特種部隊退休，在對抗歲月的摧殘！二五三五頻道：李歐波夫婦坐在沙發上：中年夫婦努力維持愛情熱度！二五三三頻道：葛林夫婦……

我不知道要怎麼介紹葛林夫婦。

他們的百葉簾如常緊閉著，除了一個鬼鬼祟祟的人影經過窗前，我看不出裡頭在做什麼。

「那就是他們的房子。」我對珍說。

「誰的？」

「我跟你講過的那家人。間諜，或者是逃犯。」

珍嘆氣。「老天，媽，你也太快下結論了吧？」

「這家人有點怪怪的。」

「因為他們不吃你的櫛瓜蛋糕？」

「因為他們不跟任何人來往。他們完全不想成為社區的一分子。」

「孤僻又不犯法。」

他們的黑色休旅車停在車道上。因為他們的車庫空間只能停一輛車，所以葛林先生的休旅車總是停在外頭，對於任何想要仔細觀察的路人都很方便。

我走向對街。

「媽，」珍朝我喊，「你要幹嘛？」

「只是要去看一眼。」

她跟著我過了馬路。「你現在這是擅闖私人土地，你知道的。」

「不過是車道而已，就像人行道的延伸。」我臉湊向駕駛座旁的車窗，但是太暗了，看不到裡頭。「你的手電筒給我。快點，我知道你身上都會帶著的。」

珍嘆了口氣，從口袋裡掏出手電筒遞給我。我摸索了幾秒鐘打開。那眩目的藍白光線剛好是我需要的。我照著休旅車裡頭，看到裡頭非常乾淨。沒有垃圾，沒有紙張，沒有掉出來的零錢。

「滿意了嗎？」珍問。

「這麼乾淨很不符合常理。」

「對瑞卓利家的人來說，或許。」她拿回自己的手電筒關掉。「夠了，媽。」

客廳的百葉簾忽然打開，我們僵住了。馬修．葛林出現在窗內，寬闊的雙肩幾乎完全擋住背後的光。我們在他的車道上被當場逮到，就站在他的休旅車旁邊，但是他沒動作，沒在窗內朝我們大吼。他只是默默盯著我們，像獵人在打量獵物，搞得我頸背的寒毛都豎了起來。

珍朝他招手，一副鄰居間輕鬆的手勢，彷彿我們只是經過而已，但我知道完全愚弄不了他，他知道我們在幹嘛。珍抓住我的胳臂，把我拖到人行道，過了馬路要回家。我們走上門廊階梯時，我回頭看一眼。

他還在盯著我們看。

「好吧，剛剛的行動真是順利啊。」珍咕噥著，我們一起進了屋裡。

我關上前門，往後靠在門上，心臟跳得好厲害。「現在他知道我們在注意他了。」

「我相信他早知道了。」

我深吸一口氣。「他嚇到我了，珍。」

她走到客廳窗邊，看著對街的葛林先生，他還在他們家的窗前，盯著我們。他們兩個用眼神對決似的，打量了對方一會兒。然後他關上百葉簾，看不到了。

「小珍？」

她轉向我，表情心不在焉。「你可不可以離他們家遠一點？這樣會讓他們開心一點，也會讓我開心一點的。」

「但是你現在明白我的意思了，對吧？他們怪怪的。他們為什麼要躲著我？」

「老天，我完全不曉得。」她看了一下手錶。

「那崔莎呢？你要怎麼處理她的事？」

「我會打電話去里維爾警局，看他們有沒有什麼新消息。但是眼前，我還是傾向於認為她只是逃家。她顯然在生她媽媽的氣，從她皮包裡拿了錢跑掉，而且她已經這樣好幾次了。」

「照我看來，如果一個十來歲女孩不斷逃家，你就該好好查一下她父親。」

「不過聽起來，崔莎是跟她母親之間比較有問題。」

「所以我們要怎麼找到她？」

珍搖頭。「不會容易的。那個女孩不想被找到。」

「我從來就不是太喜歡瑞克．塔利，」喬納斯說，此時我們四個坐在我家客廳，在桌上把「拼字塗鴉」的字塊重新混合。「像賈姬那麼好看的小妞，可以找到好更多的男人。他老是換工作，從來做不長久。他們家裡的收入大概主要靠賈姬。我猜想，高中老師的收入很不錯。是吧，賴瑞？」

賴瑞．李歐波只是悶哼一聲，伸手拿了七個新字塊。一如往常，他贏了上一回合，用ZYMOSIS（發酵）拿到三倍分數。我還得查《韋氏字典》，才能確定真有這個字。換了其他任何人拿到Z，都會用來拼出ZOO（動物園）或ZIP（拉鍊）。或者靈光一閃，拼出OOZE（滲出）。但是賴瑞可是高中英語老師，他就是愛現。搞得喬納斯煩得要命，因為他痛恨另一個男人在任何事情上頭擊敗他。自從喬納斯知道自己沒辦法在「拼字塗鴉」上頭贏過賴瑞後，他就把自己的不滿轉移到瑞克．塔利身上。反正瑞克不在場，沒辦法為自己辯護。

「我剛搬來的時候，賈姬就馬上來自我介紹，」喬納斯說，「她甜得像個派，邀我過去她家喝咖啡。我過去了，跟她聊了一小時。然後瑞克回家，我告訴你，要不是我塊頭這麼大，他可能會朝我揮一拳。」

「你不會是認真的吧，喬納斯，」羅蕾萊說，「他真以為你要追賈姬？」

喬納斯挺起他的胸膛。要是他把所有海軍的徽章都戴上，這時我們就會聽到金屬互撞的叮噹聲了。「有些淑女喜歡男人為她兇狠地爭奪。那個瑞克，他可沒有一丁點兇狠的地方。倒是比較像光滑又油亮的無毛——」喬納斯暫停，朝我擠了一下眼睛。「我在淑女面前最好講話乾淨一點。」

我們每個人都忙著用手上的字母塊排出新字。再一次，我抽到的字母塊很爛。三個ES，兩個LS，一個K，一個R。我能想到的字就是REEK（惡臭），或是LEEK（韭蔥）。

「那棟房子裡一定有什麼事情不對勁。」羅蕾萊說。

「唔，那當然了。他們的女兒逃家了。」她丈夫說。

「不，還有別的。昨天我順路過去，要把反對殺蟲劑的請願書給他們。我上了前門廊，就聽到他們在大吵。賈姬尖叫著要他搬出去，瑞克則吼說她才是應該搬出去的人。難怪崔莎會跑掉。這樣吼來吼去，誰住得下去？」

「他們剛搬來的時候，」我說，「看起來似乎很快樂。就像正常夫妻那樣。」

「快樂是正常的？」賴瑞咕噥道。

喬納斯把他拼出來的字推倒在遊戲板上。BOOBS（乳房）。

「上一輪，你用了breast（胸部），」羅蕾萊說，「老天，喬納斯，你就不會想點別的嗎？」

「我想過不是boobs[3]就是idiots（白痴）。」喬納斯賊笑。「是你自己想歪的，羅蕾萊。」

「因為我很清楚你腦袋是怎麼運作的。」

「哈。那是你希望。」

賴瑞發出滿足的哼聲，用力排好七個字母塊。他利用喬納斯的一個S，拼出BASILISK（傳說中的蛇怪），而且排進了令人垂涎的加倍分數格子。我們全都哀嘆起來。

「該你了，安琪拉。」

我還在推敲著手上這些悲慘的字母塊能湊成什麼字時，一輛汽車車尾燈的紅光照進我客廳的窗內。我抬頭看見馬修．葛林的黑色休旅車駛入他家車道。他下了車，站在車道上，朝我的方向看，打量著我的房子。

「嘿，安琪拉，你神遊到哪裡去啦？」喬納斯說，一手在我面前揮動。

我低頭看著那些字母塊，忽然有個字在我腦海裡尖叫，像一盆冰水朝我潑來。我艱難地吞嚥著，把那個字在遊戲板上排出來，利用賴瑞剛剛那個字的其中一個I。

KILLER（凶手）。

在對街，葛林先生走進屋裡了。

「真是奇怪的人，」我低聲說，看著他的身影經過他家窗內。「你們有誰進去過他們屋裡嗎？」

「你是說葛林家？」羅蕾萊搖頭。「他們從來沒邀我們進去，一次都沒有。就住在我們隔壁呢。」

「唔，我也沒進去過喬納斯家啊，」賴瑞指出。「我只看過他家後院。」

喬納斯大笑。「我可不想讓你看到我藏在地下室的那些屍體。」

「那家人，太不友善了。如果他們家地下室有屍體，我也不會驚訝的。」羅蕾萊靠向我，眼中一絲心照不宣的閃光。「你知道我前兩天看到什麼？」

「什麼？」我問。

「我在樓上陽台，正好看過去，他就在那裡，站在他家後陽台，正在欄杆上裝一個攝影機。」

「對著你家後院？為什麼？」

「不曉得。他看到我，就立刻進屋裡去。而且好詭異，你永遠看不到他們屋裡。每一扇窗都關得緊緊的，連白天也這樣。而且你很少看到她。就好像是她躲在裡頭，或者是他不許她出來。」

我低頭看著遊戲板上我的字，**KILLER**，忽然覺得胃裡打結。我站起來。「我要去開喬納斯帶來的那瓶葡萄酒。」

❸ 亦可解為笨蛋。

我走進廚房時，喬納斯跟在後頭。「來，讓我開吧，」他說，「我是開葡萄酒的老手。」

「我就不是？」

「你無論什麼都不老，甜心。」

我手伸進抽屜裡拿開瓶器，忽然間感覺到他一手放在我臀部。「嘿。嘿。」

「啊，安琪拉。這只是一個小小的愛的輕拍。」

我迅速轉過來面對他，聞到好一陣濃烈的鬍後水。那松樹調的氣味好濃，害我覺得自己像是在對付一棵聖誕樹。喬納斯長得不錯，這點毫無疑問，古銅膚色，牙齒整齊，滿頭濃密的銀髮，外加那些肌肉。但是他這樣實在太過分了。

「你明知道我有男朋友。」我說。

「你是指那個考薩克？最近都沒看到他。」

「他去加州陪他姊姊了。一等到她從髖關節手術復元，他就會回來了。」

「而眼前，我就在這裡。」他往前想擁吻我。

我抓起開瓶器朝他揮。「好吧，葡萄酒讓你開。」

他看那開瓶器，又看我，失望地嘆氣。「啊，安琪拉。這麼美的女人，就住在我對面。這麼近，卻又這麼遠。」

「非常非常遠。」

讓我鬆了口氣的是，他好脾氣地笑了。「你不能怪我想試試看，」他朝我擠了一下眼睛，打開瓶塞。「來吧，寶貝，我們再回去讓賴瑞狠狠修理吧。」

那天夜裡，大家都老早離開之後，我還在為喬納斯的調情而慌亂。我不得不承認，我也同時覺得受寵若驚。喬納斯比文斯大幾歲，但是更苗條也更健康，而且我必須承認，海軍戰士有本事迷得女生暈頭轉向。我把髒杯子放進洗碗機，關掉廚房的燈，回到臥室。我看了鏡子裡的自己一眼，臉頰發紅，頭髮有點失控。這正是我的感覺：有點失控。就逼近了邊緣……什麼的邊緣？調情？外遇？

門鈴響了，我站在鏡子前僵住，心想：喬納斯回來了。他知道他搞得我不知所措，認為我有可能投入他的懷抱。

我走到前門時臉頰刺痲，神經彷彿嗡嗡作響。但站在門廊上的不是喬納斯，而是瑞克・塔利，看起來筋疲力盡。他隔著門廳的窗子看到我了，所以我不能假裝不在家。也沒辦法優雅地拒絕開門。我們女人就是太有禮貌了；我們不想傷害任何人的感情，即使後果是會被勒死。

「安琪拉，」我開門時他說，「我正要回家，看到你家燈還亮著，我想我就停下來當面告訴你。」

「告訴我什麼？」

「我不久前接到一則簡訊，是崔莎發的，說她要跟一個朋友住一陣子。所以你可以告訴珍，她不必管這事情了。」

「賈姬知道嗎？」

「當然知道！我一接到簡訊就打給她了。我們都鬆了口氣，那是當然了。」

「她傳簡訊給你，而不是給她母親？」我的聲音忍不住透露出懷疑。

他拿出手機，舉到我面前，近得我往後瑟縮。「看到沒？」

我看到的是一堆字，任何人都有可能用崔莎的手機打的訊息。家裡爛死了，暫時跟一個朋友住。等我準備好會告訴你一切。愛你。

「所以沒什麼好擔心的。」他說。

「對十幾歲的青少年來說，總是有事情要擔心的。」

「但是警方不必擔心。你讓珍知道一下。」他回到他怠速停在路邊的車上，然後轟然開走，朝向他自己家。

我站在門廊上，皺眉看著遠去的車尾燈，想著自己是否該打電話給賈姬確認一下。但他當然會把同樣的話告訴賈姬，也會把同樣那則簡訊給她看的。

如果那則簡訊真的是崔莎發的。

在對街，窗子出現一道亮光。葛林家有人隔著百葉簾看出來，我幾乎可以感覺到一雙眼睛隔著那道撐開的縫隙盯著我，我立刻退回屋裡去。

從我黑暗的客廳朝外看，我看到同樣的那排房子，看到我住了四十年的同一條街道。但今夜一切似乎都不一樣了，彷彿我進入了某個平行時空，我現在看到的是舊日街坊的邪惡雙胞胎。裡頭的每一棟房子、每一家人都藏著一個秘密。

我把門閂鎖上，以防萬一。

9

珍

這一帶四個月內有三宗入室行竊案，並不構成犯罪潮，但是的確建立了一個模式。珍坐在辦公桌前比較三份警方報告，想找出這些入室行竊案跟索菲亞．蘇瓦雷茲家的案子有什麼相似之處。一個是麗娜．梁告訴他們的那樁竊案。竊賊膽子很大，趁著屋主一家熟睡之際，從沒鎖的窗子進屋，拿走了一個裝著現金和信用卡的皮包、一台聯想筆記型電腦，但是臥室（屋主正在裡頭睡覺）的珠寶和手機都沒碰。或許進臥室這種事對竊賊還是太冒險了。在那扇進入的窗子下方，泥土上的鞋印是十號的耐吉運動鞋。窗框上的指紋至今無法查出身分。

四個星期後，同樣的指紋出現在第二宗竊案現場，就在同一條街的轉角。這回屋主不在家。竊賊又是從沒鎖上的窗子進屋，偷走了現金、珠寶，還有一台蘋果MacBook筆電。又是筆電。這是有特別的意義，或只是因為筆電是家戶必備的輕便裝置呢？

珍繼續去看第三宗竊案，是發生在六個星期後，在一戶姓竇倫的家中，又是屋主不在家。這回竊賊打破了廚房的窗子進屋，警方報告中還有一張屋主拍的照片，裡頭是碎玻璃散佈在地上和料理檯上。家裡的現金和幾支錶被偷走了，但是沒有筆電遺失，因為屋主帶出門旅行了。

後院發現了一個十號耐吉運動鞋的鞋印。這回沒有指紋；或許竊賊進步到會戴手套了。

珍審視著那張廚房破窗的照片，想著索菲亞・蘇瓦雷茲廚房門上那塊被打破的玻璃。她找出蘇瓦雷茲案的犯罪現場照片，一張張察看，找到門上玻璃被打破的照片，還有廚房地上有幾塊碎玻璃的照片，但是側院的照片只有兩張，拍到碎石走道上有亮晶晶的玻璃。她又回去看竇倫家竊案的照片，皺眉看著散佈在廚房地板上的玻璃數量。

我得回去看一下，她心想。

佛斯特已經下班回家了，所以她獨自開車到蘇瓦雷茲家。她停在屋前，下車時才剛過六點。犯罪現場幾天前已經解除封鎖，生物危害類清潔人員已經來這裡清理並消毒過，但是拖把和漂白水無法洗去珍記憶中的影像。她爬上前廊階梯、打開前門時，那些影像仍然纏著她不放。

裡頭化學清潔劑的氣味很重，於是她讓前門開著好通風。她在客廳暫停一下，眼前乾淨無瑕的地板疊上了她記憶中第一次來訪時的血跡和噴濺痕。她還看得到落下的聽診器，以及索菲亞拖著身子爬離攻擊者的那道血跡。珍循著記憶中的痕跡走過客廳，以前放水族箱的地方現在一片空盪，然後她進入餐室。就連在這裡，原先屍體底下累積了一灘血，現在地板上也乾乾淨淨。

做得很好，清潔人員。

珍走進廚房。這是她最希望清潔人員沒有工作得太徹底的房間，但是地板掃過了，所有撒了指紋粉的表面也都擦乾淨。門上那扇被打破玻璃的小窗已經釘上木板，擋住了這一天最後的陽光，感覺上整個房間都被封住了，不透氣。

她打開廚房門出去，鞋子踏在碎石路上發出喀嗤聲。他們本來假設凶手就是這樣進屋的：砸破門板上那扇小窗，從破窗裡伸手打開門閂。她還記得曾在這裡的地面上看到玻璃碎片，廚房裡頭也有，但現在都清掉了。她原先應該要更留意的，但當時她都專注在屍體和噴濺痕和客廳延伸過來的血跡。她一直想搞清第一記攻擊是發生在何時、攻擊是如何開始並結束的。

她蹲下來察看碎石地面，但是清潔人員完全清掉了玻璃碎片。她朝外一再擴大搜索範圍，一路找到木板圍籬，這才看到有個反光閃了一下。她小心翼翼拔出嵌在圍籬上的一塊碎玻璃，放進一個證物袋。接著她轉身看著廚房門，是在兩碼多的距離之外。那片玻璃不可能碰巧落到圍籬上，而是被一股力量推過去的。

她站著傾聽昆蟲發出的嗡響，以及路過的車聲。即使在這裡，周圍環繞著其他房子和車子和其他一百萬人，一個人還是有可能全然孤單。她感覺自己心臟怦怦跳，聽到了耳朵裡血液奔流的呼嘯聲，想著破窗和散佈的玻璃和失竊的筆電。

還有模式。或許有，或許沒有。

一個響亮的砰聲害她驚跳起來。前門。有人進來了嗎？

她回到廚房，暫停下來傾聽。她聽到冰箱的嗡嗡聲，還有牆上時鐘的滴答聲。所謂安靜的房子，其實一點也不安靜。她走進餐室，又停下腳步。然後發現自己就站在索菲亞嚥下最後一口氣的那個點。她忍不住低頭看著地板，想起那具屍體之前就倒在她雙腳踩的位置。

她進入客廳，停下來，她旁邊的位置原本放著水族箱，裡頭有咕嚕響的水和凸眼金魚。然後她看到了，本來沒關的前門，現在關上了。被風吹的，她心想；沒有理由緊張。

不過為了確定，她還是在屋裡巡了一圈。看了一下兩間臥室裡頭，還有櫥櫃、浴室。雖然屋裡沒有其他人，但她還是感覺到曾住在這裡的人所發出的回音，感覺到他們的目光從牆上的照片裡注視著她。這曾經是一棟快樂的房子。直到再也不是。

她走出屋子，深吸一口氣。外頭沒有化學清潔劑的臭氣，只有剛割過草和汽車廢氣的熟悉氣味。她的來訪沒有解答任何問題，卻引出了新的問題。她摸著口袋裡鼓起的證物包，裡頭裝著清潔人員漏掉的那片碎玻璃。這片玻璃有可能是來自廚房門板上的那扇小窗，也可能不是。如果那扇窗是從裡面打破的，就有可能飛得那麼遠。

這麼一來，就改變了一切。

10

安琪拉

即使隔著一條街，我也能聽到對面的鎚擊聲。葛林家正在進行一些事情，而且因為窗子上長期緊閉的百葉簾，感覺上愈來愈不對勁。我站在家裡的客廳，拿著雙筒望遠鏡窺視，希望能看到葛林夫婦的其中一人，但是他們仍堅持不亮相，那輛黑色休旅車也是，現在停在車庫裡面了。想必他們已經把租來的搬家貨車還掉，因為現在不再停在屋前了。我其實從來沒看到那輛搬家貨車的貨車廂內部，因為馬修．葛林是在夜色掩護下把裡頭的東西搬空的——又一個讓我疑心的細節，但是我好像是唯一在乎的人。

我放下望遠鏡，拿起電話。文斯當了三十五年警察；他會知道該怎麼做。加州的時間比這裡晚三小時，這會兒他大概剛吃完早餐，所以是談話的絕佳時機。

鈴響五聲後，他接了：「嘿，寶貝。」他開心地說，但是我夠了解他，聽得出他聲音裡的疲憊。他似乎是不想讓我知道他所承擔的種種壓力。這就是我的文斯，總是不想讓我擔心。這也是我愛他的理由之一。

「你還好嗎，蜜糖？」我問。

他沉默了片刻，嘆了口氣。「告訴你吧，她不是最好照顧的病人。我成天上樓又下樓，幫她拿這個那個，但是她從來沒有滿意過。顯然我廚藝爛透了。」

的確是很爛，我心想，但我說的是：「你是個好弟弟，文斯。最好的。」

「是啊，唔，我盡力了。但是我很想你，甜心。」

「我也想你。現在我只希望你趕快回家。」

「你都乖乖的嗎？」

好奇怪的問題。「你為什麼這麼問？」我說。

「我剛跟珍談過，覺得——」

「是她打給你的嗎？」

「唔，是啊。她認為該讓我知道某些事實。比方你去刺探一些不該管的事情。」

「事情是這樣的，文斯。珍不把我講的話當回事，我真的很想聽聽你的意見。」

「又是有關那個失蹤的女孩嗎？」

「不，那個女孩的事情我已經暫時擱置了。這回是有關對街剛搬來的新夫婦，你還沒見過的。」

「一直關在家裡那對。」

「沒錯。他們有點不對勁。他們為什麼要等到天黑，才把搬家貨車上的東西卸下來？他們為什麼成天都關著百葉簾？他們為什麼躲著我？」

「老天，安琪拉，我不曉得，」他說。我想我聽到了諷刺的意味，但是我不確定。「小珍怎麼說？」

「她叫我別管閒事。她不想聽我說這些，因為我只是她老媽，而每個人好像都從來不會認真聽自己的老媽講什麼。我真希望你在這裡幫我搞清楚。」

「我也希望我在那裡，但是或許你應該聽你女兒的話。她對這類事情的直覺很準。」

「我也很準啊。」

「但是她有警徽，你沒有。」

這就是為什麼沒人要認真聽我講什麼。都是因為警徽。警察因為有了警徽，就認為他們是唯一有辦法察覺出問題的人。我講完電話時，覺得對我女兒和我男友都非常不滿。我又回到窗前，看著對街。

百葉簾依然緊閉，敲擊聲又開始了。他們在裡頭鎚什麼？我的目光忽然轉到他們旁邊那棟房子。不同於葛林家，喬納斯的窗簾完全打開，鄰居可以看得一清二楚，他站在那裡，打赤膊，正在舉重。我望著他一會兒，不是因為他以這個年紀來說體格非常好，而是因為我想到了他去年八月邀鄰居去參加的後院烤肉會。我還記得當時站在他後院的露台上，喝著一杯冰的瑪格麗特調酒，看著圍籬外頭他當時鄰居格連的房子，格連因為胃癌已經瘦成皮包骨，兩個月後就死了。我還記得當時喬納斯和我搖頭感嘆人生的殘酷，我們在這邊烤漢堡，而隔壁可憐的格連卻虛弱到只能喝安素營養配方了。

我看不到葛林家的後院，但是喬納斯可以。

我進廚房，從冷凍庫拿出一條櫛瓜蛋糕。我不能就這樣空手大搖大擺地跑去；我需要一張黃金門票，而針對男人，再沒有比烘焙食物更好的黃金門票了。

我敲門，喬納斯來開門，身上只穿了一件彈性布料的短褲，兩側有紅色條紋。他站在那兒朝我咧嘴笑著，而我被他那雙短褲的貼身程度嚇到了，一時之間腦袋空白。

「你終於向我的魅力投降了嗎？」他說。

「什麼？不！我冷凍庫裡有這個。我得清出更多空間，我想你可能會想要，呃……」

「幫你清出冷凍庫的空間？」

好吧，這樣的確讓我的禮物完全失去魅力。我站在那兒拿著正開始解凍的櫛瓜蛋糕，想著該怎麼挽救這段談話。

喬納斯大笑一聲救了我。「安琪拉，我只是逗你的啦。能接受你的禮物我很榮幸，是不是冷凍的都好。要進來嗎？我來幫我們兩個各切一片，配威士忌吃。」

「嗯，威士忌就免了。不過我很願意進去。」

我一踏入房子，就感覺到這趟來訪有可能結果不妙。要是他誤會我的意思呢？要是他以為我來是對他前兩天晚上的調情有所回應呢？他朝我擠眼睛，又上下打量著我的身體，於是我知道我必須非常堅定，讓他知道我來訪的真正目的。

「我把這個拿去廚房，」他說，「然後我們可以來享受一點午後歡樂時光，嗯？」

他走向廚房，留下我一個人在客廳。我直奔他面對側院的窗子，但結果同樣什麼都看不到，因為葛林家側窗的百葉簾也全關上了，跟前窗一樣。我退後，差點被喬納斯的一個啞鈴絆倒。地板上到處散佈著舉重槓片，空氣中充滿汗水混合古龍水的氣味。牆上沒有掛著畫，也沒有任何藝術作品，只有一台大螢幕電視機、一個放著電子用品的櫥櫃，還有一個書櫥，裡面裝滿了影音光碟和軍事書。

「來了，好鄰居！」喬納斯說，赤腳回到客廳。他的腳好大，害我一時分心，所以愣了一下，才注意到他手裡拿著兩杯威士忌加冰塊。

「不，謝了。」我說。

「可是這是好東西，直接從蘇格蘭來的。我甚至讓你隔壁的阿格妮絲都迷上這玩意兒了。」

「你跟阿格妮絲一起喝酒？」

「我沒有年齡歧視。我喜歡所有的淑女。」他遞出一個杯子，朝我擠眼睛。

「現在太早了，喬納斯。」

「在某些時區，現在已經是傍晚了。」

「但在這裡不是。」

他嘆氣，把那個杯子放在茶几上。「所以如果不是要跟你的真愛一起找樂子，那你為什麼要來，安琪拉？」

「你想聽實話？」

「那當然。」

「你家可以看到葛林家的後院。」

「所以呢？」

「我得知道他們在做什麼。」

「為什麼？」

「因為我對他們有個感覺，而且那個感覺不太好。一整個上午他們家都有電鑽和鎚子聲。我只是想隔著圍籬看一眼，查出他們在做什麼。」

「然後你會跟我喝一杯嗎？」

「好啦，好啦。」我說，但是其實沒去想那一杯的後果；我太急著要看隔壁是怎麼回事。

喬納斯帶著我穿過廚房，出了後門到露台上。打從他買下房子後，就沒怎麼動過這個後院，所以看起來還是跟前任屋主戴利一家居住的時候差不多，有一片雜草叢生的草坪，一片水泥露台，一個瓦斯烤肉爐，沿著圍籬還有幾棵沒修剪的灌木。唯一新增加的東西是一間工具小屋。戴利家之前築了圍籬，免得他們的黃金獵犬跑掉，但那隻狗還是常常有辦法逃出去。紅木杉木板所構成的圍籬看起來還是相當牢靠，現在上頭新加了一道木格柵，擋住了我看向葛林家的視線。

「那個木格柵是你加上去的嗎？」我問喬納斯。

「才不呢。是新鄰居昨天安上的。我去雜貨店買東西回來，就發現多了這個。其實呢，看起來挺別緻的，你不覺得嗎？」

隔壁傳來一把電鑽啟動的聲音，然後鎚子又開始敲了。

「我完全看不到那邊了。」我咕噥道。

「你想偷看？我可以搞定。」喬納斯鑽進他的工具小屋，拿了把摺梯出來，靠著圍籬放好。「請。」

即使他站在剛好可以盯著我屁股的位置，我還是爬上梯子，小心翼翼地抬高頭，看著圍籬另一邊。一時之間，我只注意到打開的地窖小門，以及一袋靠牆放著的水泥。然後我望向二樓面對後院的窗子，看到了這一切鎚擊和電鑽聲的原因。

鐵柵。馬修．葛林正在窗子上安裝鐵柵。

他已經在一樓的窗子外頭裝了鐵柵，現在他繼續在裝二樓的，他的工具箱打開來放在陽台上。我瞪著那些鐵柵，不明白他為什麼要這麼做。他是怕誰會破窗而入？他們屋裡有什麼東西這麼貴重，搞得他覺得有必要把整棟房子搞得像個聯邦金庫似的？

然後我腦中冒出一個可怕的想法。要是那些鐵柵不是要提防外人進去，而是要防止裡頭的人出去呢？我想著他太太。為什麼我們都沒看到他太太？

忽然間陽台門打開，馬修．葛林走出來。我在他能看到我之前，趕忙縮下身子。

「什麼？什麼？」喬納斯低聲問。

「你不會相信的。」

「讓我看看。」

喬納斯雖然很壯，但是沒比我高多少，所以我得先下摺梯，好讓他爬上去。他看了一眼，立刻又矮下身子。

「我想他看到我了。」喬納斯說。

「喔—哦。」

我們兩個都湊在圍籬邊，專心聽著。隔壁完全安靜下來，我的心臟怦怦跳，同時尖著耳朵聽。幾分鐘過去了，電鑽聲再度響起。

我用手肘頂開喬納斯，又爬上梯子想再偷看一下。讓我鬆了口氣的是，馬修背對著我工作，此時正忙著把一組新的鍛鐵欄杆裝在陽台窗子外，所以他看不到我。當馬修．葛林往前彎腰、去拿他工具箱裡的東西時，有個什麼吸引了我的注意力。梯子忽然搖晃不穩，我抓住圍籬想穩住自己，於是當他突然轉身看著我時，我完全來不及反應。

他就直瞪著我。

我被當場擒獲，只能瞪回去，那幾秒就這樣過去了。我還繼續瞪著他，但是他進了自己屋子，用力把門甩上。

我雙腿顫抖地爬下梯子。

「怎麼了？」喬納斯說，皺眉看著我的臉。「你看到什麼了？」

「我得打電話給我女兒。」

11 珍

美國的手機用戶每個月平均會接到或撥出兩百五十通電話，而從索菲亞．蘇瓦雷茲前一年的電話紀錄來看，她完全符合平均值。珍坐在自己的辦公桌前，仔細察看著一年份的電話通聯紀錄，想找出任何一筆顯然不尋常的紀錄、任何讓她腦袋裡發出警告火焰的名字，但是沒有任何東西引起她的注意。有一再重複的電話號碼，包括從她工作的朝聖者醫院撥出或接到的，一家美髮店和一家信用卡公司，一個水管工和一家修車店。另外，在去年十一月之前，還有無數她丈夫東尼的號碼。這個模式顯示出一個普通女人的生活：每個月去整理頭髮一次，汽車偶爾需要換機油，水槽有時候會塞住。

珍瀏覽著那份清單時，佛斯特也在自己的辦公桌前做著同樣的事情，多一雙眼睛來回檢查著同樣一份索菲亞的電話通聯紀錄。

在十一月，突然轉換成一種狂亂的節奏，大部分的電話都是打到同一個號碼：朝聖者醫院，她丈夫此時正躺在加護病房裡。這些是索菲亞愈來愈絕望的紀錄，當時她一再打電話，想知道東尼的最新狀況。

到了十二月十四日，她突然停止打到醫院了。那天她丈夫過世。

珍想像這一天之前的那些日子，每回索菲亞的手機鈴聲響起時，她一定擔心極了。身為護理師，索菲亞應該看得出她丈夫身體逐漸衰竭的種種跡象。她會預料到結局即將來臨。珍又想到他們結婚照裡那兩張微笑的臉，提醒人們：就算在最快樂的時刻，悲劇仍隨時等著要上演。

她離開了那個悲傷的月份，繼續往下看一月、二月、三月。電話打去或來自朝聖者醫院，打去當地牙醫，還有打給賈瑪爾·博德。不意外。珍繼續往下看四月，停下來。這裡又突然有另一波模式的轉變，多出了一連串新的電話號碼。在她人生的最後幾個月，索菲亞·蘇瓦雷茲去聯繫了一些她從沒接觸過的人和地方。

她在椅子上旋轉，面對佛斯特。「四月，」她說，「你看到那裡了嗎？」

「正要看。怎麼了？」

「看一下四月二十日。她打了一個號碼，登記在加州沙加緬度一位桂格瑞·布夏的名下。」

佛斯特往下瀏覽，找到了那個日期。「我看到了。講了五十五秒。對話並不長。這個姓布夏的傢伙是誰？」

「我們來查吧。」她拿起桌上的電話，撥了那個號碼。響了三聲後，一個男人的聲音開朗地說：「喂？」

珍按了擴音功能，好讓佛斯特也能聽到。「我是波士頓警局的珍·瑞卓利警探。請問你是桂格瑞·布夏先生嗎？」

對方暫停了一拍，才小心翼翼地說：「是的，我是。有什麼事嗎？」

「我們正在調查一位索菲亞．蘇瓦雷茲女士的死亡案件。根據她的電話紀錄，她曾在四月二十日打過你的號碼。你能告訴我有關這通電話嗎？」

接著是好一會兒沉默。「你剛剛說，索菲亞死了？」

「是的，先生。」

「發生了什麼事？是有什麼事故嗎？」

「恐怕是。這是兇殺案調查。」

「啊老天。凱蒂會嚇死的。」

「凱蒂？」

「我太太。索菲亞想聯絡的人是她。」

「她們有說上話嗎？」

「沒有，索菲亞留言時，凱蒂正好出差了。凱蒂回家後想回電，但是始終沒聯絡上。」

「我可以跟你太太講話嗎？」

「她不在家。她是自然旅行團的隨團護理師。你知道，就是照顧那些有錢人，讓他們保持健康安好的。我會去查她的行程，但是我想他們現在是在南太平洋地區。」

「那索菲亞在答錄機裡留下的語音訊息呢？錄音檔還在嗎？」

「沒有，很抱歉。我們刪掉了。」

「你知道她留言說了什麼嗎？」

「呃，算是吧。凱蒂聽的時候，我正好在旁邊……」隔著電話，珍聽到他深吸一口氣。「對不起，這事情讓我有點震驚。我從來沒碰到過認識的人被謀殺。」

「她的語音留言，布夏先生？」

「是的。我想只是說了她們以前在加護病房的事情。」

「她們一起工作過？你太太和索菲亞？」

「那是十五、二十年前了，在緬因州的一家醫院。後來我在加州有個工作機會，我們就搬來這裡了。我們去波士頓參加過索菲亞的婚禮，不過也是好多年前了。」

「你知道她為什麼要打電話給你太太嗎？」

「不知道。或許是敘舊？」暫停一下。「這跟她被謀殺有什麼關係？」

「我不曉得。我只是要追查每一條線索。如果你太太有任何資訊，請她打電話給我。」珍掛斷電話，看著佛斯特。「唔，這是一條死巷。」

「也或許跟其他這些電話有關，」佛斯特說，「區域碼都是二〇七。緬因州。」

「索菲亞和布夏太太以前就在那裡當過同事。」

「她打去的這些地方，列出來好古怪。奧古斯塔的一家加油站、班戈高中、南波特蘭的水牛城雞翅餐廳、東緬因醫學中心。這些電話號碼之間有什麼關聯嗎？」

珍又拿起她桌上的電話。「要查出來只有一個辦法。我來試第一個。」

當佛斯特也旋轉椅子回去拿他自己桌上的電話時，珍撥了那個奧古斯塔的號碼。響了兩聲後，一個俐落的女人聲音接了：「加油站。」那是手邊正在忙、不說廢話的口吻。

「我是波士頓警局的瑞卓利警探。我們正在調查一位索菲亞・蘇瓦雷茲女士的死亡案件。根據她的電話通聯紀錄，她打來過這裡，在四月二十一日星期一，上午十點。你會不會剛好接到？」

「星期一？是啊，我大概是那天接電話的人。但是我不記得跟這個名字的顧客講過電話。」

「她是從波士頓打來的。」

「我不懂為什麼有人要從波士頓打來。除非是要推銷的，這種電話我們接過一大堆。或許她是撥錯電話了？」

「你確定不記得跟她談過？」

「抱歉，沒印象。我們這邊也賣樂透彩券和巴士車票，有很多人為了這些打電話來。而且四月二十一日，那是一個月前了。無論她是為了什麼事情打來，都不會是能讓我記住的那種。」

所以就到此為止了。

珍清單上的下一個號碼，是南波特蘭的水牛城雞翅餐廳，在四月二十四日下午兩點三十分撥出，只通話三十秒。現在是中午了，打去餐廳是最糟糕的時間，不過珍還是撥了號。

一個男人接了電話：「水牛城雞翅餐廳，需要我效勞嗎？」

跟加油站的那個女人一樣，這個男人也不記得索菲亞打電話去過，甚至不認識任何叫索菲亞的人。

珍掛斷電話，不明白索菲亞為什麼打這些號碼。從佛斯特沮喪的口氣聽來，她猜想他打那些號碼的運氣也沒有比較好。她又往下瀏覽著索菲亞死前那個星期三下午的號碼。安淳姆醫師曾看到她在停車場講電話，讓他留下反常且偷偷摸摸的印象，但是那天下午她唯一打的電話是在兩點四十六分，打到朝聖者醫院總機，也完全沒辦法追蹤後來是轉接到哪個分機。

「有碰上好運氣嗎？」佛斯特問。

「沒有。你呢？」

「我跟班戈高中的秘書談過。她對索菲亞．蘇瓦雷茲這個名字沒印象，也不記得接到過這通電話。但是她成天都接到父母和學生的電話。」

「那打到東緬因醫學中心的那通電話呢？」

「是他們的病歷部。那個職員不記得跟索菲亞談過。」

珍聽到自己的手機發出了小提琴的謀殺尖響，瑟縮了一下。

「啊，糟糕，」佛斯特說，「我完全忘了告訴你。她幾個小時前打過電話給我。」

「我媽打給你？」

「她要我轉告你回電給她。」他對著珍煩人的手機鈴聲皺起臉。「你為什麼不接？這樣她只會再打來而已。」

珍嘆了口氣，接起她的手機。「嘿，媽。」

「為什麼要找到你老是這麼難？」

「我正在工作。」

「同一個案子？」

「跟電視演的不一樣。我們不會在一個小時內就破案的。」

「因為我們這個社區的狀況需要你的關注。」

「你們那個社區沒有什麼狀況。你說過崔莎傳簡訊給她爸了，說她沒事。」

「我不相信那個狀況已經解決了。不過現在我在處理另一件全新的事情。」

珍看著佛斯特，用嘴型說*救我*。

「我只是覺得，如果我處在一個危險的位置，我有權利先知道，」安琪拉說，「他們就住在對街。誰曉得這裡會不會變成另一個槍戰現場或什麼的？」

「又是有關新搬來的那對夫婦嗎？」

「是啊。」

「為什麼你不打電話給里維爾警局？那裡是他們的轄區。」

「但是我沒有女兒在里維爾警局裡工作。」

「那打給文斯怎麼樣？他會知道怎麼做的。」*他永遠不會原諒我這麼建議*。

「文斯什麼都做不了。他還在加州。」

「但是他當過警察。他有直覺。」

「他沒有辦法查詢武器資料庫。」

珍暫停一下。「武器？什麼武器？」

「首先，是馬修．葛林藏在襯衫底下的那把手槍。看起來像文斯以前帶的那把。」

「葛洛克？」

「有可能。絕對不是什麼老式的左輪手槍。」

「你怎麼會剛好知道他有槍？」

「我隔著喬納斯家的圍籬看過去，想搞清楚他們家那些鎚打聲和電鑽聲是怎麼回事。結果你猜我看到什麼？那個馬修．葛林在他們家所有窗戶上都裝了鐵柵。他好像想把整棟房子改裝成高警戒監獄。所以我就觀察他，他彎腰時被我看到了，插在他腰帶上。一把槍。或許是葛洛克。你老是告訴我麻州的持槍規定有多麼嚴格。那個男人為什麼會以隱蔽的方式持槍？」

一時之間，珍什麼都沒說。一個男人隱蔽持槍有各式各樣的理由。或許他是在執法部門服務；或許他是軍人；或許他是守法公民，只是想要有能力保護自己的城堡而已。

「他家裡可能還有其他槍，」安琪拉說，「那棟房子還有整層地下室。空間夠他存放火箭筒了。」

「好啦，好啦，」珍說，「我會查一下，看馬修．葛林是不是有持槍許可。」

「很好。等你們大家過來吃晚餐時，我們再討論這事情。莫拉打算邀她的朋友丹尼爾，我已經請肉商幫我訂好一條羊腿了。」

「晚餐？」

「別跟我說你忘了。」

「不，我當然沒忘。」狗屎，我全忘了。珍暫停，注意力被佛斯特吸引了，他正拿著電話通聯紀錄朝她揮。「媽，我得掛電話了。佛斯特需要我。」

「啊，叫好心的巴瑞．佛斯特也一起來吧。」安琪拉暫停。「雖然這表示我們也得忍受他老婆。」

珍掛斷電話，看著佛斯特。「我媽邀你和愛麗絲星期六一起去她家吃晚餐。羊腿。愛麗絲那個詭異的飲食禁忌還在進行嗎？」

「她可以避開肉不吃。不過你看一下這個。」他指著接近通聯紀錄末端的一筆。「她打的這通電話，五月十九日上午八點，麻州的區域號碼。通話時間是十六分鐘。」

「十六分鐘。那就不可能是撥錯號碼了。」

「而且久得足以討論一些重要的事情。我剛剛打過去，沒人接。」

「再打打看吧。」

她伸手去拿桌上的電話撥號時，已經可以感覺到自己的脈搏加速。電話鈴聲只響了一聲，然後一個無名的電子聲音接了。這個電話現在無法接聽……

「還是沒人接。」珍掛斷，皺眉看著通聯紀錄。「這個號碼沒有使用者姓名。」

「因為那是拋棄式手機。」佛斯特說。

12

艾美

在大花山茱萸樹上，一隻羽色鮮豔的紅雀正在唱歌，響亮地啼叫著嘁—嘁—滴滴滴滴，警告對手不要接近。她車禍之後復健的那幾個星期都很少到戶外，因而現在只要能再度聞到新鮮空氣、傾聽鳥啼，就已經是一大樂事。她父親把車開去停時，她就獨自站在墓園的大門外，享受難得的短暫時光，看著那隻驕傲的紅雀在樹枝間跳來跳去，同時響亮地宣告自己的主權。遠處傳來隆隆雷聲，她嗅得出空氣中大雨逼近的那種強烈氣味。她希望她父親記得拿車上的傘。他在醫院雖然是個傑出的醫師，但是在日常生活中，他可能就跟其他男人一樣健忘。

剛剛有一滴落雨打在她身上嗎？她抬頭看。他們離家後的這半小時以來，天空已經轉暗為鉛灰色。頭頂上湧動的烏雲忽然讓她失去平衡，她不得不用手杖撐住自己。

她沒注意到那個男人站在她旁邊。

「真想不到，一隻小小的鳥可以製造出這麼多噪音。」

她轉頭，被他的忽然出現嚇了一跳，即使這個男人本身似乎完全無害。他應該是五十來歲中、後段，穿著適合天氣的防水風衣。那風衣在他肩膀處垂垮，像是從另一個肩膀比較寬的人那邊接收過來的舊衣。他的臉瘦削而無血色，眼珠是那種平凡的灰，然而這個人似乎很面熟；她只是想不起是怎麼認識、又在哪裡認識的。三月那場車禍抹去了她的一些零碎記憶，或許這個人就是失去的那些片段之一。他注視她的時間有點太久，然後好像感覺到這樣她會不自在，又把目光轉到棲息在上方的那隻紅雀。

「牠是在捍衛自己的領土，」他說，「牠的鳥巢一定就在附近。到現在，大概已經有幾隻剛孵化的幼鳥要保護。」

「我對鳥知道的不多，」她承認。「我只是喜歡看鳥而已。」

「我們不都是這樣嗎？」他看著她身上的洋裝，是簡樸而無趣的黑色。「你是來參加葬禮的？」

「對，索菲亞・蘇瓦雷茲的。你也是來追悼她的嗎？」

「不。我只是來看一個我很久以前認識的人。」

「啊。」她不知道他指的是活人或死人，也不敢問。

「我真希望我們之前能有更多時間相處。」他低聲說。從他那種哀傷的口氣，她知道這個人死了。

「可是你還是來探訪他？真是好心。」她朝他微笑，他也報以微笑。感覺上兩人之間似乎有什麼改變了，彷彿空氣中忽然充滿了靜電。

「我認識你嗎？」她終於說。

「你覺得我面熟嗎？」

「我不確定。我之前出了車禍，三月的時候，此後我就想不起很多事情。名字、日期之類的。」

「所以這就是你拿著手杖的原因。」

「好醜，對不對？我當初該挑一根比較酷、比較時髦的。不過反正這一根我也不會用太久了。」

「當初那場車禍，是怎麼發生的？」

「有個瘋狂的駕駛人在行人穿越道撞上我。我當時剛走出校園，然後……」她暫停。「我是在那裡認識你的嗎？東北大學？」

對方頓了一下。「我們有可能在那邊見過。」

「或許是藝術史系？」

「你是讀那個系的？」

「我本來這個月就要畢業，但是車禍後我花了兩個月復健，想重新站起來。我現在還是覺得好笨拙。」

「唔，我覺得你看起來不錯，」他說，「比不錯還要好，雖然拄著拐杖。」

他的目光忽然變得好熱切，讓她覺得不安，於是別開頭。此時她看到父親從停車場走向她，手裡拿著雨傘。他像隻鸛鳥般輕輕一躍，跳上了人行道。

「很高興你記得拿傘，」她說，「看起來隨時會下大雨了。」

「剛剛跟你講話的那男人是誰？」

她轉身要介紹她剛剛巧遇的人，但是那男人不見了。她一頭霧水地朝走道看過去，看到那男人最後一眼，然後他走進墓園大門消失了。「好怪。」

「是你認識的人嗎？」

「我不確定。他說他是東北大學的人，或許是老師。」

他挽住她的手臂，兩人開始朝大門走。「剛剛你母親緊張地打電話來，」他說，「外燴包商還沒到家裡。」

「啊，你也知道她。她有辦法一個人在短短時間內就做出五百個迷你三明治的。」

他看了手錶一眼。「快十點了。我們去送索菲亞可別遲到了。」

送索菲亞，她永遠不會知道他們來了。然而感覺上他們到場是很重要的。在這個陰暗的日子，認識她的人會站在她的墓邊，哀悼她的過世。

「你覺得走過去沒問題嗎？」她父親問。「草地上有可能不太好走。」

「我沒事的，爸。」她說。其實潮溼的空氣讓她的腿發疼，而且以後大概永遠都會這樣了。即使骨折的腿癒合了，那道裂痕的記憶仍然凝結在骨頭裡，隨著每次天氣變化，抽痛就會回來。但是艾美沒抱怨。疼痛留給自己就好，同時她和父親挽著手臂走進墓園大門。

13

珍

氣象預報說有雷雨，烏雲正朝墓園上方湧來，珍忍不住每隔幾分鐘就抬頭看一眼。她聽說閃電出現時，最糟糕的位置就是在土墩上或樹下，而現在她和佛斯特就正好站在這樣的地方：腳下是一個小土墩，上方是一棵枝葉開展的日本楓。從這個有利位置，他們可以看到弔唁者聚集在索菲亞．蘇瓦雷茲挖好的墓穴旁。幾個月前，當索菲亞在同樣這個墓園埋葬她丈夫東尼時，她有預感自己會這麼早就追隨他而去嗎？當她來拜訪他的墓地、望著這些起伏的草坪和修剪整齊的灌木時，可曾想像自己長眠於此的景象？

遙遠的轟隆雷聲使得珍又往上看著烏雲。墓邊葬禮已經結束，珍和佛斯特沒有理由再多逗留了。他們一直在觀察是否有任何賓客並不是來弔唁，而是來幸災樂禍或慶祝的，但是珍在這些人臉上只看到真誠的哀傷，而且很多人她都認識：安淳姆醫師、醫院裡的護理師們、索菲亞的隔壁鄰居梁太太、賈瑪爾．博德和他母親。會去參加一個中年鄰居葬禮的青少年並不多，但是賈瑪爾來了，穿著一身黯淡的黑色衣服，只除了腳上鮮藍色的耐吉球鞋。

「開始下雨了，我們走吧？」佛斯特問。

「慢著。安淳姆醫師走過來了。」

安淳姆走向他們時揮著手，旁邊一個苗條的年輕女子拄著拐杖。「我正想跟你們談一下，」他說，「我們都想知道這個案子是不是有新消息。」

「有一些進展。」這是珍唯一能說的。

「你們知道是誰……」

「恐怕還沒有。」她看著站在他旁邊的那名年輕女子，她手杖的尾端陷入溼溼的草地中，一頭黑亮的頭髮剪成很有型的鮑伯頭，跟蒼白的皮膚形成鮮明的對比。她有那種鬼魂似的蒼白，看起來像是許久沒到戶外。「這位是你女兒艾美嗎？」

「是的。」安淳姆笑了。「她終於有辦法走路了。不過這些溼溼的草坪不太好走。」

「我一定得來，」艾美說，「她在醫院裡那麼盡心照顧我，我從來沒有好好謝過她。」

「她在醫院裡住了兩星期，」安淳姆說，朝女兒微笑。「有好幾天情況很危急，但是艾美是個鬥士。她現在看起來可能不像，不過她的確是。」他轉向珍。「警方始終沒抓到當初撞她的那個駕駛人，而且我們好幾個星期沒聽到警方那邊的消息了。或許你可以——」

「爸——」艾美說。

「我會打電話給負責調查的警察，看是不是有任何進展，」珍說，「但是過了這麼久，大概希望不大。」

轟隆的雷聲更接近了。

「下雨了，」艾美說，「而且媽媽在等我們。」

「是啊。她大概在想我們跑去哪裡了。」他打開雨傘，舉到他女兒上方。「我希望兩位也能來。」他對珍和佛斯特說。

「去哪裡？」珍問。

「我們家。我們幫認識索菲亞的人舉辦了一個午餐會。我太太負責準備飲食，這表示食物會多得可以餵飽一個軍團。所以請你們一起來吧。」

忽然有個什麼吸引了珍的目光。是遠處的一個人影。一個男人站在墓碑間，望著他們。

「安淳姆醫師，」她說，「你認識那個男人嗎？」

他轉身朝她指的方向看。「不。我應該認識嗎？」

「他好像對我們很感興趣。」

此時艾美也轉頭看。「啊，那個人。我們稍早在墓園口外頭聊了一下。我本來以為我可能是在學校裡見過他，但是現在我不確定了。」

「他跟你說了什麼？」

「他問我是不是來參加葬禮。」

「他有沒有特別問起索菲亞的葬禮？」

「我不認為——我的意思是，我不記得了。」

「失陪一下，」珍說，「我們得找他談一談。」

她和佛斯特開始走向那男人，速度很克制，免得他警覺。那男人轉身離開。

「先生？」珍喊道，「先生，我們想跟你談一下。」

那男人加快腳步，成了小跑。

「啊狗屎。我想他要逃跑了。」佛斯特說。

他們追在後頭，奔跑過墓碑和大理石天使雕像。雨水落在珍的臉上，流進她眼睛，把眼前風景抹成一片模糊的綠。她用力眨眼，才又看到她的目標。他現在全速奔跑，繞過一座長滿了常春藤的陵墓，衝進一條穿入樹林的小徑。

珍血液奔騰、呼吸急促地跟著他進入樹林，鞋子突然在溼溼的落葉上打滑。於是她就像一個失控的溜冰者，滑過石板倒下，臀部重重落地，那衝擊力沿著她的脊椎往上竄。

佛斯特衝過她旁邊，繼續往前跑。

雖然尾椎抽痛、褲子的臀部現在沾了泥巴，珍還是趕緊爬起來，跟在搭檔後頭。終於追上佛斯特時，他已經停下來，正慌忙掃視著樹林。他們前面的小徑空無一人，兩側是濃密的灌木叢。他們的目標消失了。

轟隆雷聲更近了，而他們再度站在閃電發生時最糟糕的地方：一棵樹下。

「我們怎麼會把人追丟呢？」珍說。

「他領先太多，一定是半途離開小徑了。」他看著她。「你沒事吧？」

「沒事。」她拍掉長褲上的泥土。「要命，這條褲子剛買的。」

一根小樹枝斷掉，響亮得像步槍開火。

珍迅速轉向聲音的來源，看到一排濃密的杜鵑所形成的樹牆。她看了佛斯特一眼，兩人不發一語就同時拔出手槍。她不曉得這個人是誰，也不曉得他為什麼要逃，但是跑掉就可能表示你害怕，或是作賊心虛。

她打賭是作賊心虛。

她看到樹牆裡有一個缺口，於是走進去，結果陷入一片密不透風的綠色中。雷聲隆隆，雨水打在葉子上，嘩啦啦像槍聲一般。她繼續往前，擠過潮溼的叢林，眨掉雨水。一批蚊子形成的雲從土壤裡升起，圍繞著她的臉。她揮手趕蚊子，盲目地往前推進。

灌木後頭又有一個樹枝斷裂聲傳來。還有金屬的碰撞聲。

珍衝過最後一段糾結的樹枝，來到樹牆另一邊，舉著手槍。她面對著一個拿著大花剪的男人。那男人瞪著她，一臉嚇壞的表情。他扔下花剪，雙手舉起來。珍一眼就看得清清楚楚，他穿著斗篷式雨衣和工作靴，剪下來的樹枝堆在旁邊一輛全地形越野車後方的車斗裡。

是園丁。我差點朝園丁開槍。

「對不起，」她說，把手槍插入槍套裡。「我們是警察，沒事的。是——」

「瑞卓利！」佛斯特喊道，「他就在那裡！」

她轉身看到一抹灰影，他們在追的那個男人跑出墓園出口不見了。現在追不到了，離得太遠，他們不可能趕上。

「唔……我的手可以放下嗎？」那園丁問，雙手還舉在頭的上方。

「可以，」珍說，「而且或許你可以幫我們。剛剛衝出柵門口的那個男人，你知道他是誰嗎？」

「恐怕不知道。」

「以前看過他嗎？」

「我沒看到他的臉——」

珍嘆了口氣，轉向佛斯特。「又回到原點了。」

「——但是攝影機可能有拍到他。」

珍的注意力又立刻回到園丁身上。「什麼攝影機？」

「我們居然需要這類攝影機，真是可恥。但是這年頭的世界就是這樣。再也沒有人尊重私人產業了，不像我們小時候。」墓園管理主任吉拉德．哈斯說，他絕對老得可以回憶過往的世界一度是什麼模樣——或者是他心目中認為的模樣。他小心翼翼坐進椅子，喚醒休眠中的電腦。這個主任辦公室就像停屍間的接待室，寧靜而雅致，裝潢的顏色是令人放鬆的粉彩色調，牆上有裱框的名人佳句。

重要的不是生命的長度，而是生命的深度。

——愛默生

生與死是一體的，就像河流與海洋是一體的。

——紀伯倫

牆上還掛著一張地圖，是這片佔地兩百五十英畝的私人墓園，上頭的小徑都以花與樹命名：薰衣草道、木槿巷、木蘭湖。彷彿這些土地所安置的是一座座花園，而不是死人的遺體。

哈斯用他患了關節炎的雙手顫抖地操作著電腦滑鼠，但是每個移動、每次點擊都慢得讓人難受。珍想到賈瑪爾．博德靈活的手指以青少年令人暈眩的速度打字，不得不逼自己有耐心一點，看著哈斯關節腫大的手捲頁又點擊，捲頁又點擊。

「要不要我幫忙，先生？」佛斯特問，一如平常那樣禮貌，完全沒有珍此刻所感覺到的懊惱意味。

「不，不用了。我知道這個系統。我只是要花點時間回想怎麼弄這個……」

捲頁。移動。點擊。

「啊，找到了。」

電腦螢幕上出現了一個濺上雨水的影像。那是墓園入口的乘客下車區。

「這是大門口拍的，在南端。」哈斯說，「攝影機就裝在拱門上方，應該拍到了今天上午進出的每個人。」

「那北邊的入口呢？」珍問，指著牆上的地圖。「那裡也裝了攝影機嗎？」

「是的，不過那個入口只有我們的員工使用。柵門向來是鎖上的，要有密碼才能打開。所以訪客沒辦法從那裡進來。」

「那麼我們只要看大門口的影片就好。」珍說，「因為我們知道他也是從那裡離開的。」

「你們想看多久以前的？」

「根據我們的目擊證人說，那個人是在追悼儀式開始前不久來到墓園的，所以就從九點三十分開始吧。」

再一次，那隻關節腫大的手去拿滑鼠。哈斯從事的這個行業不需要快。死人很有耐心的。捲頁。移動。點擊。

「好了，」他說，「這就是九點三十分。」

影片裡還沒開始下雨，柏油地面還是乾的。除了一隻鳥輕快掠過之外，畫面裡沒有任何東西移動。

「五十年前，我還沒成年時，我們小孩都很尊敬死者。我們從來不敢夢想要在墓園牆上噴漆塗鴉，或者推倒墓碑。這就是我們為什麼要裝這些攝影機。難怪這個世界正在崩潰中。」

這是每個世代的哀嘆，珍心想。世界正在崩潰中。她祖母以前這樣說過。她爸到現在還是這麼說。而不久之後，她大概也會跟她自己的女兒瑞吉娜說。

影片進行到九點三十五分，她的注意力提高了，此時一輛銀色轎車在路邊停下。一對老夫婦下車，牽著手緩緩走進大門。

「那是桑托羅夫婦，」哈斯說，「他們的女兒每星期載他們過來探望兒子的墳墓。他葬在丁香巷。看，那個女兒去停車了，但是她隨時會拿著鮮花出現。」

過了一會兒，正如他的預料，一個女人拿著一瓶玫瑰走進畫面，走進大門追上她的父母。

「那些是最令人悲傷的，」哈斯說，「我的意思是，每個死亡都很令人悲傷，但是當你失去子女……」

「他們的兒子是怎麼死的？」佛斯特問。

「他們從來不談，不過我聽說是吸毒過量。是好幾年前發生的，當時這個兒子才三十來歲。現在過了這些年，他們還是每星期來一次，就像時鐘一樣準確。我們向來會準備好高爾夫球車，載他們去那塊墓地。」

到了九點四十分，兩個熟悉的人影出現：賈瑪爾和母親。然後，過了幾分鐘，幾個朝聖者醫院的護理師一起到來。

「我們這裡也有不少遊客來。」哈斯說。

「有什麼名人埋葬在這裡嗎？」佛斯特問。

「他們是來看植物的。這個墓園有將近一百年了，有一些成熟的樹，是在波士頓其他地方看不到的。你們有機會看到我們的花園了嗎？」

「有點湊太近去看了。」珍說，想到她剛在杜鵑叢裡的奮戰，還有她沾了泥巴的長褲。

「花園的遊客通常是下午出現，不過今天這樣下雨，他們就不會來了。看花園的人通常態度都非常尊重，所以我很樂於看到他們。我們這裡歡迎每個人來，只要他們有禮貌。」

在螢幕上，一輛藍色賓士車在路邊停下，一名黑色短髮的苗條女子小心翼翼地下了乘客座，拿著一根手杖，是艾美・安淳姆。她父親把車子開去停車時，她就在入口旁邊等，朝一棵樹抬起頭。

那個男人就在此時出現。他好突然就撲到艾美旁邊，她似乎沒有注意到他，直到他就站在她身後。

「那傢伙穿著防水風衣。」佛斯特說。

艾美和那個男人現在彼此交談，無論他跟艾美說了什麼，似乎都沒有引起她的驚慌。他背對著攝影機，所以他們只能看到艾美的臉，正在微笑。他站得那麼近、像一隻正要撲下的禿鷲，但是她似乎並不擔心。然後他突然就轉身走開了，垂著頭穿過大門進入墓園。他們在螢幕上只能看到他的頭頂，褐色的頭髮稀疏。

此時安淳姆醫師走進畫面，撐著一把雨傘。那個男人是被他嚇跑的嗎？如果安淳姆沒來，接下來會怎麼樣？

「剛剛他們之間發生了什麼？」珍說，「這一切到底是怎麼回事？」

「他好像就是在等她，知道她會出現。」佛斯特說。

佛斯特的手機發出收到簡訊的叮咚聲。他從口袋掏出手機時，珍又把影片倒回那個男人剛出現的時候。他真的是在等艾美，或者兩人只是碰巧交談而已？為什麼那個男人要特別把艾美．安淳姆當成目標呢？

「現在這個有趣了。」佛斯特看著他的手機說。

「什麼？」

「我們弄到那個拋棄式手機的資料了。」

「知道是誰的手機嗎？」

「不。但是弄到了手機的通聯紀錄。那個拋棄式手機接到過一通索菲亞．蘇瓦雷茲打的電話——」

「這個我們已經知道了。」

「而且打出過兩通電話。兩通都是上星期打的，都打到同一個位於布魯克萊恩的住宅。」

他舉起手機。「看看紀錄上登記的名字。」

她看著螢幕上的姓名。麥可．安淳姆，醫學博士。

14

艾美·安淳姆坐在父親的書房裡，手杖靠著安樂椅，她簡樸的黑色洋裝跟蒼白的膚色形成強烈的對比。即使車禍至今過了幾個月，她看起來還是脆弱得像個瓷娃娃。屋外的雨被風吹得撲濺著窗子，玻璃上的水痕影響了窗外照進來的光，為她的臉投下一道道扭曲的灰影。

「我們常常接到推銷電話，」她說，「一大堆，沒完沒了，想要推銷我們買這個那個。但是我爸堅持家裡的電話要公開，怕萬一有病患需要聯繫他。他這樣很好，不過也表示我們就得忍受那些討厭的騷擾電話了。」

「第一通持續了兩分鐘，另一通是大約三十秒，」佛斯特說，「兩通都是傍晚打的，當時你爸還在醫院上班。你媽說她不記得有什麼不尋常的電話，所以我們在想，或許電話是你接的。」

「通常都是我媽去接的，因為我這陣子行動不方便。或許電話轉到答錄機了？」艾美來回看著珍和佛斯特。「這兩通電話跟墓園裡那個男人有關嗎？」

「我們不確定。」珍說。

「因為我以為你們來，是要問我有關那個男人的事情。他當時好像很和善。我應該要怕他嗎？」

「這個我們也不曉得。」珍往下看著艾美細長的雙手，皮膚透明得都能看到下頭的藍色血管。這雙手有辦法抵擋攻擊者嗎？艾美似乎嬌弱得一陣風就能把她吹倒，更別說一個存心傷害她的男人。她就像一群羚羊裡位於邊緣處的孤單幼羚，是會被掠食動物第一個挑上的弱者。

「我們來談談那個男人吧，」佛斯特說，「再說一次他跟你說了什麼。」

「其實只是閒聊。聊了樹上的那隻紅雀，說牠一定是在捍衛自己的窩巢。他注意到我穿了黑色衣服，問我是不是來參加葬禮。我問我們以前是不是見過，因為我有個感覺，好像以前在哪裡見過他。」

「所以你認得他？」

艾美想了一下，眉毛微微蹙起。「我不確定。」

「不確定？」

她無奈地聳了一下肩膀。「他身上有種熟悉感。我以為或許是在學校裡見過他，但不是在藝術史系，或許是校園裡別的地方。有可能是圖書館，我在裡頭花了好多時間寫畢業論文。或者至少一直在寫，直到這個發生。」她按摩著她痊癒中的腿，看起來好像已經成為習慣。「我等不及要把那根好醜的手杖扔到垃圾堆裡，繼續過我的生活。」

「有關那場車禍，」珍說，「是怎麼發生的？」

「只是倒楣。錯誤的時間，出現在錯誤的地方。」

「你記得些什麼？」

「我還記得走出圖書館，當時在下凍雨。我的穿戴沒為這種天氣做準備。當時我穿著那雙愚蠢的平底鞋，走過校園時溼透了。我來到行人穿越道前，然後……」她暫停，皺著眉頭。

「然後呢？」

「我還記得站在那裡，等著綠燈。」

「是在杭廷頓大道？」

「是的。我猜想我一定是走下街道，然後被那輛車撞上了。接下來，我只知道我在加護病房醒來。索菲亞在那裡，往下看著我。警察說那輛車撞到我，就在行人穿越道上，然後就開走了。他們始終沒抓到那個駕駛人。」

珍看了佛斯特一眼，納悶著他是不是跟自己想著同一件事。那車禍是個意外嗎？或其實不是？

房門打開，艾美的母親茱麗恩走進來，手裡的托盤放著茶杯和糕點。「很抱歉這樣打岔，但是艾美午餐幾乎都沒吃。而且我想你們兩位警探可能也想吃點東西。茶可以嗎？」

看到托盤上的那碟檸檬方塊，佛斯特眼睛一亮。「看起來很美味，安淳姆太太。謝謝。」

「其他人都離開去醫院上班了，」茱麗恩說，「可是餐室裡還有好多食物，如果你們還想吃別的就不要客氣。我好像老是準備太多食物。」

「老毛病，」艾美微笑著說，「我媽以前在餐廳工作。」

「而且每個廚師的噩夢，就是食物不夠，」茱麗恩說，一邊倒茶。「我老是擔心食物夠不夠讓每個人吃飽。」茱麗恩遞出茶杯，動作俐落，不愧是經驗豐富的女主人，然後她自己坐在艾美旁邊的椅子。母女可能相差二十歲，但是都同樣身材苗條，同樣黑亮的頭髮剪成一模一樣的鮑伯頭。「所以這是怎麼回事？墓園裡的這個男子是誰？」

「他好像對艾美特別感興趣，」珍說，「我們在考慮是不是該追查這件事。」

茱麗恩看著女兒。「你不認得他？」

「我本來以為可能在哪裡認識他，或者他只是想表達友善。但是現在每個人都問起他——」

「他長得什麼樣？」茱麗恩打斷。

艾美想了一會兒。「我猜想跟爸爸年紀差不多。」

佛斯特寫下來。「所以，是在五十來歲後段。那他的頭髮呢？」

「我會說是淡褐色的，不過他頭髮不多。頭頂有點禿。」她看著茱麗恩，微笑著說：「也跟爸爸一樣。」

「那他的臉呢？」茱麗恩鼓勵著女兒繼續說。

「他的臉……瘦削。很普通。我知道這麼說沒幫上什麼忙，但是我只記得這些。他好像很哀傷，因為他要來墓園拜訪某人。他說是他很久以前認識的人。或許那就是為什麼他那麼想講話。而我只是剛好在那裡而已。」

「或者他是急著想跟你講話？」珍問。

「你認為這個男人的目標是我女兒？」茱麗恩說。

「我不知道，安淳姆太太。」

茱麗恩坐直身子，那是一個母親準備好要捍衛子女的姿態。「麥可跟我說有他的監視影片。讓我看看這個男人。」

佛斯特掏出手機，打開影片檔案。「攝影機恐怕沒清楚拍到他的臉。不過我們有的就是這個了。」

茱麗恩接過手機，看著她女兒跟那個不知名男子交談的影片。兩人的互動很短暫，頂多兩分鐘，但是對茱麗恩來說一定很明顯，就像珍認為的那樣明顯，她們都認為那男人是刻意地關注艾美，甚至過了頭。這不光是兩個陌生人之間的尋常交談而已。

「你女兒認為她可能是在哪裡見過他，」珍說，「那你呢，安淳姆太太？你認得他嗎？」

茱麗恩什麼都沒說，只是繼續皺眉看著影片。

「安淳姆太太？」

茱麗恩緩緩抬頭。「不。我從沒見過這個人。但是他那種撲向艾美的樣子，幾乎就像是正在等著她出現。」

「看起來是有那個味道。」

「然後，正當我丈夫走過來時，這個人就離開了。好像他不想被抓到。好像他知道他不該在那裡。」她看著她女兒。「他有跟你說他的名字嗎？」

「沒有，我也沒跟他說我的名字。真的，媽，這只是個隨機事件。我們剛好在同一個時間都在墓園而已。」

隨機事件，珍心想。就像她的車禍。

「但是你看看這個影片，」茱麗恩說，「他似乎是正在等你。」

「他怎麼知道我今天會去那裡？」艾美說。

「報上登了索菲亞的葬禮消息，」珍說，「那是公開資訊。」

接著是好一陣子沉默，茱麗恩思索著這可能意味著什麼。「你認為這事情跟謀殺案有關？」

「每起凶殺案都會引來注意，」珍說，「有時還會吸引一些奇怪的人。有的人去參加被害人葬禮，是因為他們好奇，或者被悲劇吸引。但是偶爾就會有凶手本人跑去，為了幸災樂禍，或是耍花招，或是想第一手看到自己造成的損害。」

「啊老天。而現在他又看中了艾美？」

「這一點我們不曉得。不必太早就開始擔心。」

「太早？」茱麗恩焦慮地抬高嗓門。「只要是牽涉到自己的小孩，我不認為想像最壞的結果會太早。」

艾美伸手握住茱麗恩的手，女兒安撫著母親，然後朝珍露出歉意的笑。「我媽連最小的事情都會操心。」

「我沒辦法，」茱麗恩說，「打從她出生那一天開始──」

「啊，不要。你又要告訴他們那個故事了？」

「什麼故事？」佛斯特問。

「有關我嬰兒期差點死掉。」

「唔，那是真的。」茱麗恩說，「她早產了將近一個月。」茱麗恩指著書架，那裡有一張艾美還是黑髮嬰兒的照片，小得難以置信，在母親的懷裡看起來像個小玩偶。「那是佛蒙特州的一家小醫院，他們不確定她能活下去。但是我女兒撐過來了。或許很勉強，但是艾美撐過來了。」她看著珍。「我知道差點失去自己的孩子是什麼滋味。所以不，現在開始擔心不會嫌早的。」

這一點珍明白。當你有了小孩，也就生出新的神經末梢，可以感覺到最細微的危險震動，感覺到所有不太對勁的事情。茱麗恩現在就感覺到了，珍其實也感覺到了，但是她沒有任何證據可以證實有真正的威脅。只不過是一個穿著防水風衣的男子太過友善而已。在一個謀殺受害者的朋友們會聚集的時間和地點，他就恰恰等在那裡。

這還不足以讓一個警察說這很重要，這意味著什麼。但是當有事情不對勁時，一個母親不需要證據就會曉得。

「艾美，要是你再看到這個男人，就打電話給我。不管白天或黑夜，任何時間都行。」珍遞出一張印了自己手機號碼的名片。艾美看著那名片，好像上頭塗了毒藥，好像接受它就表示承認那個危險是真實的。

結果是她母親收下名片。「我們會的。」她說。

他們告辭時，茱麗恩陪著他們離開書房。他們出了前門，進入門廊，茱麗恩把門在身後帶上，免得女兒聽到她接下來要說的話。

「我知道你們不想嚇到艾美，但是你們嚇到我了。」

「或許根本沒什麼好擔心的，」珍說，「我們只是希望你和安淳姆醫師能提高警覺。另外，要是你再接到那個號碼打來的電話，就設法問出對方的名字。」

「我會的。」

珍和佛斯特正要走下門廊前的階梯，珍又忽然站住，回頭看著茱麗恩。「安淳姆醫師不是艾美的親生父親，對吧？」

茱麗恩愣了一下，顯然這個問題出乎她的意料。「對。我是在艾美十歲的時候嫁給麥可的。」

「可以請問她父親是誰嗎？」

「你為什麼會想要知道？」

「她說墓園裡的那個男人感覺上很熟悉，我在想會不會——」

「我在艾美八歲時離開他了。相信我，影片裡的那個男人不是他。」

「只是好奇問一下，那她父親現在人在哪裡？」

「我不知道。」茱麗恩厭惡地抿緊嘴唇，別開眼睛。「而且我不關心。」

15

珍坐在自家廚房的餐桌前喝著一杯啤酒，同時閱讀波士頓警局有關艾美．安淳姆的肇事逃逸車禍報告。比起凶殺案通常會製造出來的各種多頁文件，這份報告的篇幅要短太多了，所以珍很快就掌握了其中的要點。兩個月前，在一個星期五的晚間八點三十八分，一名男性目擊證人看到艾美．安淳姆在東北大學前面的杭廷頓大道，踏上行人穿越道。她才走了一步還兩步，就被一輛往西的黑色轎車撞上了。目擊證人說那輛汽車開得很快，時速或許有八十公里。撞到艾美後，駕駛人沒有減速，而是快速開走，駛向麻州高速公路的入口匝道方向。

一天後，一輛黑色的馬自達汽車被發現棄置在距離七十公里的伍斯特市外，這輛車符合證人的描述，也符合那個地區四台監視攝影機所拍到的畫面。車子前保險桿的損壞狀況，加上血跡與被害人吻合，確定就是撞到艾美的那輛車。這輛馬自達的登記車主在車禍兩天前報案說車子失竊。偷車賊的身分始終沒查到。

而且大概永遠查不到了，珍心想。她又喝了口啤酒，在椅子上往後靠坐，舒展一下僵硬的肩膀。今天晚上輪到嘉柏瑞幫瑞吉娜洗澡，從浴室傳來的開心尖叫判斷，他們正在享受潑水好時光，搞得珍很想關上筆電去加入他們。或至少帶幾條備用毛巾進去，吸掉地板上的水，免得水滲進木頭地板裡。她這樣查閱一樁跟索菲亞．蘇瓦雷茲謀殺案大概毫無關係的車禍，是在浪費時間嗎?或許艾美只是倒楣，剛好在那個特定的時刻出現在那條行人穿越道。或許那個穿灰色防水風衣的男子在墓園跟艾美攀談，也只是一樁跟索菲亞・蘇瓦雷茲的謀殺毫不相干的事件。

這麼多分散注意力的細節。這麼多讓人忽略凶手的方式。

洗澡時間結束；她聽到浴缸排水的聲音，忽然間四歲的瑞吉娜蹦蹦跳跳跑進廚房，光著身子，皮膚因為剛洗完澡而粉紅光滑。嘉柏瑞緊跟在後，從他溼掉的襯衫看來，剛剛瑞吉娜的潑水遊戲中，他首當其衝。

「哇，寶貝。」他笑著說，想用大毛巾包住女兒。「我們準備去睡覺了，媽咪正在工作。」

「媽咪老是在工作。」

「因為她的職責很重要啊。」

「但是不像你這麼重要！」珍說，一把將全身溼答答的女兒抱到膝上，瑞吉娜坐在那裡扭著身子，滑溜得像一隻海豹。嘉柏瑞把大毛巾遞給珍，她把女兒包起來，包得像個緊實的墨西哥捲餅。

「有什麼突破嗎？」嘉柏瑞問，自己也開了一瓶啤酒。

「一大堆巷子，都是死巷。」

他靠在廚房料理檯上，直接從瓶子裡喝了一大口。「所以，就跟平常一樣。」

「這些事情感覺上應該要跟這個案子有關的，但是我看不出是怎麼相關。」

「或許不相關。人類往往會在一些隨機的事件中看出模式，這很正常。就像我們看著火星表面那些隨機的山丘和谷地，就認為看到了一張臉。」

「我只是有這麼個感覺。」

他朝她露出那種令人氣惱的冷靜微笑。一如往常，他是冷靜先生和邏輯探員，不相信直覺，只相信事實。他有回還告訴她，當一個警察仰賴直覺時，就往往會看不到真相。

嘉柏瑞哄走瑞吉娜去睡覺之後，珍又回去研究那份依然令她困擾的車禍報告。艾美和那椿車禍和墓園裡的那個男人有什麼關係？她查了當時趕到現場處理的警員聯絡資料，拿起手機撥號。

「我是佩科德警員。」對方接了電話。珍聽得到背景裡的嘈雜聲，還有一個女人的聲音宣布：八十二號！八十二號請取餐！他正在晚餐休息時間，對一個飢餓的警察來說，吃飯時間是很神聖的。她得長話短說。

「我是瑞卓利警探，正在追查你三月到場處理的一件肇事逃逸案。發生在杭廷頓大道。被害人的名字是艾美・安淳姆。」

「啊是的。」對方滿嘴食物，正在咀嚼。「那一件我記得。」

「你們查出駕駛人身分了嗎？」

「沒有。那混蛋撞了她，就只是讓那可憐的女孩在街上流血。她當時狀況很不妙，我都不確定她撐得下去。」

「唔，我昨天才見過艾美，她現在情況不錯。還是得用手杖，不過應該不會用太久了。」

「很高興聽到她痊癒了。我聽說她脾臟破裂，她母親都快急瘋了，因為那個女孩需要大量輸血，而且她的血型很少見。」

「我在你的訪談筆記裡沒看到太多細節。」

「那是因為我直到她開刀後幾天，才有辦法跟她說上話，她對那樁車禍都不記得了。連踏上行人穿越道都不記得。醫師說是逆行性失憶。」

「她完全不記得有關那個駕駛人的一切？」

「對。不過有個目擊證人全看到了。是個遊民，在人行道上就站在她後頭。他說當時燈號轉綠，她踏上行人穿越道，在冰上滑了一下。他正要幫她的時候，那輛車就迅速開過來。」

「你相信一個遊民講的話？」

「監視錄影機拍到了過程，證實了他講的一切。」接著又是咀嚼聲，同時背景裡有人喊著：九十五號！小華堡和薯條！

「你後來有再回去找他訪談嗎？」

「其實不需要。而且到那個時候，我們已經找到那輛車被棄置在伍斯特市外了。很不幸，車子是在車禍兩天前失竊的，所以我們始終沒能查出竊賊的身分。」

「指紋呢？」

「很多身分不明的，但是在自動指紋辨識系統裡面都沒有吻合的。」

「那麼這輛車是在哪裡被偷的？」

「原先停在車主住宅外頭的馬路上，羅斯伯里區。車主領回車的時候，已經損毀得很厲害了。不光是因為車禍而已。底盤看起來活像是有人開去樹林裡兜風過。嘿，這樁車禍跟凶殺案有什麼關係？」

「我提到過是凶殺案嗎？」

「沒有，但是你是瑞卓利警探。人人都知道你是誰。」

這是好事嗎？珍的手機響起嘟嘟聲，她看了一眼手機螢幕，發現有另一通電話打進來，是來自加州沙加緬度的。

「……你偵破的那個唐人街案子，那真是，太經典了，」佩科德說，「有幾個警察能追捕一個忍者啊？」

「我有另外一通電話進來，」她說，「你要是想起其他任何事，就打給我。」

「沒問題。很高興跟你通話，警探。」

珍接起另一通電話。「我是瑞卓利警探。」

「我是凱蒂．布夏。」一個女人說。

珍花了幾秒鐘才想起這個名字。索菲亞打的電話。沙加緬度的那個號碼。「你是索菲亞的朋友。在加州。」

「我丈夫跟我說你幾天前打來過。很抱歉沒能更早回你電話，不過我昨天才從澳洲回到家。」

「他跟你說過我為什麼打去嗎？」

「說了，我真不敢相信。所以是真的了。索菲亞被謀殺了？」

「恐怕是這樣。」

「你們抓到他了嗎？殺害她的凶手？」

「沒有。這就是我為什麼要找你談。」

「真希望我能幫上忙，但是我跟她已經很多年沒見面了。」

「你們上次見面是什麼時候？」

「是在達拉斯的一個護理會議，或許五年前吧。自從她和東尼結婚後，我們就沒有見過面，所以有很多話要聊。我們碰面吃晚餐，就只有我們兩個人，她似乎好幸福。她談到跟東尼去參加的阿拉斯加遊輪之旅。還說他們計畫有一天要買輛露營車去看看這個國家。然後去年十二月，我收到她寄來的一張卡片說東尼死了。啊，真是可怕。而現在又是這個。」她嘆氣。「太不公平了，怎麼會有人這麼不幸，尤其是索菲亞。她是這麼一個好人。」

這一點人人都有同感：索菲亞．蘇瓦雷茲不應該有這麼可怕的命運。這種話不見得適用於每一個被害人；珍當警察的這些年來，不止一次發現自己想著：這傢伙是自找的。

「你知道她為什麼要聯絡你嗎？」珍問道。

「不知道。我在一家旅行社當隨團護理師，那個星期我跟著一個團在秘魯。」

「聽起來是個很不錯的工作。」

「的確是。直到你得處理一位有高山症、在巴士上嘔吐的八十幾歲老人。」

啊，那算了。

「我幾個星期後回到家，我丈夫跟我說索菲亞在我們答錄機裡留了話。我試過回電給她，但是她都沒接。那個時候，我猜想，她已經……」她不需要講完這個句子，雙方都知道為什麼索菲亞始終沒接電話。

「你還記得那通留言說了什麼嗎？」

「真不巧，我已經刪掉了。她說她想跟我談我們以前在緬因州時照顧過的一個病人。」

「哪個病人？」

「我完全不曉得。我們一起工作了幾年，照顧過大概有一千個手術後的病人。都過了那麼多年，我不曉得她為什麼會為了其中一個打電話給我。」凱蒂暫停一下。「你認為這跟她被謀殺有關嗎？」

「我不知道。」珍說。這幾個字她最近說了很多次。

她講完電話，很懊惱又多了一條沒有結果的線索。這個案子有那麼多線索，儘管她很想，卻看不出如何把這些線索編織起來，成為一幅更大的圖像。或許這就是嘉柏瑞剛剛所說的火星上的臉，只是隨機的山丘和陰影，在她渴望的思緒下，成了一個不存在的模式。

她關掉筆電電源，啪的一聲闔上。一般事物很常見，而入室竊盜是最常見的犯罪之一。要想像當時最可能的順序並不難：小偷強行進入，屋主突然回家，恐慌的小偷用他拿來打破窗子的鐵鎚攻擊她。沒錯，一切完全合理，只除了她在圍籬上發現的那片碎玻璃，鑑識實驗室已經確認是來自廚房門上那扇破掉的小窗。那塊玻璃會是凶手急著逃離現場時踢到圍籬上的嗎？或者因為窗子是從裡面打破的，才會飛到那裡去？

兩種不同的可能性。兩個截然不同的結論。

16

艾美

無論她多麼努力回想他的臉，那影像就是一直溜掉，彷彿水中的倒影，當你的手伸入水中，那影像就碎裂掉了。來了又走。她知道那張臉潛伏在她記憶深處，但是她碰不到。反之，當她閉上眼睛想著他時，只看到一朵朵矢車菊。壁紙上褪色的藍色矢車菊，上頭滿佈著霉斑，而且被多年的香菸煙霧燻成髒黃色。

即使這麼多年過去，她還是清楚記得那間臥室，比一個櫃子大不了多少，有一扇小小的窗子。那扇窗子等於沒有似的，因為屋子就緊靠著一片山坡，而山坡擋住了所有的陽光。她的房間是個陰鬱的小洞穴，但是她母親努力佈置得讓人愉快一點。茱麗恩從一個庭院拍賣會買了一些零碎的蕾絲布料，自己製作成窗簾掛在房間裡。在同一個庭院拍賣會上，她還買了一幅玫瑰畫作，然後掛在艾美那張小床的床頭上方。那是一張業餘者的畫作——即使才八歲，艾美也看得出這幅畫跟真正藝術家的作品不同，只是努力塗上一堆色塊，右下角簽上了「尤金」這個名字。但是茱麗恩總是想出各式各樣的辦法，要讓他們在這棟狹窄房子的生活裡過得更歡快一些。雖然牆壁散發著不知多少前任租客所累積的臭味，但她母親總是在盡力。

但是對他來說，永遠不夠好。

那段日子的記憶被她壓抑得太久，她現在都想不起他的臉了，但是她還記得他的聲音，粗獷而憤怒，在廚房裡大吼。每回他心情不好時，她母親就會叫艾美回自己房間、把房門鎖上，留下茱麗恩以如常的方式應付他的憤怒。這通常表示低聲懇求，偶爾還會有個黑眼圈。

「要是我完蛋，你也會完蛋。」他總是對她這樣喊。艾美不明白為什麼這句話對她母親有那麼大的力量，但茱麗恩總是會被這句話擊敗，變得沉默。

要是我完蛋，你也會完蛋。

但是挨他拳頭、身上有瘀青的是她母親。她每天清晨五點就出門到當地小餐館上班，趁農民和長途卡車司機來吃早餐前，就先燒熱平底煎鍋、煮咖啡。每個下午她又拖著疲憊的身子回家，在他回來之前做好晚餐、協助艾美做功課。然後母女兩個會看著他喝醉。家庭價值，每回茱麗恩想離開他時，他就會對她這麼說。家庭價值是一種威脅，是他吵架時用來把她們永遠跟他鎖在一起的棍棒。

大部分時候，這類吵架是發生在別的房間，艾美看不到。但是她蜷縮在床上、注視著有藍色矢車菊的壁紙時，可以隔著牆聽到。

即使現在隔了這麼久，而且距離那棟山坡下的小屋有幾百哩，她腦海裡仍能聽見那些吵架的聲音，他的愈來愈大，而茱麗恩的逐漸褪為沉默。家庭價值意味著保持低頭、保持小聲。意味著六點前要把晚餐擺上桌，隔週星期五領到的薪資支票要交給他。

意味著要守密，而這些秘密隨時都可能在你面前爆發。

那棟悲慘的小屋還在嗎？某個女孩現在還睡在她舊日那張小床上嗎？或者屋子已經拆掉了，裡頭的鬼魂被推土機壓進土裡，回到他們所屬的地方？那些矢車菊的鬼魂永遠不會消失，就在她的腦海裡，還是清楚鮮明，她都可以看到沾了尼古丁的花瓣，但為什麼她記不得他的臉？那些記憶去了哪裡？

她只記得廚房裡大嚷大叫的聲音，發誓他永遠不會讓她們離開，永遠不會放棄她們。他說，無論她們跑得多遠或多快，他都會找到她們。

有可能嗎？他現在來找我們了嗎？

17

安琪拉

我向來很喜歡為了晚宴而去採買。當我推著手推車在超市裡逛時，就會想像客人圍著我的餐桌而坐，盡情享用我精心準備的美食。這回不是特別盛大的晚宴，只有珍一家、老好人佛斯特和他煩人的太太愛麗絲，外加莫拉以及（我希望）莫拉的朋友布洛菲神父。看到他們兩個在一起，以前曾令我困擾，因為我是在天主教家庭長大的乖女孩。但是人的觀點是會改變的。到了我這個年紀，任何舊規則似乎都不再是不可改變的了，更尤其是關於愛情的。為了他可能會來，我計畫晚餐七點開始。人數總共七個半，半個是小瑞吉娜。比起以前子女都還小、我每晚都要做的五人晚餐並沒有多出太多，當時做飯是一種責任，比較重要的是把能吃的送上桌。

這頓飯將不光是能吃而已。我希望是一場盛宴。

在肉類櫃檯，我拿了預訂的那支漂亮的小羊腿，肉販已經幫我用紙包好了。我打算加上蒜瓣烤到豐美多汁的三分熟。真可惜愛麗絲．佛斯特現在有某種特定的飲食禁忌，大概連碰都不能碰。反正是她的損失。我逛過了農產品區，拿了鮮嫩的萵苣和洋蔥、馬鈴薯和四季豆，還有蘆筍，這是我自己想吃的。現在光是新鮮蘆筍的產季，光是看到就讓我很開心，因為這表示夏天就要來臨了。

我推著手推車在走道逛來逛去，尋找橄欖油和義大利麵、咖啡豆和葡萄酒。至少要六瓶，同樣地，這也是我自己想要的。我推著幾乎全滿的手推車，走向冷凍甜品區。家裡隨時有一兩盒冰淇淋絕對不會有壞處。我轉彎進入冷凍區，突然停下，因為我看到誰站在那裡，正在看著冷凍商品。

崔莎．塔利。所以她畢竟是沒被綁架或謀殺，而是活得好好的，顯然正要買冰淇淋。

「崔莎！」

她用典型青少年的茫然眼神看著我。她要不是太心不在焉而沒認出我，就是根本不在乎。

「是我啊，安琪拉．瑞卓利。」

「啊，對了。嗨。」

「我好一陣子沒看到你了。」

今天天氣溫暖，她穿著剪短的牛仔褲和太大的T恤，寬大的領口往旁斜垂，露出一邊光裸的肩膀。那瘦巴巴的肩膀朝我聳了一下，不太熱心地打了招呼，同時我推著手推車走近她。

「怎麼回事，崔莎？我跟你媽談過，她擔心你擔心得要命。」

她的臉僵住了，望著冷凍櫃的貨架。

「你至少也打個電話給她吧？」我建議。「跟她說你沒事。你不認為這是她起碼該得到的？」

「你對她一點都不了解。」

「她是你媽。這個理由就夠讓你打電話了。」

「在她做過那件事之後，就免談了。」

「什麼？賈姬做了什麼？」

崔莎在冷凍櫃前轉身。「我不想買了。」她喃喃說著走開。

我看著她的背影，被剛剛發生的事情搞得很困惑。這個女孩我一路看著她長大。還記得她剛出生時，我帶了一件粉紅色嬰兒連身衣和一袋幫寶適紙尿布去看她。她當女童軍時，我每年都跟她買淡薄荷餅乾，而且捐錢給他們班去華府旅行。但眼前再也不是當年那個討人喜歡的女孩了。這個崔莎成了憤怒又怨恨的少女，是每個母親的夢魘。

可憐的賈姬。

那天下午，我從超市回來後把東西放好，就出門走到賈姬家。她要是聽到我看見她女兒還活蹦亂跳的，一定會鬆了口氣。她來應門時，我從她臉上看得出壓力，鬆垂的眼袋、亂糟糟的頭髮。她顯然一直在哭，於是讓我更氣崔莎。感謝老天，我的小珍從來沒有讓我經歷過這樣的折磨。

「啊蜜糖，」我走進屋裡時說，「你看起來很需要一點好消息。」

「我現在實在沒有心情接待客人。」

「但是這個消息會讓你好過一些的。我保證。」

我們來到廚房。對女人來說，總是出自本能就會到廚房，這是你第一個會去喝茶、放鬆的地方。我猜想這陣子他們夫妻大概根本沒使用過客廳，因為裡頭的一切似乎都凍結在原地，沒有動過，彷彿某個人在上頭塗了一層蠟，保持可以見人的樣子，以防萬一有重要的客人出現。我不是那種客人，我只是個朋友——或者我是這樣認為的，但是她看到我似乎並不開心，顯然希望我離開。有事情發生了變化。

沒錯，我心想，走進廚房。一定有什麼事情發生了變化。廚房比我上次來的時候更亂了。水槽裡堆著髒盤子，而且從盤子上凝結的食物看來，已經放在那邊至少一天了。冰箱旁的地上有幾塊玻璃碎片。誰會把碎玻璃留在地上、不趕緊清掉的？賈姬沒說要給我咖啡或茶——這也很不像她的作風。我們在餐桌旁坐下，但是她看著別處，好像很怕看我，或者是為了自己憔悴的模樣難為情。

「告訴我怎麼了。」我說。

她聳聳肩。「婚姻。很複雜的。」

「你們兩個吵架了，嗯？」

「對。」

「所以是誰打破玻璃的，你還是瑞克？」我指著地板上的碎片。

「啊，是瑞克。他摔了玻璃杯，然後……」她吸了吸鼻子，想忍住淚水。

「他沒打你吧？因為要是打你，我就要——」

「不，他沒打我。」

「但是他到處亂摔杯盤。」

「安琪拉，沒那麼嚴重，不要太誇大了。」

「看起來就是很嚴重。」

「我們吵了一架，他離家去冷靜一下，就這樣。我只能告訴你這些了。」

「他會回來嗎？」

「我不知道。」她吸鼻子吸得更厲害了。「有可能不會。我只是擔心他會做出什麼事來。」

「對你？」

「不！別再那樣想了！」她忽然站起來。「我得去躺下來，如果你不介意的話，我得請你離開了。」

「我一直沒告訴你今天發生的事情。」

「安琪拉，我眼前真的不想聊天。」她說著就要走出廚房。

「是崔莎。我兩個小時前在超市看到她。她活得好好的，看著冰淇淋。」

賈姬停在門口，轉身看著我。她臉上的表情讓我困惑不解。儘管我剛剛告訴她的是非常好的消息，她卻一臉恐懼。「你——你跟她講話了嗎？」

「我試過，但是你知道，青少年就那個樣。」

「她說了什麼？」

「她好像很氣你。」

「我知道。」

「你們兩個之間發生了什麼事？她說那是你做過的一件事。」

「她該不會告訴你了吧？」

「沒有。」

賈姬嘆了口氣，聽起來是放心的嘆氣。「我沒辦法談這件事。拜託，可以麻煩你讓我靜一靜嗎？這事情我們得自己想辦法處理。」

我走出她家，覺得不知所措。我朝自己家的方向走，感覺到她在後頭盯著我看，憔悴的臉框在窗子裡。我不知道是什麼破壞掉這個家庭的，而且顯然他們沒有一個打算告訴我。至少現在我知道這不是一宗少女綁架案，而是一個氣壞的少女和一樁瀕臨破裂的婚姻。

又是鄰里間的一天。

18

莫拉

莫拉低頭看著琴鍵，感覺自己的心跳加快，她密切注意著管弦樂團現在演奏的快板節奏，每個音符、每個小節都逐漸倒數著，逼近她的獨奏起始處。她對自己的部分太熟悉了，閉著眼睛都彈得出來，然而她雙手顫抖，神經繃得愈來愈緊，同時聽著弦樂器和木管樂器互相呼應。現在低音管也加入，長笛發出顫音，輪到她了。

她開始彈奏。對她而言，那些音符現在已經烙印在肌肉記憶中，熟悉得有如呼吸一般。她的手指移動得輕鬆自如，彈出尾聲前的裝飾樂段，接著減緩，進入「輕柔的」段落，然後開始最後的顫音部分。此時弦樂器群組舉起自己的琴弓，準備全體齊奏。直到這一刻，當樂團的其他人接手時，她才抬起琴鍵上的手。她深吸一口氣，覺得自己的肩膀放鬆了。*我辦到了，彈完第一樂章，沒有彈錯一個音。*

然後整個排練亂掉了，弦樂器群組裡冒出了不一致的音符，樂音亂成一團，也跟木管樂器搭不上。在這片不和諧的混戰中，指揮棒用力敲了敲樂譜架。

「停。停！」指揮喊道。低音管吹出最後一個音，整個樂團安靜下來。「第二小提琴？你們那裡是怎麼回事？」他皺眉看著那個惹麻煩的弦樂器群組。

麥可．安淳姆不情願地把琴弓舉到空中。「是我不好，克勞德。我弄錯了地方，忘了我們在哪個小節。」

「麥可，現在離音樂會只剩兩星期了。」

「我知道，我知道。我保證，不會再發生這種事情了。」

指揮指了一下莫拉。「我們的鋼琴家非常盡職，所以我們就盡量配得上她的演出，好嗎？現在回到全體齊奏之前的第五小節。鋼琴，可以麻煩用顫音開頭帶領我們嗎？」

莫拉把手伸向琴鍵時，瞥見了紅著臉的麥可．安淳姆正在看她，嘴型示意著對不起。

半小時後排練結束時，他看起來還是很羞愧。其他樂手都在收拾自己的譜架和樂器，他走向鋼琴，莫拉正在收拾她的樂譜。「唔，剛剛真是難堪，總之對我是這樣。」他說，「但是你彈得似乎毫不費力。」

「才怪呢。」她笑了起來。「過去兩個月我什麼都沒做，就光是在練習。」

「成果絕對表現出來了。我自己顯然也該多練習，但是我一直沒辦法專心。」他暫停，低頭看著自己提著的琴盒，好像正設法要找出一個方式，說出自己心中的那個話題。「你急著要離開嗎？因為我在想，不曉得能不能跟你談一下那個案子的調查。」

「蘇瓦雷茲的案子？」

「是的，那個案子真的讓我很震驚不安，不光是因為我認識她。而是現在瑞卓利警探發現，凶手可能盯上了我女兒。」

「這個我沒聽說過。」

「是發生在索菲亞的葬禮上。墓園裡有個男人好像對艾美太感興趣了，搞得我們都很擔心。」

其他樂手都已經快走出禮堂，但安淳姆沒有要離開的意思。門砰一聲關上，回音在空空的建築物內迴響。表演廳裡只剩莫拉和安淳姆，獨自站在空椅子之間。

「從那天之後，瑞卓利就沒跟我們聯絡過。」安淳姆說，「茱麗恩緊張得都睡不著，艾美也是。我得知道我們是不是該做些什麼，甚至是不是該擔心什麼。」

「如果有的話，我很確定珍會告訴你們的。」

「我的印象是，她是那種不喜歡透露訊息的人。你跟她很熟，不是嗎？」

「熟得知道你可以相信她。」

「相信她會告訴我們實話？」

莫拉把樂譜放進公事包，看著安淳姆。「她是我所認識最誠實的人。」她說，這是實話。人們往往因為誠實會遭致的後果，而不肯坦率直言；但是這一點從來不會阻止珍說出實話，無論真相有多麼令人痛苦。

「你想你可以跟她談談嗎？讓她知道我們有多擔心？」

「我明天晚上會跟她吃晚餐，我會問一下，看她是不是有什麼事情可以跟你們說的。」

他們走出禮堂，進入外頭的夜晚，溼氣重得讓人覺得像是走在一個溫暖的浴池。她吸了一口濃稠如糖漿的空氣，抬頭看著一團群聚的飛蛾紛紛朝著路燈撲飛。停車場上只剩他們的兩輛車，莫拉的 Lexus 車跟安淳姆的賓士車相隔只有半打車位。她把自己的車解了鎖，正要上車時，安淳姆醫師忽然喊著提問。

「有關瑞卓利警探，你還能告訴我別的嗎？」

她轉向他。「哪一方面？」

「專業上。我們可以指望她把每個細節追查到底嗎？」

莫拉隔著自己的車子看著他，車頂蒙了一層薄薄的溼氣，發出光澤。「麥可，我跟很多警探合作過。珍很聰明，做事很徹底，甚至到了堅持不懈的地步。」

「堅持不懈是好事。」

「在她那一行，絕對是。」莫拉暫停，在停車場的微弱燈光下想看清他的表情。「你為什麼問起她？你是在懷疑她不能勝任這份工作嗎？」

「不是我。是我太太。茱麗恩對於凶殺警探看起來應該是什麼模樣，有這麼個老派的成見——」

「我猜猜看。不該是個女人。」

安淳姆尷尬地笑了一聲。「是啊，在現在這個時代和年紀，很瘋狂吧？但是茱麗恩很害怕。她不會承認，但是在某種程度上，她真心相信男人才能保護一個家。昨天夜裡我醒來，發現她下了床，正在窗邊望著街道，看有沒有人潛伏在外頭。」

「唔，你可以告訴茱麗恩，你和你的家人不可能有更好的守護人選了。我是說真的。」

他微笑。「謝謝你。我會告訴她的。」

她上了她的 Lexus 車，才剛發動引擎，安淳姆又來敲她的車窗。她把車窗降下。

「你知道音樂會後我們有個派對嗎？」

「派對？」

「是啊，因為你今天的排練比較晚到，我擔心我宣布時你沒趕上。茱麗恩和我要辦個派對，邀請所有樂手和他們的客人一起參加。就是一般的雞尾酒會，有足夠的食物餵飽整團人。所以你就帶個客人來吧。」

「聽起來不錯。音樂會後，我鐵定需要喝兩杯雞尾酒，好好放鬆一下。」

「好極了。那就下星期排練時見了——如果我沒被踢出小提琴群組的話。啊，還有，莫拉？」

「怎麼？」

「你今天晚上的表現太出色了。真可惜你選擇了屍體，而不是蕭邦。」

她大笑。「那得等到下輩子了。」

莫拉是第一個抵達的，這會兒她站在安琪拉．瑞卓利的廚房裡喝著葡萄酒，覺得自己好沒用，只能看著女主人在廚房裡轉來轉去，帶著資深廚師的高超效率，從冰箱迅速移動到水槽到切菜板到爐子前，爐子上的四個灶口全都放著冒氣的鍋子。這就是太過守時的缺點；因為你得站在女主人家的廚房，設法跟她聊天，但是莫拉從來不擅長聊天。幸好，安琪拉一個人講的話就足以補滿兩人份了。

「自從法蘭基搬去華府，文斯又困在加州沒法回來，我就再也不必為誰做飯了。」安琪拉說，「這麼多年，做了那麼多頓飯。聖誕節和復活節和感恩節大餐，而現在只有我一個人吃晚餐。我覺得好失落，你懂吧？」

從爐子上冒著熱氣的那些鍋子看來，今天晚上不會有任何人覺得失落了。

「你確定不用我幫忙？」莫拉說，「或許幫你洗萵苣？」

「啊，不必，莫拉，你什麼都不用做。所有事情都在我的控制之下了。」

「可是你這裡現在有那麼多事情要忙，分點事情給我做吧。」

「醬料。你可以幫我攪拌義式番茄醬。圍裙在最底下那個抽屜裡，我可不希望你弄髒了那件漂亮的襯衫。」

終於有個任務，讓莫拉鬆了口氣，儘管是完全不需要動腦的，她繫上繡著安琪拉料理的圍裙，開始攪拌義式番茄醬。

「你知道，我一直希望他今晚能來，」安琪拉說，「你朋友。」

朋友。這是個婉轉的說法，指的是跟莫拉同床共眠的那個男人。

「丹尼爾想來，」莫拉說，「但是有個教友過世，他今晚得去陪那些家人。」

「我猜想這就是他的工作所附帶的性質，對吧？永遠不知道人們什麼時候需要你。」他的工作。另一個委婉說法，另一個拐彎抹角的方式去談丹尼爾身為神父這個令人不安的事實。莫拉什麼都沒說，只是攪拌著義式番茄醬。

「人生很複雜，不是嗎？」安琪拉說，「所有的曲折和轉彎。你永遠不知道自己會愛上誰。」

莫拉繼續攪拌著醬汁，蒸氣籠罩著她的臉。

「我從小就是天主教徒乖乖女。看看我現在，」安琪拉說，「快離婚了，還跟我男朋友同居。」她嘆氣。「我只是想說我了解。莫拉。我完全了解。」

莫拉終於轉頭面對她。她們從來沒談過她和丹尼爾的事，這段在冒氣的鍋子之間所發生的對話讓她很驚訝。安琪拉的臉被廚房熱氣燻得發紅，頭髮在蒸氣中變得捲曲，但她的目光直接又堅定。而且充滿善意。

「會愛上什麼人，由不得我們選擇。」莫拉說。

「可不是嗎？來，我幫你再倒點葡萄酒吧。」

「媽？」一個聲音在前門喊。「我們都來了！」

腳步聲進入屋子，然後四歲的瑞吉娜跑進廚房。「外婆！」她尖叫著，衝進安琪拉的懷抱。

「嘿，嘿，嘿！」巴瑞．佛斯特喊道，也走進廚房，拿著六瓶裝的啤酒。「看起來這裡最熱鬧了！」

每個人都進了那個小廚房。嘉柏瑞拿著兩瓶葡萄酒進來。佛斯特的太太愛麗絲帶了一束玫瑰，進門後就去廚房水槽底下找花瓶。這就是愛麗絲的典型作風，立刻處理正事。現在廚房裡擠得讓安琪拉簡直沒辦法繼續做菜了，但是她看起來對於這片混亂很開心。她在這棟房子裡養大了三個小孩，在這個廚房裡煮過幾千頓飯，當葡萄酒的瓶塞砰的打開、灶上鍋子的蒸氣裊裊升起之時，她滿面笑容。

「哇，瑞卓利太太，」佛斯特說，「你煮了一頓大餐！」

這當然是大餐：生菜沙拉和義大利麵、烤小羊腿和蒜味四季豆。當所有的菜都擺上桌、大家圍桌坐下時，安琪拉帶著疲倦但快樂的笑容看著她的客人們。

「老天，我好想念這樣。」她說。

「想念什麼，媽？」珍問，「一整天在廚房裡做牛做馬？」

「想念我的家人們聚在這裡。」

雖然他們其實不是家人，莫拉心想，但是今晚感覺上跟家人一樣。她看著這一桌她認識多年的人，他們知道她的種種不完美，也知道她偶爾不幸的選擇，然而無論如何都接受她。就各個重要的層面來看，他們都是她的家人。

好吧，只有一個除外。

「我聽說你是擔綱的獨奏者，」愛麗絲．佛斯特說，把生菜沙拉傳給莫拉。「巴瑞和我很期待這場音樂會。」

「你們要來？」

「啊沒錯。他沒跟你說我有多喜歡古典音樂嗎？」

「我希望他也告訴過你，我們完全是個玩票的業餘樂團，所以我希望你們不要期待有卡內基廳的水準。我們只是一群醫師，喜歡聚在一起演奏而已。」

「你不認為這兩種技巧可以相輔相成嗎？更高的教育和音樂能力？我相信這完全是因為增強了腦部的發展。我讀法學院的時候，也有我們自己的交響樂團。我是長笛手。我們也是業餘的，但是我們真的相當不錯。」

那缽淋上了義式番茄醬的義大利麵在桌上傳來傳去。愛麗絲拿到的時候，就皺眉直接推給莫拉。這個舉動沒有逃過安琪拉的眼睛，她不耐地撇了一下嘴。莫拉刻意幫自己取了一大份義大利麵。

「這頓晚餐真是太完美了，瑞卓利太太。」佛斯特說。

「我很欣賞胃口好的客人，巴瑞。」安琪拉說，不太掩飾地給了愛麗絲一個斜眼，而愛麗絲正在挑出盤裡的麵包丁，彷彿那是甲蟲，侵襲了她的生菜沙拉。

佛斯特切了一片三分熟的肉。「還是像往常一樣令人驚嘆！我好久沒吃到你的烤羊腿了。」

「是啊，我想你在家裡不常吃到吧。」安琪拉說，刻意又看了愛麗絲一眼。

「文斯在加州過得怎麼樣？」莫拉說，趕緊改變話題。「他應該快回來了吧？」

安琪拉嘆氣。「啊，還沒決定。他姊姊動了髖部手術之後有併發症，而且她年紀不小了，骨頭的癒合沒那麼快。」

「她有這麼個弟弟，真是幸運。」

「但是我不認為她曉得感激。什麼都要抱怨。抱怨他的廚藝，抱怨他的開車技術，還抱怨他打呼。他們姊弟的關係向來很複雜。」

哪種關係不複雜呢？莫拉心想，看著整桌人。安琪拉，天主教家庭長大，現在快要離婚了。巴瑞和愛麗絲最近才破鏡重圓，之前愛麗絲跟一個法學院同學有外遇。然後還有丹尼爾和我。或許是所有人裡頭最複雜的關係。

「所以，瑞卓利太太，」佛斯特說，「那個之前失蹤的鄰居女孩呢？她怎麼了？」

安琪拉臉色亮了起來。「真高興你問起。」

「我可不高興。」珍說。

「我很樂於回答你的問題，巴瑞，那個失蹤之謎已經解開了。我在超市看到了崔莎。她活得好好的。」

「就跟我預料的一樣，」珍說，「她只是逃家而已，而且不是第一次了。」

「這事情不值得進一步調查嗎？」愛麗絲說，主動提供她的意見。「他們家是發生了什麼事情嗎？是那個父親嗎？你知道，有百分之二十五的性侵犯是父親。」愛麗絲看了餐桌一圈，準備好要跟任何挑戰她的人辯論。

沒人吭聲。沒人想跟愛麗絲．佛斯特爭辯任何事情。

「但是現在我們又有了一個新的謎團得處理了，」安琪拉說，「葛林家。」

「葛林家是誰？」愛麗絲問。

「對街那戶奇怪的人家。」

「為什麼奇怪？」

「他們在隱藏什麼，」安琪拉說。她壓低聲音，好像這個秘密不能傳到房間外。「而且他有一把手槍。」

嘉柏瑞正在幫瑞吉娜擦掉手上的油污，這會兒抬起眼睛看了一眼。「你親眼看到他的槍了？」

「珍沒告訴你嗎？他彎腰時，我看到槍插在他臀部的槍套裡。他用襯衫蓋住了，所以這就是隱蔽式持槍，對吧？而且他看起來就是那種懂得用槍的人。」

「你是在哪裡看到他身上有槍的？」

「他在陽台上，對著後院。」

接著是一片沉默，全桌的人各自消化著這個細節。

「媽，你這是在窺探他。」珍說。

「不，我是剛好在喬納斯的後院，聽到隔壁戶那些鎚打的聲音。我就隔著圍籬看了一下，看到底是怎麼回事。」

「一個人在自家陽台上，是有資格要求隱私的。」愛麗絲說。這當然沒錯，但是如果出自律師愛麗絲之口，就沒人想聽了。

「你跑去喬納斯的後院做什麼？」

「我住在這條街上四十年了，只是想隨時幫忙留意一下而已。如果都沒人在注意這類事情，就沒辦法防止壞事發生了。」

「她說得有道理。」佛斯特說。

安琪拉看著珍。「他是不是有隱蔽持槍許可，你去查了嗎？」

「我還沒找到時間去查，媽。」

「因為這整件事非常可疑。」

「看起來可疑並不是犯罪，感謝老天。」愛麗絲說，忍不住就是要分享她的法律觀點。

「來吧，各位。來看他們的房子，」安琪拉說。她把餐巾扔在桌上，吃力地站起來。「那麼或許你們就明白我在說什麼了。」

佛斯特順從地站起來跟著她，一秒之後，愛麗絲也照做。就這樣，大家紛紛跟進。莫拉放下她的葡萄酒杯，跟著其他人，或許只是為了禮貌。

他們全都聚在客廳窗前，看著對街。這是個可靠的中產階級社區，一棟棟簡樸的房子蓋在簡樸的土地上，曾經有一個男人可以只靠他的薪水就養大三個孩子。珍在這裡長大，莫拉想像她在這條街上騎著腳踏車，跟她哥哥和弟弟在車道上打籃球。她看了珍一眼，看到那好鬥的臭臉和方正的下巴，想必是從小就有的。安琪拉也有同樣頑固的下巴。在瑞卓利家族裡，堅定顯然是女性的遺傳特徵。

珍跟莫拉咕噥：「我晚一點再跟你道歉。」

「為了什麼？」

「為了被抓來加入安琪拉．瑞卓利偵探社。」

「我一直想告訴你，我昨天排練時碰到麥可．安淳姆。他很擔心，珍。他們全家人都很擔心。」

「是啊，我想他們是會擔心的。」

「他想知道，你們有沒有查到那個墓園男子的任何事。」

珍嘆氣。「我真希望有什麼可以跟他們報告，但是沒有。」

「那支拋棄式手機呢？最近有任何打出的電話嗎？」

「沒有。那支手機完全沒動靜。」

「好吧，告訴我你所看到的一切。」安琪拉說，還是注視著對街的那棟房子，把一副雙筒望遠鏡遞給佛斯特。

「我應該要看什麼？」他問。

「告訴我們，那房子有什麼地方讓你不安的。」

佛斯特用望遠鏡看。「我什麼都看不到。所有的遮光簾都關緊了。」

「一點也沒錯，」安琪拉說，「因為他們在隱藏什麼。」

「那是他們的權利，」愛麗絲指出，一副令人討厭的權威口氣。「任何人都沒有義務要讓全世界看。雖然那位健美先生似乎很樂於讓別人看他。」

「啊，那只是喬納斯啦，」安琪拉說，「別看他。」

但是你很難不去看葛林家隔壁那個舉重的銀髮男子。他站在客廳窗前，打著赤膊舉起槓鈴，任何附近的人都可以看得一清二楚。

「那個男人可不想被忽視。」

「好吧，以他的年紀，他的身材真是好極了。」愛麗絲注意到。

「六十二歲，」安琪拉說，「他以前是海軍海豹部隊的。」

「嗯，看得出來。」

「別管喬納斯了！我要你們看的是葛林家。」

只不過根本沒有什麼可以看的。莫拉只看見拉下來的遮光簾和緊閉的車庫門。車道上的縫隙冒出雜草，要不是她已經知道有人住在裡頭，她會以為那是空房子。

「還有，你瞧，那輛車又回來了。」安琪拉說，同時一輛白色廂型車緩緩經過。「這星期我是第二次看到那輛廂型車出現。這是另外一件我得留意的事情。」

「所以你現在開始監視這個社區的車子了？」

「我知道那輛車不屬於這個街區任何人。」安琪拉的腦袋緩緩轉動，盯著那輛車沿著街道往前行駛，最後看不到了。莫拉納悶安琪拉每天站在這扇窗前幾個小時，看著眼前這一景。在這裡住了四十年，她一定熟知每一輛車、每一棵樹、每一棵灌木。現在她的小孩都長大，丈夫也離開了，所以她的整個世界就縮小到只剩這樣？

隔著幾戶房子響起割草機的馬達聲，一個穿著百慕達短褲的瘦削男子在割前院的草。不同於喬納斯，這個男人似乎對自己的外表完全不在意，他推著割草機時，穿著涼鞋和高度到膝蓋的襪子。

「那是賴瑞・李歐波。他很擅長維護他家院子。」安琪拉說，「他和羅蕾萊算是人人都想要的那種鄰居。對人友善，以自己的家園為榮。但是葛林夫婦就不一樣了，他們連跟我講話都不願意。」

莫拉看到葛林家有一扇窗的百葉簾抽動一下，顯然裡頭有個人也在看他們。是的，的確是有點奇怪。

有人的手機響起鈴聲。

「是我的。」佛斯特說，回到餐室，他的手機放在那裡。

「所以現在你們看到狀況了。」安琪拉說。

「是啊，看到你時間太多。」珍說，「文斯真的得趕緊回家。」

「至少他會對我付出關注。」

「我也一直有關注啊，媽。但是他們唯一的可疑行為就是避著你，我實在看不出有任何理由要執法部門介入。我們就別管這對可憐的夫婦，回餐室去吃甜點吧？」

「很抱歉，我們必須放棄甜點了，瑞卓利太太，」佛斯特說，回到了客廳。「剛剛接到一通電話。珍和我得離開了。」

「去哪裡？」珍問。

「牙買加池塘。索菲亞·蘇瓦雷茲的筆電找到了。」

19

珍

他們把車停在波金斯街，緊靠著一輛巡邏警車後頭，然後下了淺岸來到水邊，利比巡警正在等他們。牙買加池塘是波士頓最大的淡水湖，兩公里半的環湖小徑是熱門的慢跑路線。隨著黃昏的天光迅速消褪，現在小徑上只有一個跑者，而且他太專注在保持自己的速度，經過時根本沒朝他們看一眼。

「兩個九歲的男孩今天下午看到的，大概就在這裡，」利比警員說，「他們正在玩打水漂，其中一個注意到水裡有個發亮的東西。於是涉水到膝蓋深的地方撿起來。」

「他涉水走了多遠？」

「這個池塘中央是十五公尺深，但是水邊有相當長的一段距離都很淺。所以從這裡的岸邊或許走了三、四公尺吧。」

「夠近了，有可能是從這裡扔過去的。」

「是啊。」

「那兩個男孩有看到是誰丟的嗎？注意到任何人在附近？」

「沒有，但是我們不知道它在水裡多久了。有可能是幾天前扔的。兩個男孩把筆電拿回家交給母親，然後她送去牙買加平原分局。我們的電腦技師拿了序列號碼去比對，發現是你們通報失竊的那台。他說硬碟已經抽走了，小偷這麼做很奇怪，你知道？誰會偷一台電腦，然後還費事把電腦給毀掉？」

「有任何指紋嗎？」

利比搖搖頭。「泡水太久，都沒了。」

珍轉頭看著經過波金斯街的汽車。「開車經過時丟掉。可惜沒有硬碟可以查。」

「無論把硬碟抽走的是誰，都不想保存任何資訊。那台筆電看起來像是有人用鐵鎚給鎚過。」

珍又轉身看著池塘，漣漪映著最後一絲天光。「為什麼要費這些事？不曉得硬碟裡會有什麼。」

「唔，現在我們查不出來了，」佛斯特說，「資料毀掉了。」

珍低頭看著印在爛泥上的鞋印，是兩個男孩留下的，他們剛好就挑這個地點，在這個特定的池塘玩打水漂。在此之前，珍一直假設小偷會把那台筆電拿去賣，好換點現金。結果電腦卻是在這裡出現，毀壞且被扔掉，任何人都沒辦法使用了。這絕對不是一般小偷會做的事情。那台筆電裡到底有什麼，索菲亞？你知道些什麼，會讓人不惜殺了你？

兩個男孩的腳印在黯淡的暮光中逐漸消隱。那個慢跑者又經過了，他的呼吸現在急促又吃力，鞋子砰砰踏過他們後方的小徑。

「要是你們想跟發現的那兩個男孩談，我有他們的聯絡資料。」利比警員說，「但是我不認為他們能告訴你們什麼有用的。」

珍搖搖頭。「我不相信兩個九歲的男孩可以幫我們破這個案子。」

「不過他們如果能跟警探講話，大概會很興奮。你知道男孩都這樣的。」

男孩啊。

珍低頭望著幾乎看不見的鞋印，忽然想起一雙藍色的耐吉球鞋，扔在一個男孩凌亂的房間裡。那個男孩倒是可能有辦法挖出一些答案。

她轉向佛斯特。「你知道硬碟上的那些資料？」

「怎麼？」

「或許有辦法可以救回來。」

小美人魚愛麗兒還是斜倚在她的蚌殼床上，周圍環繞著往常的那些甲殼類愛慕者，但是那片水下仙境現在位於賈瑪爾．博德的臥室裡。珍湊近看著金魚亨利，那魚也注視著她，專注得她幾乎要相信那對凸出的雙眼後頭有腦子。

「那魚看起來很快樂，」佛斯特對賈瑪爾說，「你一定把牠照顧得很好。」

「我還得去查一大堆事，好確定我每個細節都做得正確，」賈瑪爾說，「你知道金魚有辦法認得臉？還可以教牠們玩把戲？」

「你知道牠們最多可以活到四十歲嗎？」珍說，「我前幾天才學到的。」從一個無所不知的法醫那裡學來的。

賈瑪爾聳聳肩，並不佩服。「是啊，我已經知道了。」看起來好像人人都知道金魚的壽命，只有珍除外。「我不能養狗，因為我有氣喘，」賈瑪爾說，「但是養隻魚就可以。而且會活得比較久，只要我好好照顧牠。」

「拜託，你們兩個來這裡不是要討論那隻魚的。」賈瑪爾的母親說。博德太太就站在門口看著他們，冷漠的臉上一副猜疑的表情。他們一走進屋裡，她就掏出手機，現在拿在手裡，準備要拍下任何對她兒子的威脅。

「我們來這裡，是因為我們需要賈瑪爾幫忙。」珍說。

「又一次？」

「索菲亞的筆電昨天下午在牙買加池塘找到了。硬碟不見了，裡頭有過的任何資料大概也都毀掉了。」

博德太太揚起一邊眉毛。「你們該不會認為我兒子跟那個有關吧？」

「不，我們完全不這麼想。」

「那他要怎麼幫你們？」

「媽——」賈瑪爾說。

「蜜糖，你得小心。你自己想想，為什麼警方會跑來找一個十五歲的男孩幫忙？」

「因為或許我懂一些他們不懂的事情？」

「他們是警察耶。」

「但是他們大概不太懂電腦。」

「其實呢，他說得沒錯，」珍承認，「我們的確不懂。」

賈瑪爾在他的椅子上旋轉過來面對珍。「告訴我你們想知道什麼。」

他雖然才十五歲，但是那一刻，看著他的眼睛，珍看到一個自信的年輕男人。「你說過索菲亞買那台筆電，是要用來上網搜尋的。」珍說。

「她是這樣告訴我的。」

「你知道是什麼樣的搜尋嗎？」

「不知道。她只是拜託我幫她設定好筆電。我安裝了一些軟體，幫她申請了一個Gmail的新帳號。」他大笑起來。「我的意思是，她居然還在用AOL收發她的電子郵件。」

「所以你就是幫她申請Gmail帳號的人？」佛斯特說。

「是啊。」

「你會剛好知道她的登入資訊嗎？」

賈瑪爾打量了她一會兒，好像想分辨這個問題底下有什麼沒講出來的理由。這個問題有可能害他惹上麻煩。「我沒有駭入過她的帳號，如果你問的是這個問題的話。」

「我們的意思完全不是那個，」珍說，「我們是希望你現在能幫我們做這件事。」

「駭入她的帳號？」

「你似乎是那種記得很多細節的人。比方用戶名和密碼。」

「或許吧。所以呢？」

「要是我們可以閱讀她的電子郵件，查出她跟誰通信過，說不定就能抓到殺她的凶手。」

賈瑪爾仔細考慮了一下，衡量著信賴他們、協助他們的風險。最後，他吸了一口氣，旋轉椅子面對鍵盤。「她的密碼是亨利加上她的門牌號碼。我跟她說過這樣不夠安全，但是她說這樣她才有辦法記住。」

「她的密碼用了她金魚的名字？」

「有何不可？」他打字，手指移動速度快得一片模糊。「好了，進去了。」

就這樣。珍和佛斯特彼此看了一眼，兩個人都驚嘆於他們的問題這麼快就被一個十五歲少年解決了。

「這是她的收件匣，」賈瑪爾說，「裡頭信件並不多，因為她這個帳號只用了幾個星期。」

但就是她死前最重要的幾個星期。

賈瑪爾退開，讓珍和佛斯特看螢幕。珍抓著滑鼠，開始點選那些信件。

在死前三個星期內，索菲亞．蘇瓦雷茲收到過朝聖者醫院寄來的幾則有關她排班表的電子郵件，還有一則是她的美髮店確認她的預約，一則是護理工作日誌的更新提醒，兩則亞馬遜網路書店的通知，告訴她有新的羅曼史小說上市。還有一些顯然是垃圾郵件。一大堆的垃圾郵件。沒有威脅信，也沒有什麼貌似不尋常的郵件。

然後珍點了一則電子郵件，是一個Hotmail的信箱寄來的，只有兩行字。

你的信由我的舊公寓轉來。我想知道更多，打電話給我。

珍注視著訊息中的那個電話號碼，她似乎看過。「佛斯特——」她說。

「是她電話通聯紀錄裡的那個號碼，」佛斯特說，「她打去過那個拋棄式手機的號碼。」

珍看著賈瑪爾。「索菲亞跟你提到過這則電子郵件嗎？」

他搖頭。「我只是她的電腦工程師，我不曉得任何有關打電話的事情。你們為什麼不自己打那個號碼，搞清到底是誰？」

「我們試過了。電話沒人接。」

「唔，那你們現在有電子郵件網址。我來看標頭有什麼。」他敲了幾個鍵，同時用滑鼠點了幾下。

佛斯特皺眉看著螢幕上秀出的內容。「IP位址。」

賈瑪爾點點頭。「或許可以指引我們查出寄件者的位置。」他上了一個新網站，把那些數據貼在搜尋空格裡，然後嘆氣。「抱歉，結果連到維吉尼亞州的Hotmail。你們為什麼不乾脆寄一封電子郵件給他？」

「那如果他沒回信呢？」佛斯特問。

珍注視著電腦，想了一會兒。「他說他收到一封她寄來的信，從他的舊地址轉來的。這表示是她主動聯絡要找他的。她大概曾在網路上搜尋過他。」

「那我們就去查看她的搜尋歷史紀錄吧。」賈瑪爾說。

「可是我們沒有她的筆電。」

「不需要。你們已經登入她的Gmail帳戶了。」他要去拿滑鼠，然後又停下來看著珍。「只因為我有辦法這麼做，並不表示我是駭客什麼的，好嗎？我只是知道一些招數。而且我發誓這是我唯一一次進入她的帳戶。」

「好啦，我們相信你。」珍說。

他母親說：「另外讓你們知道一下。我正在用手機錄影，可以證明是你們要求他這麼做的，所以事後別想硬說些他沒講過的話。」

「我們連夢都不敢夢的。」佛斯特說。

「既然我們已經登入了，現在只要進入她的Google帳戶就行了。」滑鼠點擊。「進入『活動與時間軸』。」滑鼠點擊。「然後打開『我的活動』」。滑鼠點擊。「接著就會列出她網路搜尋的清單，按照日期順序排列。」他在旋轉椅上轉過來，朝珍和佛斯特微笑。「不客氣。」

珍瞪著螢幕。「狗屎。波士頓警局得雇用你才行。」

博德太太從門口喊過來：「這個我也拍下了！」

珍和佛斯特朝螢幕湊更近，看著賈瑪爾往下捲頁，顯示出索菲亞人生中最後幾個星期察看過的網站。氣象頻道、《美國今日報》、一個網路護理工作日誌、一篇有關血型遺傳學的文章。

「停下，」珍說，指著螢幕。「那裡。四月十日。她在Google上搜尋詹姆斯·柯瑞騰這個名字。那是怎麼回事？」

「似乎是個很常見的名字，」賈瑪爾說，「搜尋出來的筆數會很多。」

「搜尋吧。我們看看會出現什麼結果。」

賈瑪爾點擊了螢幕上的搜尋字串，冷哼一聲。「一千七百萬筆。有一個知名的冰球選手、一個心理學家、一個演員，外加Facebook上頭有一千個傢伙叫這個名字。你想查哪個？」

「她搜尋的那個。」

「這得查上好幾年。」

「繼續往下看她的搜尋活動。她還查過哪些網站？」

賈瑪爾的手又回到滑鼠上，往回捲到四月初，經過了《波特蘭前鋒報》和《班戈每日新聞報》。

「又回到緬因州了。」珍說。

「她以前住過那裡。」佛斯特說。

「可是那是十五年前了。她為什麼忽然要搜尋那邊的報紙？」珍指著《班戈每日新聞報》的連結。「點選那個。看看會連到哪裡。」

賈瑪爾點擊了那個連結，螢幕上出現一篇舊報紙的文章：**寇爾比學院女教授謀殺案，警方急尋前夫中**。

「這一切到底是怎麼回事？」佛斯特說，「這個報導是十九年前了。會跟其他什麼事情有關聯？」

「關聯就在那裡。」珍說，指著螢幕上那篇報導中的一句。

……警方已經針對被害人的前夫詹姆斯．T．柯瑞騰發布逮捕令。

「就是她在找的那個男人，」佛斯特說，「或許她找到他了。」

珍看著佛斯特。「或者是他找到她了。」

20

他們往北行駛時，大雷雨突然來襲，雨水猛烈地撲向他們的車。珍堅持由她開車，因為當天氣變得惡劣、道路變得溼滑時，她最信得過的駕駛人就是她自己。她和佛斯特以前調查別的案子時，曾經走過這條路，循著指標一路往北，過了基特里橋，就進入緬因州了。他們搭檔辦案太久了，現在就像老夫老妻似的，兩人都很安於長時間沉默，於是有一個小時，他們幾乎都沒說話，只是看著擋風玻璃的雨刷來回掃著，同時大風吹得整輛車搖晃。

進入緬因州八十公里後，他才終於開口。「星期六晚上的事情很抱歉。」

「什麼？」

「在你媽家的晚餐。愛麗絲有那個詭異的飲食禁忌，都沒吃什麼。我很擔心你媽可能會不高興。」

「她那個詭異的飲食禁忌到底是什麼？」

「那是遵照一個健康大師寫的書，每個星期不一樣。這個星期吃大量的蛋白質，下個星期又只吃生菜沙拉。這個星期剛好是她的生菜沙拉週。我本來希望你媽不會注意到的。」

「相信我，她會注意到每個人吃的每一口食物。她心裡有個計算機，每樣卡路里都算得清清楚楚。」她看了他一眼。「順便問一下，目前狀況怎麼樣？你和愛麗絲？」

他聳聳肩。「有好日子，也有壞日子。大部分是好的。」

「她有沒有提起過，你知道。他。」

「我們已經過了那個階段了。在伴侶關係中，你得學著往前走，你知道？重要的是，她回到我身邊了。」他注視著滂沱大雨落在擋風玻璃上。「我之前單身的時候過得不好。我討厭自己一個人過日子，加入那些愚蠢的約會網站。你記得的。」

沒錯，珍的確記得，因為他每次被拒絕、每次悲慘的約會之後，就會跟珍訴說他的苦惱。她全都聽過了，即使她並不特別喜歡愛麗絲，但佛斯特顯然很愛她，而且沒了她就過得很悲慘。

「總之，你有機會跟你媽聯絡的時候，麻煩跟她說一聲，愛麗絲吃得少是因為飲食禁忌，跟她做的菜完全無關。」

「我會跟她說的。」珍說，但是她知道，除非陷入昏迷，否則你沒有藉口拒絕安琪拉精心烹調的大餐。

「我想風暴減弱了。」他說。

大雨轉為毛毛雨，但是當她望向天空，看到烏雲朝北邊移動。就是他們前往的方向。「會回來的。」她說。

兩個小時後，他們轉入一條泥土路。這場風暴吹得樹枝到處散落，珍得開著車子閃來閃去避開，駛向寇爾比學院副教授艾路易絲．柯瑞騰的舊居。車道上已經停著一輛掛著緬因州車牌的汽車，他們停在旁邊時，那輛車駕駛座旁的車門打開，一個壯熊般的男子出來。他四十來歲，穿著配合天氣的防水外衣，但他的平頭沒戴帽子，站在毛毛雨中，耐心等待他們下車。

「瑞卓利警探嗎？我是喬．提布鐸。」

「這位是我的搭檔，佛斯特警探。」她說，然後轉向那棟住宅。那是一棟漂亮的原木房屋，有大大的窗子和高高的屋頂，完美融入這個樹林茂密的環境。「哇，好地方。」

「是啊，像一棟夢想中的房子，只除了房子的過往歷史。」他瞇起眼睛看著天空。「看起來雨又要轉大了，我們趕緊進去吧。」

「你之前說，現在裡頭有人住？」珍問，他們爬上了通往前廊的階梯。

「諾亞與安妮．拉茲夫婦。安妮正在等你們，對你們來訪的原因不太高興。被人提醒這裡所發生過的事情，一定讓她很不安。」

他們還沒敲門，前門就打開了，出現了一名年輕女子，手裡抱著一個金髮的學步小孩。

「嘿，安妮，」提布鐸跟她說，「謝謝你讓我們進去看。」

「我得承認，這事情又被提起，有點把我嚇到了。」安妮看著珍和佛斯特。「所以你們是波士頓市警局派來的？」

「是的，女士。」珍說。

「我希望這趟拜訪表示你們終於要逮捕他了。因為我討厭想到他還逍遙法外。老實說，要是我早知道這裡發生過什麼，就絕對不會讓我丈夫簽字租下這裡的。」

他們走進屋內，珍抬頭看著裸露的屋樑往上聳立，形成六公尺高的拱形屋頂。屋子後方的落地式大窗面對著後院，外頭環繞著森林。雖然這棟房子本身很寬敞，但是那些靠近的樹和籠罩在天空的烏雲，讓整個看出去的視野有種令人不舒服的幽閉感。

「你們住在這裡多久了，拉茲太太？」珍問。

「到現在八個月了。我先生在寇爾比學院教書，化學系。我們從洛杉磯搬來這裡，當初剛看到這棟房子時，不敢相信房租那麼便宜。然後保姆告訴我們有關……」安妮把懷裡扭動的學步小孩放在地上，那小男孩跑去撿起地板上的一個無尾熊絨毛玩偶。「聽到這裡曾發生一件謀殺案時，我非常震驚。」

「你們搬進來的時候都不知道？」佛斯特問。

「對，我覺得房屋仲介應該要告訴我丈夫的，不是嗎？這事情並不太困擾諾亞，但是獨自帶著小孩待在家裡一整個白天的人不是他。我知道那是很久以前發生的事情了，不過還是一樣。」她抱住自己，好像一陣冷風忽然吹來。「那種過往歷史永遠不會離開的。」

「我要陪他們在屋裡走一圈，安妮。」提布鐸說，「讓他們看看各個臥室，可以嗎？」

「是的，請便。」她看著兒子，這會兒正坐在地板上，開心地對著他的那些絨毛動物們牙牙學語。「我會待在這裡陪諾倫。你們想看哪裡都請便。」

「謝謝，女士。」佛斯特說，但安妮已經坐在兒子旁邊的地板上，沒在看他們了。或許她不想被提醒他們為什麼會來她家。

提布鐸帶著他們爬樓梯來到二樓。珍隔著樓梯欄杆往下看，安妮在底下寬敞的空間裡跟兒子緊靠在一起。從這個高高的位置，她可以看到落地大窗外逼近的樹林，還有更遠處雲霧籠罩的山脈。天空現在變得更暗了，烏雲像一面黑色簾幕迅速朝這裡移動。隆隆的雷聲從遠處傳來。

「被害人的臥室往這邊走。」提布鐸說。

他們跟著他沿寬闊的走廊往前，進入主臥室，窗外逼近的樹林和愈來愈厚的烏雲，為這個房間蒙上一片不祥的昏暗。他們一進入房裡，提布鐸就關上房門，珍明白為什麼。安妮已經被他們的來訪搞得心裡發慌，而提布鐸打算要告訴他們的事情，只會讓她更加不安。

「十九年前，這個案子的主責警探是丹・苳布雷，」提布鐸說，「很聰明，很仔細。但是很不幸，他去年死於肺癌。我幫你們複印了相關檔案，就放在外頭的車上，但是所有關於這個案子的重點，我都可以摘要報告。這個案子發生時，我只是基層的巡邏警員，不過我是第一個趕到現場的。而且我記得每一個細節。」他看了臥室一圈，目光遙遠，彷彿回到多年前的那一天——他第一次來到這棟房子之時——雖然房間裡的一切當然都改變了。拉茲夫婦把房間佈置成北歐的現代風格，現在放著一張線條流暢的楓木床，地上鋪著一張乾淨的幾何圖形地毯。淺黃褐的木製梳妝檯上放著一張拉茲家微笑的全家福：安妮、她丈夫諾亞、他們粉紅臉頰的兒子。諾亞．拉茲戴著眼鏡，蓄著修剪整齊的絡腮鬍，看起來完全就是大學化學教授的模樣，這個相信科學的男人大概不相信鬧鬼這種事。當他站在這個房間內，知道這裡曾發生的事情，可曾感覺到那麼一絲最細微的寒氣？當他望向臥室的窗外，看著緊緊包圍的樹林，可曾想過還會有其他什麼也在逼近他們的房子？珍不相信有鬼，但就連她也感覺到黑暗籠罩著這個空間，那種回音大概永遠不會完全消失。

也或許只是因為大雷雨即將來臨。

「那是星期二上午，」提布鐸說，「被害人前一天有兩堂課要教，但是沒出現，也沒接電話。我就被派來她的房子察看一下。」

「她在寇爾比教什麼？」佛斯特問。

「英語文學。她是副教授，當時三十六歲，剛離婚，住在這棟房子裡大約一年了。我來察看她的那一天，原以為她只是生病了，忘了跟學校請假。在這個地區，謀殺不會是我想到的第一件事。這一帶很安全，住的都是家庭，大學生。沒有你們在波士頓的那類犯罪。你就是想不到……」他吐出一口氣。「總之，我對自己的發現完全沒有心理準備。」

「我大約上午十一點到這裡。當時是十月中，天氣很好，秋葉正是最漂亮的時候。一開始我沒注意到任何不對勁。前門鎖著，我按了門鈴，但是沒人來應門。她的車子在車棚裡，所以我想她一定在家。我開始有那種感覺，在你的胃裡深處，當你知道有什麼不對勁的時候。我想或許她病得很重；或是摔下樓梯；或者火爐有什麼毛病，她死於一氧化碳中毒。我繞到後院，就是那些大窗子面對著樹林的地方，這時候我看到通往露台的門開著。看起來不像是有人破壞過，所以要不是她忘了鎖上，就是有人用鑰匙開門進去的。」

「還有誰有鑰匙？」珍問。

「我們知道她前夫有，但是住這一帶的人夜裡不見得都會鎖門。這裡就是那樣的地方。而且她通常會在屋後露台的一塊石頭下放一把備用鑰匙。我們後來找到了備用鑰匙，還壓在那塊石頭下面。」

「誰知道有那把鑰匙？」

「很多人。保姆、清潔工、整修廚房的工人。」

「換句話說，全城有一半的人都知道。」

「差不多吧。」他走到窗前，看著暗下來的天空。「那一天涼爽而清新。好幾個星期都沒下雨，沒有爛泥上的鞋印通向房子，只有大量落葉從打開的後門吹進去。我進了屋子，開始爬上樓梯。那時候我注意到蒼蠅，同時生平第一次聞到——好吧，你們知道聞起來是什麼樣。那種氣味你一輩子都忘不了的。我爬上樓梯，來到樓梯上的平台時，就在那裡發現她，躺在這個臥室外的走廊上。她穿著睡袍，她的臥室門大開著。看起來她是下了床，來到走廊上，碰到了侵入者。」他看著珍和佛斯特。「她脖子上有勒痕，顯然是手指造成的瘀青。無論動手的是誰，都強壯得有辦法徒手掐死一個女人。而且根據那個氣味，還有蒼蠅，事情是發生在至少幾天前了。我什麼都沒碰，什麼都沒動。讓她維持在我發現時的樣子，正要打電話回局裡時，注意到那隻兔子。」

「什麼兔子？」珍說。

「一隻粉紅色的絨毛兔子。就落在走廊的地板上。我開始有那種很想吐的感覺。沒人跟我說過這屋裡有小孩。我沿著走廊往前，看到下一間臥室裡頭，那顯然是小孩的房間。粉紅色的窗簾，床上鋪著公主床罩。我四處都找過了。每間臥室、地窖、屋外四周，但是都沒找到她。後來的搜索隊仔細找過那些樹林，也沒找到。」他搖搖頭。「那個小女孩不見了。」

21

他們坐在沃特維爾市中心的一家小餐館內，離艾路易絲・柯瑞騰生前的住宅是二十分鐘車程。猛烈的大雨使得大部分人都沒出門，餐館裡除了他們只有另一桌客人，不過那一桌的兩個人都太專注在自己的智慧型手機上，根本沒注意對方，更別說其他人了。外頭雷聲隆隆、傾盆大雨落在馬路上，但餐館內唯一的聲音就是低聲的交談，以及卡布奇諾機所發出的嘶嘶聲。

「我從來不曾停止回想這個案子，即使這麼多年過去了。」提布鐸說，「我當時沒有負責調查，但是在我人生的那個特定時刻，對我的打擊很大，因為那個失蹤的小女孩莉莉。她當時才三歲，我老是想著那一夜她可能經歷了什麼。她看到了她母親發生的事情嗎？凶手是她認識的、甚至信任的人嗎？我女兒當時一歲，我當時還想著，如果她被人帶走、我連她是不是還活著都不知道，那會是什麼感受。四年前我加入重案組時，丹・荃伯雷才剛退休，所以我就找出他沒偵破那些舊案的檔案，重新再檢查一次艾路易絲・柯瑞騰謀殺案。我剛剛給你們的那個檔案夾裡，有荃伯雷的筆記和訪談副本，另外驗屍報告我會用電子郵件寄給你們。我一次又一次仔細研究過這個案子，每次得到的結論都跟荃伯雷一樣。是她的前夫幹的，一定是他。」

珍翻閱著那疊訪談紀錄。「沒有其他可能的嫌疑犯？」

「幾乎每一個曾跟被害人接觸過的人，荃伯雷全都查過。到最後，他還是相信是那個前夫詹姆斯。他們的離婚幾乎就是一場兇狠、拖拉的戰鬥。老實說，他們的婚姻似乎從一開始就注定失敗。她是學者，他是音樂家——而且不是很成功。他晚上在幾家酒吧彈吉他，另外在班戈的高中裡兼課教音樂。這兩個人一定是異性相吸的案例。女人好像總是對不修邊幅的音樂家有好感。」

「是嗎？」珍說。

「你告訴我啊。」

「我自己從來沒對音樂家著迷過。」

「唔，反正很多女人似乎是會，或許是那種壞男人的神秘感。總之，柯瑞騰夫婦的婚姻沒有維持多久。他們結婚四年，就訴請離婚了。兩個人什麼都要爭——家具、銀行帳戶、小孩。最後雙方達成協議，擁有三歲女兒的共同監護權，但即使這個時候，兩個人都已經互相不講話了。所以你就明白，為什麼他是荃伯雷的頭號嫌疑犯。尤其因為殺了母親的人也同時帶走了小孩。」

「那荃伯雷還調查過其他哪些嫌疑犯？」

「被害人每個學期在寇爾比教四堂課，所以她的學生全都被列入考慮。或許她因為給了低分，激怒了某個學生；或許她成為某個學生迷戀的對象。她長得漂亮，而且據大家所知，她當時沒有跟任何男人交往。而且在謀殺一個星期前，她曾為大約二十個大四學生在家裡辦了一個葡萄酒配乳酪的歡迎會，所以他們知道她住在哪裡，也知道屋裡的格局。」他暫停一下。「而且那天晚上，他們應該也見過她女兒。」

「你之前說她的名字是莉莉？」佛斯特問。

「對。」

「你們有沒有考慮過母親不見得是目標的可能性？說不定真正的目標是小孩？」

提布鐸點點頭。「有，而且那個女孩可愛極了。長長的金髮，跟她母親一樣。荃伯雷想過，說不定有個人在城裡看到了莉莉，決定要弄來給自己。他想過，母親被謀殺說不定只是附帶發生的，是因為綁架出了狀況。」

「母親去學校教書的時候，誰照顧莉莉？」

「她加入了一個私人托兒所。是當地的一個女人經營的，查過之後發現她完全沒問題。四十五歲，一輩子都住在沃特維爾。」

「你講得好像身為當地人，就是某種清白的保證。」珍說。

「某種程度上，的確是這樣。你在一個小城鎮長大，就總是被人用放大鏡檢視。每個人都知道你是誰、是什麼樣的人。所以，不是那個托兒所的女人。荃伯雷也考慮過可能是城外的人，剛好經過本地。看到那個小女孩，決定要偷走她，在過程中殺了母親。」

「外地人在這裡，不是會被注意到嗎？」佛斯特問。

「現在城裡很安靜，但是等到九月，寇爾比學院和其他本地大學都開學了，加上來看秋葉的遊客。像那麼擁擠的狀況，你絕對不曉得會有什麼怪人出現。所以沒錯，有可能是外來者。

這個人跑來想帶走小女孩，她一定會大吵大鬧。媽媽聽到小孩尖叫，想要阻止。所以他就得殺了她。」

「鑑識人員沒發現任何有用的線索嗎？」珍問。

「指紋很多，但是她遇害幾天前才舉行過那個歡迎會。而且幾個星期前，有一批工人在她家整修廚房。一個木匠、一個水管工、一個電工。外加她前夫的指紋到處都是。」

「所以又回到詹姆斯．柯瑞騰身上了。」

「他當時還有一把那房子的鑰匙，所以他進得去。他有動機。而且他前妻遇害當天晚上，他完全沒有不在場證明。」

「他說他那天晚上在哪裡？」

「在裴納布司卡灣。他有一艘破破的小帆船，說他一整個週末都睡在船上。沒有證人，那是當然了。」

「當然。」

「然後還有那個血。」

珍精神來了。「什麼血？」

「樓上走廊的地板上有微量的血。就離被害人陳屍的地方沒幾呎。」

「是那個前夫的？」

「A型陰性血，跟詹姆斯．柯瑞騰吻合。他宣稱那些血是一年前的，當時他刮鬍子割傷自己。」

「他有任何新傷口嗎？」

「手指上有一道正在痊癒的割傷，聲稱是在他的帆船上發生的。船上也有血，所以對我們其實沒幫助。他們把他扣留了四十八小時，在這個期間去搜索他租來的房子和他那艘破帆船，找那個孩子。當然了，她的毛髮和指紋在他家到處都是，但是沒找到莉莉。因為他女兒定期會去他家，所有的微物跡證也不代表什麼。最後他們不得不放他走，不過他還是我的頭號嫌疑犯。」提布鐸直視著珍。「接著請你解釋一下，柯瑞騰跟你們的凶殺案有什麼關係。」

「我們本來還希望你能告訴我們呢。」珍說。

提布鐸搖搖頭。「我完全不知道。我連他現在人在哪裡都不曉得。」

「你們沒有密切留意他？」

「都已經十九年了。荃伯雷一直希望有一天他能夠證明是柯瑞騰幹的。或許有個目擊證人會開始談，或那個人會自白。或者——但願不會發生——他們會發現那個小女孩的屍體。幾年前，我們還以為我們發現了，當時有一具骨骸出現在三十公里外的州立公園。」

「是小孩的？」珍問。

「對。根據骨骸的狀況，埋在那裡已經好一陣子了，或許十年或更久，而且是一個大約三歲的小女孩。」

「就跟莉莉一樣。」

「他們剛找到那些骨頭的時候，我就把詹姆斯．柯瑞騰又找來問話。千方百計逼問他。我太想證明是他謀殺了那個小孩，但接著我們拿到那些骨骸的DNA檢驗報告，結果不符合他或艾路易絲的。」

「不然那是誰的骨頭？」

「到現在還沒確認身分。她只是女性無名氏，被扔在那片樹林裡。」他搖搖頭。「我本來還以為我他媽的逮到他了。」

「後來柯瑞騰怎麼樣了？」

「那個高中不想讓他教音樂了，另外他也失去了在酒吧表演的機會。從此他就到處換來換去，一直在尋找其他的工作。他曾在奧古斯塔的一家加油站工作過，還有南波特蘭的一家餐廳。」

這就解釋了索菲亞．蘇瓦雷茲電話通聯紀錄上的那些號碼。她一直想找到詹姆斯．柯瑞騰，一個接一個追溯他的工作歷程。加油站、水牛城雞翅餐廳。她最後聯絡上他了嗎？她打的那支拋棄式手機就是柯瑞騰的嗎？

「我們想讓你看一段影片，」佛斯特說，把自己的手機遞給提布鐸。「這是在波士頓一個墓園拍到的監視影片。用手機看的效果不是最好，但是稍後我會把檔案寄給你，讓你在桌上型電腦看。」

「我要找什麼？」

「我們希望你認得這個男人。」

提布鐸把影片看了一遍，然後看第二遍時，卡布奇諾咖啡機再度響了起來。

「這個男人是詹姆斯．柯瑞騰嗎？」佛斯特問。

提布鐸吐出一口氣。「不曉得。」

「有可能是他嗎？」

「應該吧。身高似乎一樣，還有頭髮的顏色。但如果那是他，那麼比起我上次看到時，他改變了很多。他瘦了，瘦很多。也掉了一些頭髮。」提布鐸把佛斯特的手機遞還。「真希望我可以更確定，但這個影片不是很清楚。」

「你知道他現在可能在哪裡嗎？」珍問。

「不知道。我後來接手這個案子，他就不見了。大概是因為他知道我在注意他，等著要找任何理由把他關進牢裡。好吧，或許我真的有稍微騷擾他，所以他有理由躲著我。據我所知，他還是在緬因州。但是也有可能在這個國家的任何地方。」

「而且可能又殺人了。」

「或許吧。但是我看不出艾路易絲．柯瑞騰的謀殺和你們在波士頓的案子有什麼關聯。」

「索菲亞．蘇瓦雷茲就是關聯。」

「只因為她在Google上搜尋過柯瑞騰？」

「為什麼她要搜尋他，另外她真的找到他了嗎？這就是她後來送命的原因嗎？」

提布鐸冷笑一聲。「Google造成喪命。這倒是新鮮。」

他們沉默對坐了一會兒，三個人都思索著這個問題。在用餐空間的另一頭，那兩個人還是繼續盯著各自的智慧型手機，對彼此的存在和那些警探的談話都渾然不覺。小餐館的門打開，兩個女人從外頭的暴風雨低頭跑進來，抖掉外套上的雨水。咖啡師開心地喊她們的名字。在這個小城，所有當地人似乎都彼此認識，謀殺似乎是外來者才會做的。

直到後來並非如此。

「那其他的嫌疑犯呢？」珍問。

「有個學生被柯瑞騰教授當掉之後，曾經威脅過她。還有一個醉鬼跟她住在同一條路。兩個後來都排除嫌疑了。」

「你有前一個星期去參加柯瑞騰教授歡迎會的學生名單嗎？」

「在我給你們的那些檔案裡。有的學生有謀殺那夜的不在場證明。有的沒有。」

「還有幫她整修廚房的那組工人呢？」佛斯特問。

「三個男人。名字也在那個檔案夾裡。他們知道怎麼進入她的房子，而且他們的指紋在後門和整個廚房到處都是。他們施工的時候應該看到過那個小女孩，所以很自然地，荃伯雷找他們談過。」

珍翻著那份檔案，找到了那組工人的訪談紀錄。史考特‧康斯坦丁、布魯斯‧福拉格勒、拜倫‧巴柏。更多名字加入了他們日益龐大的可能嫌疑犯名單中。「這三個有犯罪前科嗎？」

「都是輕罪。酒醉駕駛、家暴。不過三個人都宣稱謀殺那一夜在家，他們的太太或女友也都作證。其中兩個搬到別州了，我不曉得搬到哪裡。拜倫．巴柏還住在這裡，還在幫人整修廚房。」

珍翻到一張艾路易絲和莉莉．柯瑞騰的合照，母女兩人在一棵枝葉伸展的櫟樹下，對著相機露出燦爛笑容。兩個人皮膚都很白，都是淺金色頭髮，兩人穿著同樣有粉紅色腰帶的夏日洋裝。看到她們在一起那麼快樂，真是令人難過。珍想到自己的女兒瑞吉娜，還有她們一起拍的復活節照片。她們從來沒穿過漂亮的春日洋裝，因為四歲的瑞吉娜是那種愛穿連身工作服的女孩，但是就像柯瑞騰母女，她們也會在樹下擺姿勢，露出類似的幸福笑容。珍把照片翻面，發現是六月十五日拍的。

四個月後，艾路易絲．柯瑞騰將會死去。

「你看得出這個案子為什麼讓我念念不忘，」提布鐸說，「她們的臉，她們的笑容。我一直想到我自己的女兒。」

「我也是。」珍輕聲說。

提布鐸看了一下手錶。「抱歉我要走了，還有個會要開。你們所需要的大部分東西，應該都在那些檔案裡，我手上還有的其他東西，會再用電子郵件寄給你們。要是你們那個案子破了，就打電話給我。我很想知道是什麼把這兩個謀殺案連結在一起的。」他站起來。「如果真有什麼連結的話。」

22

「根據艾路易絲．柯瑞騰的驗屍報告，」莫拉說，「我看不出這兩樁謀殺案有很多類似處。所以我認為，下手的不是同一個人。」

珍看著莫拉在停屍間的水槽洗手，似乎對剛剛驗屍完畢的那股屍臭渾然不覺。珍站得很靠近門，手肘舉到鼻子前遮住，但那氣味已經滲進了她的鼻孔、她的肺。即使她把衣服脫光去沖澡，還是沒辦法消除那個臭味的記憶。「你剛剛到底是切開了什麼？聞起來像臭水溝。」

「八十八歲的女性，獨居。她在溫暖的房子裡死去八天才有人發現。」莫拉關掉水，伸手拿紙巾擦乾手。「非常令人難過，但絕對是自然死亡。」

「我們可以離開這裡嗎？我需要新鮮空氣。」

「非常樂意。」莫拉把紙巾扔進垃圾桶。「我們去外頭吧。」

另一個風暴在一夜之間又進逼，烏雲低低懸在城市上方。空氣黏膩而潮溼，珍感覺得出空氣中的雨意更濃了。她們坐在建築物後方的戶外長椅上，面對著地下通道，周圍的水泥建築放大了來往的喧囂車聲。眼前的景色絕對不優美，而且汽車排放的廢氣也不好聞，但至少聞起來不像死人。她們兩個今天都聞死人聞夠了。

「我希望這是同一個凶手，」珍說，「那麼事情就會簡單太多。我只要找到詹姆斯．柯瑞騰就好了。」

「緬因州警方只是懷疑，但是從來沒辦法證明他殺害了自己的前妻。」

「提布鐸警探非常確定是他幹的。而且如果柯瑞騰殺了一個女人——」

「並不表示他會殺第二個。」

「但是兩個案子有相似的地方。兩個都是家中遭人闖入。而且看起來，兩個被害人都非常驚訝。」

「如果是同一個兇手，那他就是改變了自己的作案手法。索菲亞是被鐵鎚敲死的，是有效率又冷靜的殺人法。艾路易絲．柯瑞騰是被掐死在自家樓上的走廊。那是非常私人、非常親密的殺人法。需要夠大的力氣，還要兩人肌膚接觸，近得兇手可以感覺到她的掙扎，以及她身體的最後抽搐。」

「你指的是，這個兇手認識他。」

「也不排除是陌生人。或許兇手是因為當時手上沒別的東西，不得不用雙手。」

「詹姆斯有動機。他跟他前妻之前在爭奪小孩的監護權。」

「如果是他幹的，那麼小孩在哪裡？他為什麼要連小孩都殺掉？」

「你知道有些前任的想法。要是我得不到她，別人也休想得到。他們只是還沒找到莉莉的屍體而已。而且樓上走廊有他的血跡。」

莫拉點點頭。「我在報告上看到這個細節：A型陰性。」

「就是他的血型。而且他手指上有個新的割傷。」

「那個傷口他有解釋。加上他們在他的帆船上發現了血，就在他之前說他割傷的地方。」

「真夠巧的。」

「你還在努力想把兩個案子扯在一起，珍。想想這兩個案子不同的地方吧。一個被害人三十幾歲，另一個五十幾。住在不同的州，不同的城市。而且兩樁謀殺案相隔十九年。」

「十九年前，索菲亞在緬因州當護理師。艾路易絲・柯瑞騰的謀殺案曾被當地報紙大肆報導，所以索菲亞當時應該聽說過。」

「那她為什麼現在要去查這個案子？在將近二十年後？」

「這就是我得搞清楚的。」珍看著頭頂上建築大樓間透出的一小片灰色天空，深吸一口氣，好把肺裡的臭氣洗掉。她們沉默坐在那裡一會兒，聽著汽車駛過附近一個人孔蓋的鏗鏘聲。

「或許她只是碰到某件事。比方聽到一些談話，看到一則新聞，」莫拉說，「讓她想起那樁謀殺案，好奇起來，就上網去查。」

「她的查詢歷史裡有一連串日期，莫拉。從四月初開始，她開始在網路上搜尋柯瑞騰。她查到他的舊地址，寄了一封信過去。一個月後，她收到了一封電子郵件，寄信者叫她打他的拋棄式手機。於是她就打了。那一定是他的手機。詹姆斯・柯瑞騰的。」

「也有可能那支拋棄式手機不是他的，而索菲亞的死跟柯瑞騰的謀殺案毫不相干。」

「那為什麼她要上網搜尋他？」珍問。

「人們會上網搜尋各式各樣瘋狂的事物。要是我讓你看我最近的搜尋歷史，你一定會很驚訝。」

「讓我猜，跟屍體有關的。」

「你真的以為我腦袋裡只想這個？」

「這個好像是我們之間唯一的話題。」

「企鵝。」

「什麼？」

「我上次在Google搜尋的是企鵝。」

珍大笑。「好啦，沒錯。我的確很驚訝。可以問一下為什麼搜尋企鵝嗎？」

「我在計畫要去南極玩。」

「正當全世界每個人都跑去溫暖的海灘，你卻選擇了冰山。真典型。」

「企鵝很迷人，珍。」

「是喔，就像金魚。」

一滴雨落在珍的鼻子上。她低頭看著現在落在地上的雨水，吸入潮溼柏油路面的氣味，城市暴雨的氣息。

「我得回去工作了。」莫拉說。

「你認為我是在浪費時間，對吧？想把這兩個謀殺案連起來。」

「我不曉得，珍。跟你工作這麼多年，我學到的一件事，就是絕對不要懷疑你的直覺。」

但是那天下午珍回到自己的辦公桌，當她去拿艾路易絲．柯瑞騰的檔案時，想著這次會不會是例外，會不會她的直覺把她引導到錯誤的方向。兩名被害人和她們被殺害的手法都大不相同。艾路易絲．柯瑞騰是有吸引力的年輕學者，跟稚齡女兒住在鄉間地帶。索菲亞．蘇瓦雷茲是中年寡婦，跟她的金魚獨居在波士頓市。除了性別和最後的厄運之外，兩人沒有共同之處。

她打開驗屍報告，審視著艾路易絲．柯瑞騰在停屍間的照片。除了脖子上一圈瘀青之外，她的皮膚完美無瑕，頭髮在驗屍間的燈光下幾乎是銀色。沒有性攻擊的證據。她穿著一件睡袍，床上有睡過的痕跡，所以她是夜裡睡著後，有什麼讓她醒來。是腳步聲嗎？是她女兒在叫她嗎？總之讓她爬下床，打開門，踏入走廊。而在那裡，她碰到入侵者。她的突然出現讓他大吃一驚嗎？然後一時恐慌殺了她？

珍翻回那張母女的合照，兩個人都是金髮，兩個人都那麼快樂。她想到瑞吉娜，想像她自己的女兒在夜裡消失。為了找她，我會做什麼？任何事都行。

不惜一切代價。

下午五點，珍依然坐在辦公桌前，還在看艾路易絲．柯瑞騰的檔案。這個案子原來的主責警探荃伯雷寫下了幾百份文件，到現在已經過了將近二十年了。這些文件可能跟蘇瓦雷茲的謀殺毫無關聯，但是索菲亞打去緬因州的這些電話，加上她搜索關於詹姆斯．柯瑞騰的資訊，讓珍認為其中一定有個關聯。佛斯特半小時前已經下班離開了，珍很快也得去托兒所接瑞吉娜，但是她仍繼續檢查荃伯雷的筆記和訪談紀錄，想尋找她第一次閱讀時所忽略的某個重要細節——能把柯瑞騰和兩樁謀殺案牢牢連在一起的細節。

她翻到整疊文件裡的下一份。是訪談一位提姆．希利爾的紀錄，他是艾路易絲．柯瑞騰的學生，在她被謀殺前那個星期的晚上，他曾去她家參加那個葡萄酒與乳酪歡迎會。當時他二十一歲，來自威斯康辛州的麥迪遜，希望畢業後讀醫學院。資料裡沒有他的照片，但是州警局曾為了排除嫌疑而取得他的指紋。他沒有犯罪前科，宣稱謀殺那一夜跟女友在一起，荃伯雷也不認為他是嫌疑犯。訪談上還加了一份附錄，是提布鐸接手這個舊案不久之後寫下的。

提姆．希利爾，醫學博士，現為皮膚科醫師，在威斯康辛麥迪遜市執業。根據電話訪談，關於柯瑞騰教授命案，他沒有回想起其他額外的事情，也沒有進一步資訊。他已經跟以前寇爾比學院的同學麗貝卡（婚前原姓愛克禮）結婚，麗貝卡當年也參加了柯瑞騰教授的歡迎會。（參照愛克禮的訪談紀錄。）

提布鐸警探絕對讓珍的工作輕鬆許多。他追查出大部分學生的現址、職業、電話。珍上網很快搜尋一下，便得知提姆．希利爾醫師的確還在威斯康辛州執業。十九年前的調查期間，他和他後來的太太麗貝卡都讓警方取了指紋以排除嫌疑，後來在自動指紋辨識系統中進行比對，也沒有符合的。這對夫婦堪稱乾淨無瑕。

珍把提姆．希利爾和麗貝卡．愛克禮的檔案放在一邊，繼續看下一份訪談。

十九名學生參加了那個雞尾酒會，提布鐸為每一個都做了後續訪談。優秀的警探都多少有一點強迫症，而提布鐸顯然很嚴重，柯瑞騰教授被謀殺前那星期去過她家的那些學生，他都頑強地追查出每一個的下落。他發現其中兩個學生已經過世，一個是因為腦出血，一個是在瑞士爬山發生意外。畢業之後，這些人大部分都離開了緬因州，散佈在全世界各個城市。目前住在波士頓地區的只有一個：安東尼．伊勒馬茲，是唐威投資公司的投資顧問，大概值得去找他談談。大部分學生都事業有成：醫師、律師、財務顧問。沒有一個有違法的問題，沒有一個的指紋出現在其他任何犯罪現場。

最後，珍轉向詹姆斯．柯瑞騰的檔案。除了十九歲有一次酒醉駕駛、未成年時有一次破壞公物的罪名之外，這個人沒有犯罪紀錄，也沒有暴力的歷史，但他和前妻為了三歲的莉莉曾進行激烈的監護權之爭。當時艾路易絲剛得到一個在奧勒岡大學的工作機會，這表示要把小孩帶到離父親三千哩之外。雙方律師的溝通愈來愈展現敵意。

*他跟我說，如果我把小孩帶走，他會讓我後悔的。*艾路易絲在宣誓陳述書上這麼說。*我認為這是威脅。這也是為什麼我不認為應該繼續給他探視權。*

而這也是為什麼荃伯雷認定詹姆斯是凶手。這個人有動機，也有進入房子的方法，而且他沒有不在場證明。另外，在靠近他前妻屍體的走廊上，發現了他的血跡。他顯然是頭號嫌疑犯，但是他從來不曾試圖逃離緬因州。即使謀殺案敗壞了他的名聲，即使他的鄰居都迴避他，警方也持續跑去他家後院，想尋找莉莉的遺骸，但是他都沒有離開家鄉——一開始沒有。然後他任教那所高中的家長抱怨子女的音樂老師有可能是謀殺凶手，於是他失去了教職，不得不在一連串沒前途的工作裡換來換去，沒有一個做得久。當警方還持續在挖出你的過去，持續追蹤並騷擾你，誰會雇用你呢？

她的手機鈴聲響起。她看了一下螢幕上顯示的來電者：里維爾警察局。

「我是瑞卓利警探。」她接起電話說。

「我是里維爾警察局的薩達納警探。」

「嘿。有什麼我可以效勞的？」

「你可以從跟你母親安琪拉談開始。」

珍嘆氣。「她又做了什麼？」

「聽我說，我知道她一開始都是好意，為了崔莎．塔利打那麼多電話來。順帶說一聲，結果崔莎還活得好好的。只是典型的十來歲小孩跟父母鬧脾氣而已。」

「很抱歉那些電話。我媽只要腦袋裡有個想法，就會照著做，而且一直做。」不會停的。

「那也沒關係。只不過是鄰居守望相助那類的，我們也很感激她持續通知我們。但是這回太過分了，她得停止為了她的鄰居打來給我們。」

「這回是住對面的夫婦嗎？」

「是的。」

「她跟我說過，那位先生以隱蔽方式帶著一把手槍。我還沒來得及去查他是不是有隱蔽持槍許可，但是——」

「不必費事了。跟她說不要再為了他們打電話來就是了。」

「他們投訴了嗎？」

「他們很清楚她對他們有興趣。」

「他們是打算聲請禁制令嗎？」

「她必須停止吸引他們的注意。這很重要，所以去跟她談吧。我會很感謝的。」

珍暫停一下，很納悶對方保留不說的是什麼。她低聲問：「你可以告訴我那對鄰居夫婦是怎麼回事嗎？」

「現在還不行。」

「那什麼時候可以？」

「我會再通知你的。」薩達納警探說，然後掛了電話。

23

安琪拉

我女兒訂下了規矩：*不准接近葛林一家*。我並沒有擅闖私人產業，也沒有以任何方式騷擾他們家，但顯然他們去跟里維爾警局的薩達納警探投訴過，而他轉告了珍，於是她警告我，說法院對我發出禁制令也不是不可能的，雖然我想她是刻意講得誇張了。總之我成了壞人，只因為我想保護這個鄰里的安全。只因為我察覺了問題，就開口直言。

但是沒有人在乎一個成熟女人要說什麼，所以我的意見就被忽視，就像我這個年紀的女人向來被忽視那樣。即使我們是對的。

星期四晚上的「拼字塗鴉」遊戲之夜，我們四個人坐在客廳裡，我說起了這件事。我談到我們女人所面對的困境，總是努力想讓別人把我們的話當回事，羅蕾萊聽了在旁邊起勁地點頭。那一刻她丈夫絕對沒在認真聽我們講話，因為他正忙著研究他的字母塊。反正賴瑞向來就不是很善於傾聽的人。或許是因為他認為我沒什麼重要的事情可說。我看著他注視自己的字母塊，他瞇著眼睛，小小的嘴巴皺緊了，好像要送上最掃興的吻。他知道自己很聰明，但只因為他玩「拼字塗鴉」每次都贏我，並不表示我的話不值得聽。他雖然有英語碩士學位，但是我當媽媽有人生學位，連後腦都長了眼睛。像賴瑞．李歐波這樣的字典勢利眼，永遠不會懂得欣賞我們的優點。

至少喬納斯正在聽羅蕾萊和我的交談。剛剛輪到他排字，他拼出RIVER（河流），很聰明地擺脫掉一個V字塊，於是他現在可以專注在我身上。或許太專注了；他湊得好近，我都能聞到他呼吸中的義大利葡萄酒味。

「我想我們男人如果忽視女人，就會錯過很多機會，」喬納斯說，「我向來會認真聽淑女們說些什麼的。」

賴瑞冷哼一聲。「不曉得為什麼。」

「想想我們不認真聽，錯失了多少智慧的話。」

「Sexual（性的，性別的）。」

我朝賴瑞皺眉。「什麼？」

「六個字母。擺脫掉我的X了。」

我低頭看著遊戲板，賴瑞剛剛放好他的字母塊。所以今晚又會是他大勝了。

「至於智慧的話，」賴瑞說，又拿了新的一套字母塊。「我比較想聽的意見，是來源有根據的。」

「你的意思是我講的沒根據？」

「我的意思是，人們太重視直覺，太重視本能了。這是仰賴我們腦子裡頭最原始的部分，會害我們惹上麻煩的。」

「我不同意，讓我告訴你為什麼吧，」喬納斯說，「事情要追溯到我還在海軍的海豹特種部隊服役的時候。」

「那當然了。」

「敏銳的直覺救了我的命。那是在沙漠之盾行動的時候，我的海豹特種部隊小組正在科威特海岸外裝置炸藥。有這麼一艘小漁船朝我們駛來，我可以感覺到那其實不是漁船。」

「喬納斯，」賴瑞說，「我們全都聽過那個故事了。」

「唔，我永遠聽不厭，」羅蕾萊說，「只因為你從來沒有當兵，賴瑞，這並不表示你就可以不尊重另一個男人的服役資歷。」

「謝謝你。」喬納斯說，英勇地昂起頭來。有那麼一刻，他們兩個之間的表情讓我不安。喬納斯和羅蕾萊？不，不可能。他欣賞的只有我，或者我是這麼以為的，即使我對他沒興趣，但是想到我有那個條件，還是覺得很興奮。羅蕾萊有什麼條件能吸引喬納斯這樣的男人？她也許比我瘦，皮包骨的那種瘦，現在大概很流行，但是只讓我想到一隻剛出生的無毛雛鳥。

「安琪拉，輪到你了，還是你要放棄？」賴瑞說。

我的目光從喬納斯和羅蕾萊身上移開，看著我的七個字母塊。我抽到的是各種不同的字母，但是我腦子好像沒辦法把它們排成有用的順序。唯一想得到的就是CAT、RAT和HAD。這些字只會更坐實賴瑞對我低智商的評價。但是我想不出任何更好的，所以就是CAT吧。我恨恨瞪著賴瑞，等著他會說一些貶低我的話，但他只是搖頭嘆氣。

接著羅蕾萊排出來的字是ROCK（石頭），雖然賴瑞並不欣賞，但其實並不壞，然後她對我說：「所以葛林家到底在忙什麼？珍有告訴你任何消息嗎？」

「她只說不准我接近他們，否則里維爾警局不會放過我。」

「你講得太誇張了吧。」賴瑞說。

「才沒有。我女兒就是這樣說的。葛林夫婦對我來說是禁區，即使葛林先生有一把槍，即使他們顯然有什麼不對勁。」我看著喬納斯。「你不認為嗎？你就住在他們隔壁。」

喬納斯聳聳肩。「我很少看到他們。他們家窗簾總是關得緊緊的。」

「一點也沒錯。這表示他們藏著什麼。顯然里維爾警局對他們知道的不少，但是要保密。我有個感覺，他們跟那輛老是在附近打轉的白色廂型車有關。」

「什麼白色廂型車？」羅蕾萊問。

「你沒注意到？經過時老是開得很慢，好像在行竊前事先觀察各棟房子之類的。到現在我已經看過那輛車四次了。每次靠近你們家時，那輛車總是會減速。」

賴瑞本來低頭看著字母塊，這會兒抬起頭來。「這個白色廂型車是怎麼回事？」

「看到沒，賴瑞？」他太太說，「如果你不認真聽我們女人說話，就會錯過重要的事情。」

「或許只是個水管師傅或什麼的，」喬納斯說，「他們好像都開白色廂型車。」

「那輛車沒有商家標誌，」我告訴他們。「我沒能看清楚車牌號碼，不過下回它再出現——」

「你就打電話給我，」羅蕾萊說，「讓我也看一看。」

「我還有更好的辦法，」賴瑞說，「你們兩位女士乾脆就抓著掃把追出去，把它趕跑吧？因為老天，我們可不能讓水管師傅出現在我們這一帶。」

羅蕾萊沒好氣地看了他一眼。「你真的要這樣，賴瑞？」

但是賴瑞沒在聽了，因為他又回去研究他的字母塊，策劃著用另一種方法羞辱我們其他人。

「那崔莎．塔利怎麼樣了？」羅蕾萊問，「你查出那個女孩怎麼樣了嗎？」

「是啊，崔莎發生了什麼事？」喬納斯問。

我嘆氣。「她沒事。是我搞錯了。」

「最新號外！」賴瑞說，「安琪拉．瑞卓利居然也會犯錯！」

「我都承認了，不是嗎？但是只因為我在超市看到了崔莎，然後我去跟賈姬說，她跟我說他們夫妻剛大吵一架。崔莎還活得好好的，但是她還是沒回家。那個女孩很苦惱。」

「是交了男朋友嗎？」羅蕾萊湊近我低聲問。「女孩子會亂發洩情緒時，通常就是跟男孩有關。」

「我不知道。賈姬不會告訴我的。她最近口風很緊，好怪，因為當初是她要求我找珍來幫忙的。現在她又一副希望我少管閒事的樣子。」

「我們能不能繼續玩下去？」賴瑞問。「我來這裡不是為了講鄰居八卦的。」

他太太不理他。「我上星期在加油站碰到賈姬，跟她問起崔莎。我看得出來她不想談。自從賈姬被賴瑞的學校聘用之後，我們就認識他們一家了，我必須說，她始終對我冷冷的。就好像每次我一接近，她就穿上一件冰做的保護罩。你不覺得嗎，賴瑞？」

「不會啊。」

「我完全沒注意到這點。」喬納斯說。

羅蕾萊看著我。「我發誓，男人什麼都不會注意到。」

「我注意到沒人對玩這個遊戲有興趣，」賴瑞說，然後拿起他那架字母塊，粗暴地扔進盒子內。「所以我要回家了。」

我們其他人都太驚訝了，完全不曉得要說什麼。羅蕾萊跳起來跟著她丈夫走到前門。

「賴瑞？賴瑞！」她回頭看著我們搖搖頭。「抱歉，我不曉得他是怎麼回事！我晚一點再打電話給你，安琪拉。」

喬納斯和我聽到前門砰的關上，驚訝得面面相覷。然後他拿起那瓶葡萄酒。「浪費這個就太可惜了。」他說，然後幫我把酒補到快滿。

「剛剛是怎麼回事？」

「賴瑞變成一個脾氣暴躁的老頭了，就這麼回事。」

「不，今天晚上不一樣。他比平常更暴躁。」現在「拼字塗鴉」遊戲毀掉了，我正想把我的字母塊放進盒子裡，忽然明白自己可以拼成什麼字：HAZARD（危害），這樣可以得到三倍分數。這個會像是在賴瑞傲慢的臉上賞一巴掌，我很懊惱他不在這裡，不能親眼看我得到這些分數。但是每回他在這裡，我都膽怯得腦子停擺。「我不懂羅蕾萊為什麼要忍受那個男人。」

「她自己也不懂。」

「什麼？」

「她自己這樣告訴我的。」

「什麼時候說的？」

喬納斯聳聳肩，喝了口葡萄酒。「可能是兩三年前吧，我們約了喝咖啡的時候。」

「你們兩個約了喝咖啡？」

「我比較想跟你約，但是你那時還是已婚。」

「她當時也是已婚啊。現在也還是。」

「我能說什麼？淑女們告訴我她們的煩惱，我聽就是了。我聽得非常認真。」

「你們兩個之間還有什麼？」

他微笑，露出貓剛吞了一隻金絲雀的滿足微笑。「你嫉妒了？」

「才沒有！我只是——」

「別緊張，安琪拉。我們之間什麼都沒發生。她不是我喜歡的型。太瘦了，抓在手裡空空的沒感覺。我喜歡抓在手裡很有實感的那種，你知道？」

他的意思是我抓起來很有實感，我不確定自己喜歡聽到這個話，不過算了。我比較有興趣的是他知道什麼羅蕾萊和賴瑞的內幕。

「他凌虐她嗎？」我問。

「什麼，賴瑞？」喬納斯大笑。「憑他瘦得像雞的兩腿？不，問題不是出在那裡。」

「不然是什麼？」

「這種事我不能講。我答應過她的。」

「你已經跟我講這麼多了，不能現在停下。」

他一手放在心臟上頭。「有的事是紳士絕對不能做的。其中一個就是洩漏淑女的秘密。所以呢，你可以信任我，安琪拉。因為我也絕對不會洩漏你的任何秘密。」他望著我的雙眼，我幾乎可以感覺到他爬進我腦袋裡，探索我腦子的皺褶。

「我沒有什麼秘密。」

「每個人都有。」他朝我露出狡獪的微笑。「或許該是你製造一些秘密的時候了。」

「你就是不死心嗎，喬納斯？」

「能怪我嗎？你這麼迷人，而且就住在我對面。那就像是看著一家糖果店的櫥窗，永遠沒有機會買任何東西。」他喝光自己杯裡的酒，放下杯子。「聽我說，我知道你認定了文斯。但是如果你有一天改變心意，你知道我住在哪裡的。」

我送他到門口，因為這是身為主人的禮貌。而且因為他看起來真的很失望。我應該要因此受寵若驚，但結果我只是很替他難過。我看著他過街回到自己家裡，想著他獨自爬上床，獨自醒來，獨自吃早餐。我至少可以高興地盼望，一旦文斯的姊姊有辦法照顧自己，文斯就會回到我身邊；但喬納斯沒有這樣的指望。至少現在沒有。他屋裡的燈亮了，接著我看到他出現在客廳的窗內。再一次，他又開始舉重了，讓那些肌肉保持結實，為下一次征服而做好準備。

另一個動靜吸引了我的目光。這回不是葛林家的人，而是賴瑞・李歐波，他正倒車要離開他們家的車道。他的車經過我家時，我想他沒注意到我，這樣很好；我不希望他認為我成天只會監視鄰居。但是現在已經過了晚上十點，不曉得他這麼晚要開車去哪裡。過去這幾個星期，我太專注在崔莎、接著又是葛林家上頭，因而都沒留意鄰里間發生的其他事。喬納斯說得沒錯：每個人都有秘密。

現在我想著，賴瑞的秘密不曉得是什麼。

我正要關上門時，注意到腳邊有個白色的東西——一張紙。原先一定是塞進門縫裡，然後在我的客人離開時飄到地上。我撿起來，拿進屋在燈光下看。

別打擾我們。

上頭只寫了五個字，從那種捲曲的筆跡看來，是女人寫的。

我走到窗邊，望著葛林家的房子。這字條是凱莉．葛林寫的；一定是她。我不知道的是，這個字條是懇求，還是威脅。

別打擾我們。

在對街的房子裡，一面百葉簾翻開一下，我看到一個人影。是她，害怕被看到。或者是有人不准她被看到？我想著他們窗子上的那些鐵柵，還有她丈夫臀部的手槍。我想著我認識他們的那一天，他一手放在她肩上，顯然佔有欲好強，然後我明白她怕的人不是我，而是他。

向我求助就是了，凱莉，我心想。給我一個訊號，我就會幫你逃離那個男人。

但她只是離開窗邊，關掉屋裡的燈。

24

珍

下午的暑熱沉重地籠罩著這個花園，園中充滿紫丁香的濃郁花香。安東尼．伊勒馬茲手裡拿著小小的魚尾除草叉，彎腰挖起一株野草，甩掉根部附著的土壤。

「我知道這看起來像是工作，但對我來說不是，」他說，「在辦公室待了一個白天、只談投資和稅務之後，這就是我放鬆的方式。拔雜草，摘掉枯花。我回到家，脫掉西裝和領帶，就立刻來到花園。這樣我才不會發瘋。」他朝珍和佛斯特露出微笑，即使頭髮泛銀、皺紋深刻，他還是擁有小男孩的笑容，開朗而頑皮。「而且也脫離我太太的嘮叨。」

珍吸了一口氣，品味著那美妙的芳香，想著自己是否有一天能擁有自己的花園，裡頭種的植物不會被她弄死，不會像以前不幸被她擁有的幾乎每一種盆栽那樣。在這裡，杜鵑和罌粟花正盛開，牡丹灌木沿著石頭步道排列成行，步道上有一隻肥大的橘貓正躺著曬太陽。鐵線蓮和薔薇爬上了一棵枯樹的殘幹，翻過圍籬，彷彿想逃進荒野。這個花園一點都不整齊有序，但是一切都好完美。

通往屋後露台的滑門拉開來，那聲音讓安東尼轉頭看。「啊，謝謝，親愛的。」他對著他太太依麗芙說，看著她走進花園，手裡的水壺裝滿鮮紅色液體，裡頭的冰塊叮噹作響。她把水壺放在露台餐桌上，狐疑地看著丈夫。

「他們來這裡，是想問有關我跟你提過的那樁謀殺。寇爾比學院的那位女教授。」

「可是那是好多年前發生的。」她看著珍。「我丈夫當時只是個學生。」

「那個案子一直沒破，」珍說，「我們只是在做後續調查。」

「為什麼要來問安東尼？你們該不會以為——」

「沒什麼好擔心的，」安東尼說，拍了他太太的手。「我可能有辦法幫他們。反正我是這麼希望的。」他去拿水壺，把飲料倒入玻璃杯。「兩位警探，請坐。這是洛神花茶，從土耳其來的。有提神功效，而且含有豐富的維他命。」

在這個炎熱潮溼的下午，冰茶是很討好的飲料，珍才幾口就喝掉半杯。她放下杯子時，發現依麗芙正在看她，顯然被這次警方的來訪搞得很不安。但是安東尼似乎完全不擔心，只是喝著他的茶，冰塊叮噹響。

「即使過了這麼多年，我還是記得很清楚，因為當時我非常震驚。可怕的事情會讓你念念不忘，就像腦子裡的疤痕組織，永遠不會消失。我甚至記得我聽到消息時人在哪裡。就在校園裡的自助餐廳，跟一個我當時有興趣的女同學坐在一起。」他看著他太太，聳了一下肩膀表示歉意。「我們才約會兩次，我就知道我其實對她興趣沒那麼大。不過有關謀殺的消息——那個記憶非常鮮明。」他往下看著自己的玻璃杯。「因為柯瑞騰教授對我來說很特別。」

「你說特別是什麼意思？」佛斯特問。

「我一直到幾年後才懂得領略，她有多麼努力想幫我這個外國學生。我當時只是一個伊斯坦堡來的瘦男生，不確定自己能不能適應那裡。還有那些可怕的冬天！我們伊斯坦堡也下雪，但是我對緬因州的那種寒冷完全沒準備。有天早上我去上柯瑞騰教授的大一英文，一直在發抖，嘴唇都泛藍了。她就忽然把自己的羊毛圍巾遞給我。」他微笑，目光往上看著一串盛開的紫藤花。「你會記得這種事情的。簡單的善行。她成了我的導師。我聖誕假期買不起飛回家鄉的機票時，她就邀請我去她家吃聖誕晚餐。後來還鼓勵我申請研究所。我自己的母親離得那麼遠，對我來說，柯瑞騰教授幾乎就像是替代的母親。這就是為什麼她的謀殺那麼……」他搖搖頭。「這種事很難接受，對我尤其是這樣。」

「你在她生前最後一次看到她，是什麼時候？」珍問。

「是在她家的雞尾酒派對。當時我大四，她邀請了其他大概二十個她指導的大四學生。我想，當時萬聖節快到了。我還記得天黑得非常早，葉子已經開始變色。當時很有節慶感，我們都喝著葡萄酒，聊著我們畢業後的計畫。讀研究所，找工作，旅行。我們都假設自己會很有前途，但這種事很難講，對吧？根本不曉得幾天後我們的其中之一會死掉。」

「那天晚上，你覺得柯瑞騰教授怎麼樣？」珍問，「她看起來擔心嗎？或是心煩？」

安東尼想了一下。「不，我不認為。」

「你知道她跟前夫正在爭奪小孩的監護權嗎？」

「我知道西岸有一所學校要找她去教書，而他不希望她把小孩帶走。老實說，這一點我完全了解。如果有人想把我的兩個女兒帶走，我也會全力抵抗的。」他握住太太的手。「感謝老天，這種事我永遠不必面對。」

「你見過柯瑞騰教授的女兒嗎？」

「啊，見過。派對那天晚上她也在。我不記得她的名字了。」

「莉莉。」

「是了，莉莉。很漂亮的小女孩，留著長長的金髮，像個小公主。但是很安靜。她動過某種心臟手術，還在復元中，而且我想她對陌生人有點提防。我們全都去討好她，那是當然。誰抗拒得了小女孩？」

珍和佛斯特彼此看了一眼。*也許某個人就是這樣。*

珍說：「我看過你和荃伯雷警探的訪談紀錄。我知道距離現在很久了，但是或許你有機會再多想想那一晚，想起別的細節。」

安東尼皺眉。「我把自己能想到的一切都告訴他了。或許我其他同學比較幫得上忙？」

「是的，有關你的同學。你有沒有對任何一個有點猜疑？想著他們有可能涉入？」

「涉入這樁謀殺？絕對不可能。那個學校並不大，在同一個學校待了三年半，大家都彼此認識。我無法想像任何一個會攻擊柯瑞騰教授。此外，她前夫不是被逮捕了嗎？」

「後來又被釋放了。」

「不過，我想他們一開始會逮捕他，應該是有理由的吧。何況，除了那個小女孩的父親，誰有更強烈的動機要帶走她呢？」

「那其他參加那個歡迎會的學生呢？」依麗芙問，「你們去找他們談過嗎？」

「沒有。」

依麗芙眼睛來回看著珍和佛斯特。「為什麼你們只來找我丈夫？你們認為他做了什麼？」

「依麗芙，拜託，」安東尼說，「我相信這只是例行公事。」

「我不認為。」依麗芙看著珍，「有些事情你還沒告訴我們。」

「我們只找你丈夫談，」珍說，「是因為所有參加那個歡迎會的人，現在只有他住在波士頓地區。」

「這很重要嗎？柯瑞騰教授是在緬因州被謀殺的。」

「兩個星期前，有個女人在波士頓被謀殺了。她的死亡可能跟柯瑞騰教授的案子有關聯。」

兩夫妻都思索著珍剛剛的話有什麼意義，一時之間，唯一的聲響就是一隻麻雀的叫聲，還有遠處一輛摩托車的轟隆聲。

「另一樁謀殺，」依麗芙說，「只因為我丈夫是唯一住在波士頓的學生，你們就假設——」

「我們沒有假設什麼。我們只是想查出這兩個案子之間有沒有關聯。」

「另一個被謀殺的女人是誰？」安東尼問。

「她名叫索菲亞·蘇瓦雷茲，是朝聖者醫院的加護病房護理師。」

「蘇瓦雷茲？」他搖搖頭。「我不認識任何姓這姓氏的人。而且我應該從來沒去過朝聖者醫院。」

「我也沒有。」依麗芙說，「我們兩個女兒都是在布萊根婦女醫院出生的。」

「被害人的名字，你們兩個有印象嗎？」

依麗芙和安東尼都搖頭。

「你們為什麼覺得這兩樁謀殺案有關聯？」安東尼問，「這個護理師是在入室行竊時遇害，就像柯瑞騰教授一樣嗎？」

「是的，發生在被害人家中。」接下來要問的問題，一定會讓這兩夫妻都很不高興。「五月二十日晚上，你人在哪裡，伊勒馬茲先生？」

他太太張嘴要回答，但他迅速舉起一隻手阻止她。他冷靜地從口袋掏出手機，看著裡頭的行事曆。「五月二十日。那是星期五晚上。」他說。

「是的。」

「星期五？」依麗芙說，她看著珍的雙眼閃著一種自信的滿足光芒。「就是拉比雅回家那一晚。」

「拉比雅是我們的女兒，」安東尼說，「她在倫敦讀寄宿學校，那天晚上飛回來。依麗芙和我去羅根機場接她，帶她去餐廳吃晚餐。然後我們一起回家。」

「之後你整夜都沒出門過嗎？」

他直視著她。「那一夜，我心愛的女兒好幾個月以來第一次在家。我為什麼要忽然離開家裡，去殺一個我根本不認識的女人？」

「這條線索也是死巷。」佛斯特說，他們兩個同時上了車。

珍扣上安全帶，但是沒有立刻發動引擎。她坐在那裡一會兒，望著伊勒馬茲夫婦所居住的這條安靜街道，這是個綠樹繁茂的住宅區，居民有足夠的空間在後院栽種玫瑰，來往車輛的聲音幾乎只是遠處的嘶嘶聲。在這裡，一個來自土耳其的移民可以自在地融入其他專業人士鄰居中，撫養他的兒女，感覺到有所歸屬。

安東尼．伊勒馬茲不是他們要找的凶手，他們會去跟英國航空公司查詢，看他們的女兒拉比雅是否真的那天晚上抵達羅根機場，但珍已經知道那只是確認了伊勒馬茲夫婦所說的話。這個人沒有殺害索菲亞．蘇瓦雷茲。但是他說出了一個可能有關的資訊，是她之前沒聽過的。

她掏出手機，打電話給緬因州的提布鐸警探。「我有個問題要請教。」她說。

「是什麼？」

「莉莉．柯瑞騰。她動過某種心臟手術嗎？」

「你為什麼會想到要問？」

「我剛剛跟柯瑞騰教授當年的一個學生談過，他還記得那個小女孩之前動過手術。我在想，會不會是在東緬因醫學中心開刀的。」

「唔，我不確定這事情怎麼會有關，但是沒錯。等一下，我去查一下荃伯雷的筆記。」她聽到他敲打鍵盤的聲音。「是的，在這裡。她被診斷出心房心室中膈缺損，管他是什麼意思。她在被帶走前兩個月，曾在東緬因醫學中心動過開心手術。怎麼了？」

「索菲亞・蘇瓦雷茲曾是東緬因醫學中心的加護病房護理師。這個可能就是兩個案子之間的關聯。」

「或許吧。但是我看不出這一切要怎麼拼湊起來。」

「我也不曉得。」珍承認。「但這是兩個案子之間的另一個連結。這裡頭一定有什麼。」

提布鐸咕噥著。「等到你搞清是什麼，記得打電話告訴我。」

25

艾美

她向來喜歡逛新鞋。她喜歡新鞋的曲線，喜歡它們像藝術品那樣放在小小的壓克力玻璃底座上展示，而當她走進紐伯瑞街的這家鞋店時，她深吸一口氣，那光亮皮革的氣味令她露出微笑。她已經好幾個月沒走進鞋店了——其實任何店都沒進去過。這是她終於擺脫手杖的第一個星期，即使她還沒準備好要再度穿上高跟鞋，但是欣賞一下最新的鞋款也無妨吧？

她在鞋店裡慢慢逛，偶爾停下來拿起一隻細跟鞋的傑作，欣賞它的形狀，撫摸那些曲線。因為這裡是紐伯瑞街，所以價格當然是昂貴得離譜，如果她母親在場的話，會低聲說放回去。但是今天這個傍晚只有艾美一個人，再也不是需要照顧的病人，很樂於離家出門。她拿著一隻珠寶色澤的鞋子迎向燈光，想像把自己的腳滑入那個窄窄的鞋子裡會有多麼美好。這雙鞋就像所有高跟鞋那樣，會讓她的小腿更突出，讓她的兩腿顯得更修。長，讓她的下背部曲線更迷人。兩個店員都正在幫其他顧客，於是艾美就可以在鞋店逛來逛去，不會有人跟在旁邊。反正她只是純逛而已，沒打算要買。這種價錢不可能。

她逛到櫥窗裡的展示品，雙眼立刻被一隻四吋高的銀色晚宴鞋吸引住了。這是適合穿去大型宴會廳或歌劇院的鞋子，她絕對不需要，但她還是拿了起來，打量著那窄窄的鞋頭。這麼漂亮的鞋，但穿上的痛苦值得嗎？或許吧。但不是今天。

她正要把鞋放回底座上，隔著櫥窗看到有個穿防水風衣的男人站在對街。他正直視著她。她僵住了，手裡還抓著那隻鞋，雙眼盯著他的臉，那是一張她見過的臉。她想起一個烏雲滿天的早晨，空氣中充滿了雷雨逼近的靜電。一隻紅雀在樹上鳴唱。還有一個男人向她微笑，一個雙肩垂垮、灰臉上有一對灰色眼珠的男人。

「你要試穿一下這雙鞋嗎？」

艾美瑟縮一下，轉頭看著那名女店員，她偏挑了這一刻要來提供協助。

「我——我只是看看而已……」她又轉向櫥窗，望著對街。她看到人們散步經過，一對伴侶牽著手。那個男人去了哪裡？

「或許再看看另一雙晚宴鞋？我們店裡剛進了一批新款的Manolo鞋，真的很漂亮。」

「不了。謝謝你。」艾美被搞得驚慌失措，想把那隻鞋放回去時，一個沒放好，鞋摔到地板上。「啊。對不起。」

「沒關係的，」那店員說，拾起那隻鞋。「如果要找什麼鞋，跟我說一聲就是了。」

但是艾美已經朝店門走去。

站在外頭繁忙的人行道上，她前後看著馬路，但是在傍晚的人群中沒看到那個男人。他繞過轉角了嗎？走進某家商店了嗎？

或許他根本從來沒在那裡，只是她想像出來的。或者他是另一個人，只不過外表像墓園裡的那個男子。沒錯，一定是，因為他怎麼可能知道今天傍晚她會走進那家鞋店？不，她一定是弄錯了。過去兩個月她壓力太大了。出車禍，在醫院裡住了那麼久。幾個星期來的疼痛和復健，讓她加了釘子的大腿骨逐漸癒合，又開始重新學著走路。加上老在擔憂她錯過了學校最後幾個星期的課要怎麼趕上。那篇以阿特米希雅．簡提列斯基為主題的畢業論文她一直拖著沒完成，因為考慮到她所碰到的其他一切，寫論文好像並不重要。她其實不該來逛街看鞋子，而是該待在家裡，努力修訂那篇論文。

她深吸一口氣，覺得自己現在比較冷靜了，便開始沿著紐伯瑞街往前走，要去她剛剛停車的室內停車場。今天是她幾個月來第一次開車，也是她第一次覺得可以走路不用手杖，但她還是走得很慢，受過傷的那條腿也因為還不習慣這麼費力而發痛。其他每個人都走得比她敏捷得多，像河裡游得比較迅速的魚紛紛經過她身旁，無疑都在納悶這麼一個年輕又顯然健康的人，為什麼走起路來像個老人。

只剩沒幾個街區了。

然後她看到他，就在前面一個街區外，幾乎淹沒在人潮中。即使在這個溫暖的晚上，他還是穿著在墓園的同一件防水風衣。她站住，不確定要怎麼避開他。希望他沒看到自己。

太遲了。他轉身，兩人目光相遇，都沒別開眼睛。此時她的所有懷疑都煙消雲散。這不是巧遇；他是一路跟蹤她到這裡的。

而現在他正直直朝她走來。

26

珍

珍和佛斯特發現艾美獨自坐在酒吧後方的一張桌子旁，蜷縮成一個小小的身影，在昏暗的光線中幾乎看不見。現在是星期五晚上八點，整個酒吧裡都擠滿了人，年輕人剛從一星期的工作中解放出來，準備要喝酒跳舞，或許還會找個意中人。在這個充滿響亮音樂和嘈雜人聲的酒吧裡，艾美・安淳姆像個安靜的幽靈，躲在陰影中。

「謝謝你們這麼快就趕來，」艾美說，「我爸在上班，我又聯絡不到我媽。我不曉得還能怎麼辦，而且你跟我說過要打給你。」

「你做得完全正確。」珍說。

「我不敢走到我的車那邊。」艾美看著四周的人群。「我想如果我待在這裡，周圍有這麼多人，應該會比較安全。」

珍和佛斯特在她那張桌子旁坐下來。「告訴我們到底發生了什麼事。」珍說。

艾美深吸一口氣，穩住自己。「我來市區逛街。唔，其實是只逛不買。我進了這條街前面一家鞋店，正在裡頭逛的時候，就隔著櫥窗看到了他。他站在對街，看著我。不光是看，而是直瞪著我，臉上有一種……飢渴的表情。」

「你確定是同一個人？」

「一開始不確定。我只看到一眼，他就走開了。然後我想，好吧，可能是別人。一定是別人，因為他怎麼知道去哪裡找我？」

「你剛剛說，你把車子停在這裡。」佛斯特說。

「對，就在這條街前面的室內停車場。」

「你自己一個人開車過來的嗎？」

她點頭。「這是車禍之後我頭一次開車。之前我一直避免來市區，因為如果走太久，我的腿會痛。」

「你從父母家直接來這裡？」

「對。」

「你有沒有告訴任何人說你要來市區？」

「沒有。我媽去上瑜伽課了，我得離開那棟房子。關在家裡好幾個星期，現在也該正常走點路，去做點有趣的事情。我媽很擔心那個男人，但是我不會。我從來沒真的以為……」艾美看了擁擠的酒吧一圈，搜尋著那些臉孔。即使有兩名警探跟她同桌，她的舉止還是像個獵物，提防著掠食動物來襲。

「接下來發生了什麼事？」珍問，「在鞋店之後？」

「我走出來，想看看那個男人是不是還在附近。我沒立刻看到他，就心想，好吧，或許我搞錯了。或許是別人。」她再一次掃視著酒吧裡，還在提防，還是保持高度警戒。「然後我看到他，在街上。就是他，我知道。他開始走向我，這時候我開始慌了。我鑽進我能找到的第一個擁擠處，在女廁裡躲了好久才出來。我想在這裡，周圍有這麼多人，他不可能攻擊我。」

但是這個酒吧裡有人會注意嗎？珍納悶著。他們都忙著喝酒，不會注意到陰影裡那個害怕的年輕女人。酒吧裡這麼擠，音樂又這麼大聲，誰會注意到一把槍、一把刀，直到最後才太遲？

「艾美，」佛斯特說，「你想這個男人為什麼要跟蹤你？」

「真希望我知道。我一直試了又試，回想我們以前在哪裡見過，就是想不出答案。我只知道他的臉有點熟悉。」

音樂砰砰的響亮節奏中，一名女侍端著裝了幾杯馬丁尼的托盤經過，同時珍在昏暗中打量艾美的臉。她停了一下，才問：「你知道詹姆斯．柯瑞騰這個名字嗎？」

「不。我應該知道嗎？」

「認真想，艾美。這個名字聽起來耳熟嗎？」

「對不起，自從出了車禍，我的記憶……」她搖搖頭。

「那你父親呢？你對他記得些什麼？」珍問。

「你認識我父親啊。」

「我指的不是安淳姆醫師，而是你的親生父親。」

即使在昏暗中，珍也看得出艾美忽然全身僵硬。「你為什麼要問起他？」

「你對他記得有多清楚？」

「我盡量不要記得。」

「你母親說，你們最後一次見到他的時候，你當時八歲。這個跟蹤你的男人有沒有可能是——」

「別說那個人是我父親。」

那個激烈的反應讓珍大吃一驚，於是沉默地打量艾美。而艾美也迎視著她，彷彿在警告珍不准越過某種無形的界線。

「他有那麼糟糕嗎，艾美？」最後珍終於問。

「這個問題你應該去問我母親。忍受凌虐的人是她。身上有瘀青和黑眼圈的人也是她。」

「你知道他現在人在哪裡嗎？」

「不知道，也不關心。」艾美忽然站起來，擺明這場談話結束了。「我想回家了。」

「我們會護送你去取車。」珍說，也站了起來。「不過讓我先出去察看一下，確定他不在這個區域了。」

珍穿過酒吧裡緊貼在一起的人群，吸進了他們的各式各樣的香水、鬍後水和酒臭味，走到外頭。能夠再呼吸到新鮮空氣真是一大解脫，同時她掃視著繁忙的街道。在這個星期五晚上，大批晚餐的人潮在人行道上閒逛，女人穿著短裙和高跟鞋，男性上班族打著領帶，像狼群似的打量著年輕女人們。

然後她看到他，就在遠處：一個穿著灰色防水風衣的男人，正朝她反方向的波士頓公園走。她開始追上去。

他離太遠了，她無法確定是不是曾出現在墓園的那名男子，不過他有同樣的瘦長身材。當他在人行道上的人海中浮沉穿梭時，珍設法盯著他，但是他步伐迅速，直朝幽暗的波士頓公園前進。要是他進了公園，在那些陰影間，她就看不到他了。

她開始奔跑，推過那些漫不經心而沒讓開的人。她正想擠過一堆特別緊密的人群時，撞上一個男人的肩膀。

「嘿，小姐！」他兇巴巴地說，「走路要看路！」

這個衝突剛好足以讓她分心。等到她要重新聚焦在自己的目標上時，他不見了。

她跑到紐伯瑞街和阿靈頓街的交叉角落，衝過馬路到波士頓公園。他人在哪裡？他人在哪裡？一對伴侶挽著手臂走過去。一圈少男少女坐在草坪上彈吉他唱歌。她掃視著附近區域，忽然看到他，站在對面角落。當她過馬路走向他時，他抬頭露出微笑，但不是對著珍，而是對著另一個女人笑。那女人走向他，輕啄一下他的臉頰。然後兩人牽起手一起離開，經過珍旁邊。

不是這個人。

珍趕緊又搜尋街道，但是沒看到墓園男子。說不定他根本就不在這裡。

「艾美有可能搞錯了，」佛斯特說，「或許她看到的是你後來看到的同一個人，她誤以為是墓園裡的那個男人。」

「她堅持自己完全確定。」珍嘆氣。「如果她沒看錯，那就表示我們有個麻煩了。」

她和佛斯特坐在她的車上，停在安淳姆家外頭，他們剛剛護送艾美回來，交給她的父母。這個住宅區有漂亮的房子和高大的老樹，加上細心照顧的花園和灌木，感覺上暴力似乎離這裡十萬八千里。但事實上，沒有什麼區域是遠離暴力的。即使在這裡，在這條安靜的街道上，珍也可以感覺到暴力的威脅逼近這棟房子，逼近艾美．安淳姆。

「如果紐伯瑞街上的那個人真的是他，那就不是巧合了。」她說，「他不會是剛好發現她在那家鞋店。」

「她說她之前是直接從家裡開車去的。要是他跟蹤她到那裡——」

「那就表示他知道她住在哪裡。」

他們陷入沉默。兩人都注視著安淳姆家，艾美和她父母還坐在客廳裡。他們很震驚，那是當然，但或許還沒有完全意識到艾美的處境有多麼危險。

「那支拋棄式手機一定是他的。他用來打去安淳姆家。」珍說，「碰到是茱麗恩接的，他就掛掉，因為他真正想講話的對象是艾美。」

「他們的房子裝了警報系統，」佛斯特說，「應該是很安全。」

「那碰到艾美離開房子的時候呢？比方像今天這樣？他們沒辦法每一秒鐘都看著她。」

一個人影走過客廳，站在窗前。是艾美的母親，往外看著街道。老虎媽媽，密切注意著危險。如果換了珍有這樣的處境，她也會同樣警戒的。

「我會打電話給布魯克萊恩警察局，」佛斯特說，「看他們能不能派巡邏車偶爾過來繞一下。」

一輛車的車頭大燈接近，他們緊張起來。那車開得很慢，搞得珍脈搏加速。那深色轎車緩緩駛過安淳姆家前面，轉入兩戶外的一條車道，同時那戶人家的車庫門隆隆打開。

兩人都鬆了口氣。

珍把注意力又轉回安淳姆家的房子，裡頭的艾美現在跟她母親站在窗前。「艾美今天晚上講過的話，會讓你覺得奇怪嗎？」

「哪部分？」

「她拒絕談她的親生父親。我提起這個話題時，她非常不高興。」

「聽起來她有個很痛苦的童年。看著母親被毒打。」佛斯特說。

「不曉得她親生父親現在人在哪裡。不曉得他有沒有可能就是——」

「我知道你要推到哪裡去，但是算了吧。她認得出自己的父親的，即使過了十三年。」

「你說得沒錯。」珍往後靠坐，疲倦地嘆了口氣。她想回家，想跟家人一起吃晚餐，讀睡前故事給瑞吉娜聽，然後跟嘉柏瑞一起爬上床。但是她無法停止思考今晚發生的事情，以及他們還能做些什麼、好確保艾美的安全。

「如果這個人已經跟蹤她一陣子了呢？不光是幾個星期，而是幾個月？」佛斯特說，「我們原先假設他頭一次見到她是在墓園，但他有可能更早就盯上她了。那她最可能是在哪裡惹上一個跟蹤狂的？」

「大學裡頭。」

佛斯特點頭。「一個漂亮女生這四年來都在大學校園裡走來走去。某個傢伙注意到她，開始跟蹤她，變得對她癡迷。或許甚至想殺她。」

「好吧。但這一切跟索菲亞．蘇瓦雷茲有什麼關係？」

「或許沒有關係。」

她又看著那房子。母女兩人不在了，現在窗內是空的。她想著其他跟蹤狂的被害人，她從來沒見過的女人，直到她站在犯罪現場，低頭看著她們的屍體。這就是待在凶殺組的沉重負擔；你總是出現得太遲，無法改變被害人的命運。

這回不一樣，她心想。這回被害人還活著、還有呼吸，而且我們要讓她繼續保持下去。

27

「你曾經希望自己回到大學時代嗎?」佛斯特問,跟珍一起走下校園裡室內停車場的樓梯。他們的腳步聲在水泥建築裡迴盪,而且更放大了,像是入侵大軍的靴聲齊響。

「我可沒有。我當時等不及要畢業,」珍說,「然後繼續我的人生。」

「唔,我很想念大學時代,」佛斯特說,「我想念坐在課堂上,吸收那些知識,想像著我往後有種種可能性。」

「結果你現在變成這樣。」

「是啊。」佛斯特嘆氣。「變成這樣。」

他們推開一樓出口的門,走進東北大學的校園。暑期班三個星期前開始了,這個溫暖的春日引出了令人震驚的清涼服裝。從什麼時候開始,露背背心和超短的短褲適合穿去學校了?珍想到自己的女兒瑞吉娜,再過十五年就會半裸著漫步在這個校園裡,像眼前某些女孩一樣。不,只要珍還有一口氣在,就絕對不行。

啊老天。我真的變成我老媽了。

「如果我能重來一次,」佛斯特說,看著學生們快步走過。「只要我能回到大學時代……」

「你還是會成為警察的。」珍說。

「或許吧。也或許我會走向完全不同的方向。我有可能去讀法學院，跟愛麗絲一樣。」

「你會痛恨那樣的生活。」

「你怎麼知道？」

「一整天坐在某個法庭裡，不能跟我到處去追獵。」

「我會穿比較好的西裝。」

「聽起來像愛麗絲在講話。」

「她認為我沒有充分發揮我的潛力。」

「你認為這個國家有多少執業律師？」

「不曉得。一百萬？兩百萬？」

「那你認為有多少個凶殺組警探？」

「不是很多。」

「少太多了。因為有能力做這種工作的人並不多。你就把這個告訴愛麗絲。」她停下來，注視著手機上的地圖，然後指著。「往這邊走。」

「什麼？」

「哈索恩的研究室。我們遲到了。」

事實上，他們遲到了二十分鐘，但是當他們走進他的研究室之時，阿倫．哈索恩教授似乎沒注意到。他太專注在他桌上的報告，因而只是抬頭看他們一眼，就揮手示意他們坐在兩張空椅子上。

「我是瑞卓利警探，」珍說，「這位是——」

「是的，是的，我在行事曆上看過你們的名字了。我馬上好，先讓我把這份慘案打好分數。」他說著翻到下一頁。七十來歲後段的他，十年前就可以退休了，然而他還是在這裡，似乎在這個塞滿書的研究室裡成了永久住民。他左右兩邊各有一疊堆得高高的書，像是西洋棋裡的城堡守護著他的書桌。

他嘲笑地冷哼一聲，在那一頁寫了一個大大的F，表示不及格，然後把那份報告扔進「已處理」的檔案盒裡。

「有那麼糟糕嗎？」佛斯特問。

「我應該跟校方通報這個學生抄襲。他真以為我看不出那一整段都出自我編輯的書？他們第一次抄襲，我會給個F。不過第二次？」他發出笑聲。「等我跟他們算過帳之後，就絕對不會有第二次了。」

這就是為什麼他還沒退休，珍心想。沒有他的學生，他還能去威脅誰？

「好了，」他說，注意力完全轉到他們身上。「你們之前說，有一些關於艾美·安淳姆的問題？」

「她跟我說，你是她大四的導師。」珍說。

「是的。那場車禍真不幸。她本來可以跟班上其他同學一起畢業的，不過如果她選擇要回到學校，可以在秋天完成她的課程作業。那個撞她的人，你們抓到了嗎？」

「恐怕那部分是沒有任何進展。」

「可是你們在調查的，不就是這個車禍嗎？」他看著佛斯特，然後看珍，腦袋在瘦巴巴的脖子上旋轉，像一隻鴕鳥在尋找獵物。

「不是，我們是為了另外一件事來的。看起來好像有個人在跟蹤艾美，而且有可能就是從這個校園開始的。」

「她從來沒跟我提過這件事。」

「她是過去幾個星期才意識到的，當時那個男人在本地一處墓園接近她。後來又在紐伯瑞街出現。他的年紀滿老的，五十來歲後段，也或許六十出頭。」

哈索恩皺著眉頭。「就我來看，不太算是滿老的。」

「看一下這段影片，」佛斯特說，拿出他的平板電腦，叫出那段墓園的影片，然後把平板電腦推向哈索恩。「這是墓園的監視攝影機拍到的。或許你認得他。」

「怎麼可能？這個影片裡根本看不到那個男人的臉。」

「但是或許你認得出他身上的什麼。他的衣服，他的步態。他看起來像是你在學校認識的某個人嗎？」

哈索恩又播放了一次影片。「對不起，我不認識他。我確定他不是我們系上的人。」他把平板電腦交還給佛斯特。「你們剛剛說有人在跟蹤她時，我還以為是某個比較年輕的，比方她的同學。我看得出艾美可能會吸引一些注意，不管她想不想要。」

「是嗎？她吸引了一些不想要的注意？」珍問。

「我完全不知道。」

「你是她的導師。她是否提到過任何有關——」

「是學業的導師。學生不會來這裡跟我傾訴他們的私人生活。」

是啊，我無法想像他們這麼做，珍心想。誰會跟一個像你這樣的壞脾氣老頭傾吐秘密呢？

「像艾美這樣有魅力的年輕小姐，一定有一兩個愛慕者。」他的目光轉向書櫥上的一個小瓷偶，那是個體態豐滿的女人，穿著古代的羅馬長袍，一邊胸部袒露出來。「我對這類事情從來不會太注意。我跟艾美有時約談，純粹都是談學業上的事情。比方申請研究所的機會，或是以她所研究的領域，有什麼就業的可能性。」

「這方面的就業市場怎麼樣？」佛斯特問。

「藝術史方面？」他搖搖頭。「不怎麼樣。讓人很洩氣，因為財務的保障對她來說很重要。她說她母親當單親媽媽時，要很辛苦才能勉強維持生計。雖然只有幾年，但貧窮和家暴會在小孩心裡留下深遠的影響。」

「她提到過家暴嗎？」

「她沒講細節，不過她說她母親早期的感情關係中有暴力。這大概也是為什麼艾美選擇那個主題當她的畢業論文。」他翻了桌上的一疊論文。「就放在我辦公室不曉得哪裡。你們打電話來約我談有關艾美的事情時，我想說你們可能想看一下。」他拉出一個檔案夾，推向珍。

「這是艾美寫的？」珍問。

「這是她的畢業論文初稿，主題是藝術家阿特米希雅．簡提列斯基。她是巴洛克時代的女畫家。這份論文還需要加強，因為艾美沒有處理阿特米希雅人生中一個重要的問題，大概是因為她覺得寫這些很難受。不過以她目前的草稿，寫得相當不錯。」

「藝術史能有什麼難受的東西？」

「我來找一張圖，會有助於說明這一點。」他在他的筆記型電腦上打了一些字，然後把螢幕轉向他們。「這是阿特米希雅的畫作，現在掛在佛羅倫斯的烏菲茲美術館。很多人覺得這件作品令人不安。」

而且理由很充分。珍皺眉看著那怪誕的畫面，兩個表情嚴肅的女人把一個驚駭的男人按在床上，其中一個女人用一把劍割那男人的喉嚨。從脖子噴出的鮮血，到垂死男人奢華長袍的皺褶，每個細節都描繪得極其精確，令人驚嘆。

「這件作品是《猶滴斬首赫羅弗尼斯》。」哈索恩說。

「我可不希望這種畫掛在我家牆上。」珍說。

「不過看看那些細節，那種力量。猶滴臉上那種冷漠的憤怒！這是女性復仇的肖像。也是阿特米希雅人生中的一個私人主題。」

「為什麼？」

「阿特米希雅年輕時，被她的老師強暴了。在這幅畫中，你看得出她的憤怒，感覺到她以自己特有的方式實現正義的那種滿足感。這件作品美化暴力，卻是以正義為名的暴力。這也是為什麼我有那麼多女學生對阿特米希雅著迷。她為女性的幻想賦予活力，讓她們盡情想像自己懲罰那些凌虐她們的男性。這是一種給弱勢者的力量。」他闔上電腦，看著珍，彷彿她特別能了解他剛剛所講的。「所以你就曉得，為什麼這個主題能吸引艾美。」

「給弱勢者的力量。」

「這是一個很普遍的主題。被害人反擊，而且獲得勝利。」

「你認為艾美把自己視為被害人？」

「她跟我說過，阿特米希雅的作品之所以吸引她，其中一個理由就是因為她母親曾遭受前一個伴侶的凌虐。我想這是發生在多年前，但這類創傷會影響你一輩子。而現在，如果她被跟蹤——」他暫停一下，忽然想到一件事。「三月的那樁肇事逃逸車禍。會是和她的跟蹤者有關嗎？」

「我們不曉得。」

「因為如果那不是意外……」他看著珍。「那麼這個男人就是想殺害她。」

28

安琪拉

對街有事情正在發生。

儘管我努力不要多管閒事，儘管我女兒和里維爾警局都警告過我，但我實在沒辦法忽視我從客廳窗子就可以看到的景象：那輛白色廂型車又來了，它最近老是在附近逗留，沒有什麼明顯的原因。這回車子停在離我家沒多遠的街邊，幾乎就在李歐波家的正前方。昨天下午我看到車子沿著街道慢吞吞行駛，慢得我有機會看到駕駛人一眼，是一個短髮男子，頭轉向葛林家。

現在這輛車停在街邊，面對著我家的方向。

我不知道這輛車什麼時候開來的。反正下午五點我望向窗外時還沒看到，但現在八點十五分，車子已經停在街邊，引擎和燈全都關掉了。一輛停著的車不見得要大驚小怪，但是當駕駛人只是坐在裡頭不動，那就不太對勁了。現在天色太暗，看不見駕駛人的臉；從這麼遠的距離，他只是擋風玻璃內的一個人形。

我打到李歐波家。羅蕾萊接了電話。

「那輛廂型車停在你家外頭。」我告訴她。

「廂型車？」

「你知道，白色的，就是那輛老是出現在附近的。別引起他的注意！你要朝窗外看之前，先關掉你們家的燈。」

「我應該要看什麼？」

「看看他的長相，說不定你認得。我想知道他為什麼一直跑來。」

羅蕾萊關了燈去窗邊看時，我就在電話上等。

「我不曉得那是誰，」她回到線上時說，「我來問一下賴瑞。嘿，賴瑞！」她喊道。透過電話，我聽到她丈夫咕噥著走進客廳。「為什麼燈都關掉了？你在做什麼？」

「安琪拉打電話來，說那輛白色廂型車停在外頭。你知道那是誰嗎？」

電話那頭沉默了一會兒，然後他說：「不知道。我幹嘛要關心啊？」

「因為那輛車這星期來這裡三次了。」我告訴羅蕾萊。

「安琪拉說那輛車這星期來三次了。這樣似乎很奇怪，不是嗎？你覺得車上的人是不是在偷偷監視附近的哪個人？或許他是私家偵探什麼的？」

又是一陣沉默。賴瑞在思考這個問題，我完全猜得到他會講一些貶低的批評，有關愚蠢的女人和她們愚蠢的想像力。我很確定他是這樣想我的，因為他真的相信他比我聰明太多。如果是「拼字塗鴉」桌遊，他這麼想沒有錯。但也只有「拼字塗鴉」而已。

這並不表示我對這個特定事件的判斷是錯的。

讓我驚訝的是，我聽到他只是說：「我要出去看看到底是誰在監視我。」

「什麼？賴瑞！」他太太喊道，「如果他很危險呢？」

「我要這件事馬上就停止。」這是我最後聽到他說的話。

隔著我的窗子，我看到他們家門廊的燈亮了，賴瑞大步走出前門。

「嘿！」他吼道，「是誰雇你來的？」

那輛廂型車的車燈突然亮起，然後突然駛離路邊，迅速離開了。

「他媽的別來煩我！」賴瑞在後頭吼。

好吧，這我倒是沒想到。我本來以為那輛廂型車來這裡是要監視葛林夫婦。畢竟，他們表現得很可疑，好像藏著什麼秘密。現在我納悶著自己會不會一直搞錯了。或許跟葛林家根本無關。

或許其實是跟賴瑞．李歐波有關。

我不敢跟羅蕾萊說這個想法。賴瑞回到他們家之後，我過街敲了喬納斯家的門。我知道他在家，因為我看到他在窗內，又在舉重。晚餐後他總是會舉重。我敲了門，他又是穿著慣常運動時的稀少衣服，汗溼的襯衫黏在身上。

「安琪拉寶貝！你終於準備好要來喝那杯馬丁尼了？」

我沒理會他的提議，直接大步走進他屋裡。「我得問你一件事。」

「說吧。」

「是有關賴瑞．李歐波的。你對他有什麼了解？」

「你住在這條街上比我久。你知道的應該比我多。」

「是啊，不過你是男人。」

「你居然注意到了，真好。」

「男人會彼此分享一些事情，未必會跟女人說的。」

「這倒是真的。」

「所以為什麼會有一輛白色廂型車在暗中監視賴瑞？他做了什麼？」

喬納斯長嘆一聲。「啊要命。」

「你知道些什麼。」

「我什麼都不知道。全都是沒法證實的。」

「啊，你就行行好吧。」

他指了沙發。「坐吧，安琪拉。不要拘束，我去弄點喝的來。」

他進了廚房，我在沙發上坐下來。隔著面對我家的那扇窗子，我注意到我隔壁房子的動靜。是我的死對頭阿格妮絲．卡明斯基，她正站在她家客廳窗前抽菸，同時直直看著我。儘管大家可能以為我是鄰里間的包打聽，但是阿格妮絲才是真正的雞婆大王，這會兒她大概認定喬納斯和我有什麼曖昧。我不能怪她往最壞的方向想，我也有同樣的毛病。於是我只是朝她揮手，讓她知道我看到她了，而且我不在乎她怎麼想。坦然的態度總比偷偷摸摸要來得不可疑。

她狠狠盯著我，然後離開窗前，無疑還大聲哼了一下，那是她慣有的厭惡表示。

廚房傳來冰塊在混合器裡的歡樂叮噹聲。啊不會吧，他正在調酒，而我如果想從他身上得到任何訊息的話，大概不免要喝一點。喬納斯身手靈活地回到客廳，拿著兩個裝得很滿的馬丁尼酒杯，裡頭各浮著一顆橄欖，然後他把其中一杯遞給我。

「乾杯，安琪拉！」

一杯。一杯就好。我喝了一口，啊，真不錯。他的確很會調馬丁尼。

「所以你想知道關於賴瑞的事。」他說。

「你會告訴我吧？」

「我沒有證據，只有懷疑。就像我們以前在海豹部隊常講的，不太能用來起訴的。」

「是啦，是啦，我知道。」

「重點是，所有男人都很像。反正我們精力旺盛的男人是這樣。我們總是在仔細觀察，呃，商品。而且有時候我們不光只是看看而已。」

「賴瑞有女朋友？」

喬納斯把橄欖扔進嘴裡，露出微笑。「看到沒？我都不必告訴你了。」

「可是——可是羅蕾萊呢？」

他嘆氣。「好慘，對吧？這些太太要忍受些什麼？」

我往後靠著沙發墊，一時之間被這個消息搞得簡直無法呼吸。

「你為什麼好像很驚訝，安琪拉？」

「我只是從來沒想到……我的意思是，賴瑞．李歐波？」

他聳聳肩。「就像我剛剛說的，這是男人的天性。」

我最應該了解這種事。畢竟，這就是我婚姻破裂的原因，法蘭克為了另一個女人離開我。長期而言，他的離開成了我不可多得的幸運，因為我最後才會跟我可愛的文斯在一起。文斯。他不會這樣對我吧？男人不是全部都一樣的，對吧？

一時之間我恐慌起來，急著想跟文斯講電話，要他跟我保證他真的在加州照顧他姊姊。然後我想到我認識的所有好男人，比方我的女婿嘉柏瑞和巴瑞．佛斯特——他們都是善良又堅定的男人，一點也不像法蘭克或賴瑞．李歐波。

這是假設賴瑞真的是喬納斯暗示的那種爛人。

我打量著喬納斯，他的馬丁尼已經喝掉大半，看起來非常放鬆又得意。「你怎麼會知道賴瑞有另一個女人？」我問。

「羅蕾萊自己也懷疑。」

「她這麼跟你說？」

「可能是在我們某次下午喝咖啡，她不小心說溜嘴的。」

「我怎麼從來沒看到過你們約了喝咖啡？」

「因為我們是約在星巴克，在靠海灘那邊。只是鄰居閒聊，你懂吧？」

他們遠離鄰里，跑大老遠去喝咖啡閒聊，大概就是因為不想讓人看見。更精確一點說，是不想讓我看見。難怪會逃過我的法眼。我懷疑這些年來，有多少其他事情也逃過我的法眼，有多少外遇和犯罪我完全忽略了，只因為我對周遭發生的一切太盲目了。就像我對法蘭克的外遇一樣盲目。

到頭來，我根本是個差勁的偵探。要承認這事情讓人好沮喪，但是我現在看清楚了，於是垮坐在沙發上，垂頭喪氣。

「你的馬丁尼還要喝嗎，甜心？」喬納斯問。

「不喝了。」我把茶几上的那杯酒推向他。「你喝吧。」

「既然你都這麼說了。」他把我那杯的橄欖扔進自己嘴裡。「我不懂賴瑞和羅蕾萊的這件事情為什麼會讓你這麼難過。事情就是這樣啊。」

「那個第三者是誰？賴瑞交往的那個？」

「不曉得。」

「羅蕾萊知道嗎？」

「不。我猜想這就是為什麼那輛廂型車會出現，在監視他們家。我敢說是她雇了人要跟蹤他。想收集對付他的彈藥，為了離婚。」

我想了一會兒，發現說不通。我之前為了那輛車打電話給羅蕾萊時，她聽起來是不曉得該怎麼辦。她沒試著把我打發掉，也沒說不必理會，還叫賴瑞到窗邊看。所以下令監視的不會是她。

那麼是誰？

我從沙發上起身。雖然我那杯馬丁尼沒喝幾口，但已經可以感覺到酒精的威力。喬納斯在裡頭加了很多琴酒，而且他不光喝掉了自己那杯，現在還在喝我剩下的那杯。

「啊，這麼早就要走了，安琪拉？」

「你醉了。」

「我才剛開始而已。」

「這就是我擔心的。我要回家了。」

以一個海豹部隊成員來說，喬納斯的酒量不像我預料的那麼好。我離開的時候，他的雙眼已經呆滯，醉得都沒起身送我到門口。我過街回到自己家，從客廳看著外頭鄰居們的房子。每一扇亮著的窗都是一個立體透視模型，裡頭那些人的生活是我原以為自己知道的。我從來沒想到雙腿瘦得像鳥的賴瑞居然是個登徒子，也沒想到羅蕾萊和喬納斯會在星巴克互相吐露秘密。到頭來，我根本是個一無所知的家庭主婦，無知到不曉得自己的丈夫有外遇。

我走進廚房，給自己倒了一杯梅洛紅酒。我沒笨到在喬納斯的屋裡喝醉；不，要借酒澆愁就該獨自在家裡，不會有人看到。現在才九點三十分，要睡覺還太早，但是我已經準備好要結束這一天了。

我喝完那杯，又倒了一杯。

我的鄰居們還有什麼事情是我不知道的？葛林家對我依然是個謎，他們的百葉簾永遠關著，我女兒和里維爾警局禁止我去探查他們的秘密。然後還有崔莎・塔利，她還是沒回家，而她的父母賈姬和瑞克現在迴避我。才沒幾個星期前，賈姬還要求我幫忙找她女兒。但現在她完全不想跟我打交道。他們那棟房子裡也出了事情，讓整個家四分五裂，但我不曉得是什麼事情。

或許我該聽珍的話，不要多管閒事。沒錯，今晚這似乎是個好主意。別再觀察，別再好奇，別再問問題。我想，這就是我會做的。

然後我聽到槍聲響起。

29

珍

到了七點三十五分，幾乎是滿座了。珍驚奇地看著最後一批抵達的人在這個高中禮堂裡尋找剩下的空位。誰曉得一個業餘管弦樂團要演奏古典音樂，竟能吸引這麼多人呢？她就絕對想不到，自己居然會跟八百個似乎都認真閱讀著節目表的人並肩坐著。很不幸，珍最不想緊鄰而坐的人，就正坐在她旁邊。

「自從我十三歲那年聽了波士頓交響樂團演奏之後，這件作品就一直是我最喜歡的協奏曲之一。」愛麗絲・佛斯特說，「不是每個人都能成為馬友友，但是看到業餘人士這麼努力，讓人很開心，你不覺得嗎？」

「是啊，當然了。」珍說。

「他們真不錯，願意做出嘗試。會試著努力發揮自己潛能的人太少了。這就是為什麼巴瑞和我今晚非來不可，要來鼓勵他們。不管是不是業餘者。」

「嘿，莫拉今天晚上會演奏，」佛斯特坐在他太太的另一側說，「她一定會表現得令人驚嘆。」

「你聽她彈過鋼琴嗎？」愛麗絲問。

「沒有。」

「那你怎麼知道？」

「因為她做什麼都很厲害。」

「啊。」愛麗絲嗤之以鼻。「那我們就等著看了，對吧？」

這一晚將會非常漫長。珍握住嘉柏瑞的手，跟他咬耳朵：「要不要跟我換位子？」

「搶走你聽現場解說的機會？」

「我會補償你的。」

「等中場休息的時候吧，」他說，「到時候我再跟你換位子。」

我撐不了那麼久。

「她之前都沒跟你們提起這個音樂會的事情，你想是為什麼？」愛麗絲問。

珍不情願地把注意力轉向愛麗絲。「你是指莫拉？」

「巴瑞說你們是從另外一個人那邊得知的。她在這裡排練了好幾個星期，卻從來沒跟你們提起。」

這番議論讓珍很不高興，不光因為讓她質疑起自己和莫拉的友誼深淺，也因為話是出自愛麗絲之口。珍想著莫拉不曉得還有什麼秘密瞞著她。

「或許她是擔心今晚表現不好，」愛麗絲說，「所以不想讓你們看到。」愛麗絲的注意力轉回舞台上。「他們上場了。」她說，同時音樂家們走出來就位。莫拉還沒出現，但是珍看到安淳姆醫師已經坐在小提琴區的椅子上。

「你知道小提琴的調音，並不一直都是四四〇嗎？」愛麗絲問。

珍轉向她。「四四〇什麼？」

「赫茲。這是我幾年前看到的一個小趣聞。在十九世紀，小提琴的A弦會調到四三五赫茲。這不是很有趣嗎？連古典音樂都不是靜止不變的，而是會適應現代人的耳朵。啊，指揮出來了。」

一個身穿小禮服的銀髮男子走到台上，觀眾們開始鼓掌。

「那是克勞德．埃里森，他是職業指揮家，不是醫師，」愛麗絲說，「我剛剛才用手機查了他的名字。我猜想，要找一個職業高手來，才有辦法把一群業餘者調教得像樣。」

又是一波新的掌聲，珍的目光轉回舞台上，看到莫拉走出來。她今晚穿著亮面絲質黑禮服，顯得格外高雅，當她站在三角鋼琴旁時，往下朝著坐在第一排的人微笑，丹尼爾．布洛菲也坐在那排。接著她優雅地把裙襬撥到一邊，在鋼琴前坐下。

讓我們以你為榮吧，莫拉。順便氣氣愛麗絲。

指揮抬起手中的指揮棒。小提琴手們舉起琴弓，開始演奏。

珍的手機發出嗡響；她慶幸自己還記得關成靜音。她看了手機上顯示的來電者一眼，發現是她母親，於是把手機塞回皮包。*現在不行，媽。*

「我得承認，他們相當不錯，」愛麗絲說，「以業餘者來說。」

當整個樂團加入、音樂響亮地接近鋼琴獨奏的段落時，莫拉朝琴鍵抬起雙手。珍很緊張，擔心會有什麼錯誤即將發生。既是為莫拉擔心，也是因為愛麗絲一直在尖酸地評論，珍擔心自己可能得掐死她。但是從第一個音符開始，莫拉就顯然胸有成竹，手指毫不費力地掠過琴鍵。

「一點都不差。」愛麗絲承認道。

不差？我的朋友根本棒極了。

珍的手機又震動了。這回是文字簡訊。她沒理會；沒有什麼能讓她分心。她在座位上身體前傾，被莫拉演奏的魔力吸引住了。你還有什麼超能力沒告訴過我的？她的全副注意力都集中在舞台，集中在那個對鋼琴施予魔法的女人身上。

她完全沒聽到下一則簡訊的嗡響。

30

安琪拉

我女兒還是沒回應。我已經傳了三則簡訊，又試著打電話給她兩次，但兩次都直接轉到語音信箱。她不理會我，是因為她受夠了我打的電話，受夠了我老在轉播鄰居們的事。我是那個高喊狼來了太多次的媽媽，眼前就是我的下場。等到真的有一隻狼在門口，她根本不理會。

於是我改打給里維爾警察局。

「我是住在米爾街的安琪拉．瑞卓利。我剛剛聽到——」

「又是你，瑞卓利太太。」那個調度人員嘆了口氣，我聽出她聲音裡的無奈。

「我剛剛聽到一記槍聲。從我房子外頭傳來。」

「你確定那真的是槍聲嗎，瑞卓利太太？不是汽車逆火或什麼的？」

「我知道槍聲聽起來是什麼樣！我也知道住在對街的那戶人家有一把槍！」

「所以這回又是有關葛林夫婦了。」

「我不知道開槍的是不是他們。我只是指出他們有一把槍，而我們這附近有人剛剛開了一槍。」

「有關這個開槍，你可以再給我更多資訊嗎？」

「慢著。我先去把燈關掉。我可不希望任何人從窗子看到我。」

我匆匆在客廳走了一圈，關掉電燈開關。直到整個客廳都完全暗下來，我才來到窗邊往外看。第一個注意到的是葛林家的燈也全都關掉了。他們在家嗎？或許他們此刻也從某一扇黑暗的窗戶往外窺看，想判斷形勢？喬納斯家的燈亮著，照得他整個人一清二楚，正站在客廳裡往外看。以一個海豹部隊的成員來說，你會以為他應該要設法避免成為狙擊手容易挑上的目標。李歐波家的燈也開著，但是任何一扇窗都看不到人。

「瑞卓利太太？」那個警方調度人員說。我差點忘了她還在線上。「你知道那槍聲是來自哪裡嗎？」

「很難判斷。我只確定我聽到了。」我暫停一下，目光忽然聚焦在李歐波家車道上的一輛車。不是他們的車，看起來就跟瑞克．塔利的Camaro車一樣。為什麼瑞克這麼晚跑去李歐波家？同樣不尋常的是，李歐波家的前門大開，門廳的燈光照到門廊上。賴瑞是個保全狂。在星期五的夜晚，他家的門絕對不會不上鎖，更別說大開著，讓任何人都可以進去。

「有事情不對勁，」我告訴那個調度員。「你們得派人來。」

「好吧。」她嘆氣。「我會請一輛巡邏車過去察看狀況。但是你不要插手，好嗎？待在你的房子裡。」

我掛上電話，仍守在窗前，看看接下來會發生什麼事。在對街，喬納斯從他屋裡出來，站在人行道上，朝馬路前後張望。現在阿格妮絲．卡明斯基也走出來了，居然有膽子就站在我的窗前抽菸，無疑同時也想察看我的動靜。

我受不了置身事外。那個調度員叫我待在屋裡，珍也會告訴我同樣的話，但是當我隔壁七十八歲的鄰居都有勇氣出去，我待在屋裡實在太懦弱了。

於是我走出屋子。

阿格妮絲臭著臉跟我打招呼。「安琪拉。」她冷冷地說。

「怎麼回事？」

「你為什麼不去問問那邊的健美先生？」

我看著對街的喬納斯，他朝我揮手喊：「要不要再來喝一杯馬丁尼？」

「我們只是朋友。」我告訴阿格妮絲。

「他知道你們只是朋友嗎？」

喬納斯過街來加入我們。「兩位淑女，」他說，「今晚我們的鄰居真刺激啊，嗯？」

「你也聽到那個槍聲了？」我問他。

「我剛剛練習時把音樂開到最大聲，所以不確定自己聽到的是什麼。」

「我想那邊停的是瑞克．塔利的Camaro車，」我說，「他跑去李歐波家到底要做什麼？」

喬納斯嘆氣。「算帳時間到了。」

「什麼帳？」我皺眉看著喬納斯，他稍早對李歐波夫婦和他們的婚姻守口如瓶。「啊老天。你的意思是，那個人就是賈姬．塔利？」

「什麼人？」阿格妮絲說。

「跟賴瑞搞外遇的人！」

「我不能證實或否認。」喬納斯說。

「你不必！整個情況已經夠清楚了——」

又一聲槍響，讓我們全都僵住了。我們站在那裡不敢動，即使我們聽到了羅蕾萊嚷著：「停止！啊老天，拜託停止！」那是完全驚駭的尖叫，是一個女人渴望有個人去救她，任何人都行。

我完全沒有停下來想，拔腿就衝向李歐波家。反正我不是孤軍奮戰，這場混戰中還有其他後援人員。一定得有個人去救羅蕾萊，而眼前我們是唯一有辦法的人。

我爬上他們家門前台階，隔著打開的前門，我第一個看到的就是門廳裡散落的玻璃碎片。往裡走了幾步，我看到了碎玻璃的來源：一個砸破的畫框，現在斜掛在門廳牆上。

我走進客廳，鞋底喀嗤踩過碎玻璃，看到血讓我停下腳步。只有幾滴，但是在羅蕾萊的白色皮革沙發上（她曾驕傲地告訴我那組沙發是花了兩千元買的）鮮豔得嚇人。我的目光緩緩轉向鮮血的來源：賴瑞，他躺在地上，抓著左肩。很確定還活著，這會兒正在呻吟。

「你狗娘養的，朝我開槍！你他媽的朝我開槍！」

瑞克．塔利低頭看著他，雙手握著手槍。他的手臂顫抖，槍管在不穩的手裡抖動。

「為什麼？」羅蕾萊喊道，她躲在她濺血的沙發後頭。「你為什麼要這樣，瑞克？」

「你告訴她，賴瑞，」瑞克說，「說啊，告訴她。」

「滾出我的房子。」賴瑞說。

「告訴她！」瑞克的雙臂緊繃，瞄準了目標，槍管指著賴瑞的腦袋。

我恐慌地轉頭，想找喬納斯幫忙。

但是他不在我後頭。唯一跟著我的是阿格妮絲，她在門廊彎腰猛咳。我是唯一可以阻止這件事的人。

「瑞克，」我低聲說，「這樣不能解決問題。」

他目光轉向我，顯然看到我很驚訝。他的注意力本來完全放在賴瑞身上，根本沒意識到我進屋了。「你走開，安琪拉。」他說。

「除非你先放下槍。」

「耶穌啊，你就不能不管別人的事情嗎？」

「我就住在這個社區。這就是我的事。放下槍。」

羅蕾萊懇求：「聽她的話，瑞克。拜託！」

「我完全有這個權利。」他說，他的槍又轉回去指著賴瑞。

「沒有人有權利殺任何人。」我說。

「他毀了我的人生！他搶走了不屬於他的東西。」

賴瑞嗤之以鼻。「賈姬當然沒反對過了。」

這樣沒幫助，賴瑞。一點幫助都沒有。

「你在說什麼，賴瑞？」羅蕾萊問，從沙發後頭探出腦袋。「你的意思是，這是真的？」

賴瑞呻吟著想坐起身，但是又往後倒回去，抓著受傷的一邊肩膀。「誰去叫一輛他媽的救護車來吧？」

「你和賈姬．塔利？你們兩個？」羅蕾萊說。

「事情沒有持續，而且是很久以前了。」

「多久以前？」

「太久了。她剛來我們學校教書的時候。」

「什麼時候結束的？」羅蕾萊站起來，現在氣得再也不管有個男人拿槍在她屋裡，而她面前沒有任何東西阻擋。「告訴我。」

「這有什麼差？」

「就是有差！」

「好多年前了。十五、六年吧，我不記得了。都過了這麼久，我不懂為什麼現在要追究。」

「還有誰，賴瑞？我要知道你還跟誰睡過！」

「我不必，」瑞克說，「我需要的都已經知道了。」他再度舉起槍來。

我再度插嘴。「殺了他有什麼好處，瑞克？」我問，被自己的聲音嚇一跳，聽起來好冷靜、好鎮定。我很驚訝我居然會站在這裡，面對一個握著上膛手槍的男人。那是一種靈魂出竅的經驗，我好像飄在空中，看著自己——一個比較勇敢、比較瘋狂的安琪拉．瑞卓利——面對一個憤怒的男人。「這樣不會解決任何問題。」

「會讓我感覺比較好過。」

「但是真的會嗎？」

瑞克沉默了，思索著。

「沒錯，他們背叛了你，很差勁。但是瑞克，親愛的，你會從這件事恢復過來的。我知道你會的，因為同樣的事情也發生在我身上過。當初我發現我的法蘭克跟那個無腦波霸搞外遇的時候，我也是氣得半死。我以為我這輩子完蛋了。要是我當時有把槍，我大概也會考慮使用，就跟你現在一樣。但結果我振作起來，拍掉身上的塵土，然後我找到了文斯。現在看看我！我這輩子從來沒有這麼快樂過。你也會的。」

「不，不會的。」瑞克的聲音啞了，肩膀垮下。他好像在我眼前融化，整個身體像燭蠟似的朝地面垂下。「我不會找到另外一個人了。」

「當然會。」

「你怎麼知道，安琪拉？你要繼續往前走當然沒問題，你的外表還是很迷人。」

即使在危機之中，有一把上膛的槍就要開火，我還是膚淺得很感激這番恭維，不過我不能浪費時間去享受。賴瑞現在命在旦夕。

我聽到遠方傳來的警笛。警察就要趕來了。我只要讓瑞克繼續講話，直到警方抵達就好。

「那崔莎怎麼辦？」我問，「你希望你女兒受苦，一輩子活在她父親是殺人犯的陰影之下嗎？」

「她父親？」我的話似乎沒能讓他冷靜下來，反倒讓他更火大。他眼神狂野地看著我，手槍揮出一個失控的弧，經過羅蕾萊和我和牆壁，最後又回去指著賴瑞。「我本來以為我是她父親！」

我看著倒在地上的賴瑞，然後又回去看瑞克。啊老天，這比我原先理解的更為複雜。忽然間我想通了，為什麼崔莎這麼氣她母親。為什麼她逃家，現在又不肯跟賈姬講話。崔莎知道她母親有外遇。當然是這樣。

警笛聲更接近了。再讓他繼續講話就是了。

「你愛崔莎，不是嗎？」我對瑞克說。

「那當然。」

「你撫養她長大。真正重要的部分你都做到了，她是你真正的女兒。」

「不是他的。」瑞克恨恨看著賴瑞。「她永遠不會是他的女兒。」

「慢著，」羅蕾萊說，「賴瑞是她親生父親？」

我們全都沒理她。我注意力依然放在該在的地方，也就是那個握著槍的男人。「想想她的未來，瑞克，」我說，「你得守護崔莎。你得看到她畢業，結婚，有小孩……」

他開始啜泣。「已經太遲了。我會去坐牢的。」

賴瑞咕噥著。「一點也沒錯。」

「閉嘴，賴瑞。」羅蕾萊厲聲道。

「那只是一個小傷口而已！」我指出。「你會坐牢一小段時間，然後就會出來了。你會繼續守護崔莎。但是你得讓賴瑞活著才行。」

瑞克身體往前晃，整個身體因為啜泣而顫抖。

我緩緩走向他。那把槍從他一隻手垂下，槍管指向地板。我一隻手臂攬著他的肩膀擁住，另一隻空的手往下，輕輕拿走他的槍。他毫無掙扎就放棄，接著跪地痛哭。那是心碎的哭聲。我唯一能做的就是繼續擁著他，讓他的臉貼在我肩上，讓他的淚水溼透我的襯衫。我都忘了自己還握著那把槍。我的心思都集中在懷裡這個顫抖的心碎男人，想著他接下來要面對的。即使他朝賴瑞開槍，但是至少沒殺死他。我猜想，他會去坐牢一陣子。他會失去他的工作，賈姬大概會跟他離婚。但是有一天他會走出監獄，重獲自由，而他的女兒崔莎，如果不像偶爾表現的那麼討厭的話，那麼她就會在監獄外等著他，協助他繼續自己的人生。

而我也會幫忙的。種種心碎我都懂，也知道怎麼熬過來。他會需要朋友，這是我可以提供的。

沉重的腳步聲進入屋子。一個聲音大叫：「放下，女士！放下那把槍！」

我轉身看到兩名里維爾警察，兩個人都拿槍指著我。他們年輕、緊張，而且很危險。

我之前都忘了自己握著那把槍，這會兒我把槍放在地上。

「現在離開槍，趴下，臉對著地板！」那警察吼道。

真的？我心想。你們真的要逼我這個老祖母趴下？

此時阿格妮絲介入了。她穿著醫療矯正鞋、腳步響亮地走進客廳，五十公斤的身軀站定在警察和我之間。「你們這兩個小子不准拿槍指著她！」她扯著沙啞的菸嗓說，「你們他媽的看不出她是英雄嗎？」

31

一個星期前，阿格妮絲．卡明斯基和我是不講話的。現在我們並肩站在李歐波家的前院，她撫著我的背部，一起看救護車載著賴瑞離開。從他被插靜脈注射針時詛咒急救人員的狀況看來，他絕對是沒事的。但是對於他的婚姻，我就不敢講同樣的話了。

羅蕾萊把她的車倒退開出車庫，隔著車窗跟我們說：「那個狗娘養的會需要他的錢包和眼鏡，所以我也得去醫院。不過我不懂我幹嘛費這個事。」

我們看著羅蕾萊開車跟在救護車後頭離去，阿格妮絲哼了一聲。「或許你該讓瑞克宰了那個混帳。」

但是我很高興自己剛剛所做的。當警察帶著上了手銬的瑞克走出屋子時，他朝我點頭。我知道那是謝謝我阻止他犯下更大的錯誤。人類有太多缺陷了，總是傾向於做出魯莽的行動，而有時只有上帝——或鄰居——的恩典，才能拯救我們。我抬起一手跟他道別，然後瑞克消失在閃爍警燈的強光中。

事情結束了。我們全都活著。

忽然間，我猛然領悟到今晚所發生的一切，雙腿開始顫抖不穩。我踉蹌走向李歐波家的門廊，跌坐在階梯上，不敢相信剛剛所發生的一切。我不敢相信我想都沒想就跑進這棟房子裡，而且當時我還以為其他鄰居會是我的後援，以為我的幫手會緊跟在後。結果我唯一的幫手現在站在我旁邊，咳出她吸菸過多所形成的痰。

「那個喬納斯。」我喃喃說。

「他怎麼樣？」

「哪門子的海豹部隊成員，會讓一個女人獨自去面對敵人？」

「膽小鬼的海豹部隊吧。」阿格妮絲在我旁邊坐下。「你真的相信他那些海豹特種部隊的屁話？」

「你的意思是，那不是真的？」

「啊，我有我的懷疑。今晚他幫我確認了。」她的笑聲聽起來像海豹在叫。真正的海豹，不是冒牌的。「那些舉重，那些吹噓他出生入死的任務。如果你真的用行動證明過，還需要吹噓嗎？」

她說得有道理。當然有道理，我覺得自己好蠢，以前居然相信他的那些戰爭故事。但這就是我的老毛病，我會相信別人的話，而今晚我差點就因為這樣而送命了。

隔壁的葛林家屋裡亮起一盞燈，從百葉簾低處的簾片間透出來，所以他們其實有人在家，躲在屋子裡，關掉所有的燈，同時剛剛的危機就在他們隔壁上演。他們應該聽到了槍響和羅蕾萊的尖叫聲。他們應該知道我空手跑進危機現場。即使馬修．葛林有一把槍，但他根本懶得踏出他的屋子來救我。即使到了現在，有好幾輛警車停在街上，他還是不願意出來。

又是一個懦夫。我們這個社區好像充滿了懦夫。

一個聲音朝我喊，從那些閃爍的警燈後頭傳來。「媽？」

我抬頭瞇著眼睛看，但是只能勉強看到她的輪廓從黑暗中浮現，進入眩目的警燈強光中。

「我試過打給你，但是你都沒接。」她說。

我看著周圍的巡邏車，聳聳肩說：「這裡的狀況變得有點瘋狂。」

「薩達納警探跟我說了這裡發生的事情。耶穌啊，媽，我很遺憾我都不曉得發生了這些事。我剛剛去聽莫拉的音樂會，然後——」

阿格妮絲插嘴：「你當時真該看看她，小珍！你媽媽像個超級英雄！」

珍知道阿格妮絲和我鬧翻好幾個月了，現在她來回看著我們兩個，想消化我和隔壁鄰居之間的這個新情勢。

「她空手就讓那個男人繳械了！」阿格妮絲說，強調地握拳空揮著。「不需要任何槍，完全不需要。她就走進去裡頭，說服他把槍交出來。現在我們知道你的膽量是遺傳誰了，珍。」

「啊，媽，」珍嘆氣。「你當時在想什麼啊？」

「這事情總得有人做。」

「那非得是你？」

「唔，海豹部隊先生沒露面。有槍的葛林先生也是。所以只剩我了。」

她也坐下來，現在我們並排坐在門廊階梯上，像三個保齡球瓶。「對不起。」她說。

我聳聳肩。「你去參加音樂會了嘛。結果音樂會怎麼樣？」

「我終於看到你的簡訊時，就提早離開了。很抱歉我沒把你的話當回事。你一直想告訴我有關這些鄰居的事情。」

「但是我告訴你的那些，結果都沒有出事，只是害我分散注意力而已。葛林夫婦。崔莎逃家。同時真正麻煩的根本是另外一件事，發生在很久以前。」

「什麼事？」

「賈姬跟賴瑞．李歐波有外遇。」阿格妮絲說。

「謝謝你的簡報，卡明斯基太太。」珍說。

「唔，這是你母親告訴我的。」

「奇怪的是，瑞克現在才曉得，」我告訴珍，「他以前都不知道。這麼多年後，你會以為這事情早就被埋葬、忘記了。」

「所以怎麼會又被挖出來呢？」珍問。

「不曉得。但是我想瑞克雇用了那個開白色廂型車的男人調查賴瑞。他一定是這樣發現了真相。」

「什麼男人？」

「我沒跟你提過嗎？最近有一輛白色廂型車在監視李歐波家。我猜想他是私家偵探。我想他一定是確認了瑞克的懷疑，所以瑞克今天晚上才會跑去，去跟賴瑞攤牌。」

「那賈姬呢?有任何人跟她談過、確定她沒事嗎?」

「有啦,有啦。我打過電話給她,她沒事。但是她說崔莎還是不肯回家。」我搖頭。「真是一團糟。」

「來吧,媽,我陪你走回家。你要我今天晚上留下來陪你嗎?」

「為什麼?」

「跟你作伴啊,這個經驗一定讓你留下不小的精神創傷。」

阿格妮絲大笑。「你老媽看起來像是有精神創傷嗎?」

珍暫停下來,然後好久以來第一次,我的女兒看著我。我的意思是,真正看著我。打從她出生以來,我就只是她的媽媽,那個做飯、打掃、她擦傷時幫她包紮、她參加樂樂棒球比賽時幫她加油的女人。有任何人會真正看自己的母親嗎?我們只是在那裡,可靠得像地心引力一樣。但是今晚,珍好像看到了別的,看到了另外一個人,然後她朝我伸手,幫著我站起來。

「不,你看起來不像有精神創傷,」她說,「不過你看起來像是很需要喝一杯。」

「我會跟她喝,」阿格妮絲說,「我家裡有蘇格蘭威士忌,是好東西。」

「珍,我沒事的,」我說,「我只是得回家。」

「你確定?」

「你也聽到阿格妮絲說的了。我現在可是超級英雄呢。」我看著阿格妮絲。「你說你家裡有好東西?」

「最好的。」

「唔，那好吧。」我說。

我們開始走向她家，阿格妮絲對我說：「猜猜怎麼著，安琪拉？」

「怎麼？」

「能再跟你講話真好。」

32

莫拉

「各位，請舉杯！敬我們了不起的鋼琴家！」麥可．安淳姆說。

看著其他同業舉起他們的笛形香檳杯時，莫拉設法露出微笑。成為注意的焦點向來令她不自在，但這一晚，在她毫無瑕疵的演奏之後，再也不能謙虛地躲在角落裡了。

「敬我們了不起的鋼琴家！」每個人都說。

丹尼爾湊近了她低聲說：「你贏得了掌聲。享受這一刻吧。」

她舉起自己的杯子，向圍過來的人群敬酒。「也謝謝你們。我們雖然是業餘的，但我想我們今晚的表現都非常棒。」

「嘿，我已經準備好要收起聽診器改行了，」有個人喊道，「我們什麼時候要巡迴表演啊？」

「首先，」安淳姆說，「每個人請去餐室拿一點食物。要是你們不幫我們吃完，我們接下來就得吃一個月剩菜了。」

在表演之前，莫拉緊張得什麼都吃不下，現在她餓壞了。她進入餐室，在自己的盤子上堆滿了蟹餅、牛柳和脆嫩的蘆筍。她也又拿了一杯葡萄酒，這回是濃郁而飽滿的紅酒，開心地邊喝邊走進安淳姆家寬敞的客廳，跟其他客人聊天交流。

安淳姆揮手要她過去。「莫拉，來加入我們！我們正在談下次的節目要挑什麼曲目。」

「下次？我現在還沒恢復過來呢。」

「我想你應該挑個有戲劇性的，或者超級浪漫的，」茱麗恩說，「我最近在收音機裡聽到一首拉赫曼尼諾夫的協奏曲。你覺得怎麼樣？」

那一圈的樂手全都哀嘆起來。

「茱麗恩，親愛的，」她丈夫說，「我們只是業餘的。」

「但是我覺得他的作品會大受歡迎啊。」

其中一個小提琴手轉向莫拉。「拉赫曼尼諾夫？要挑戰嗎？」

「一百萬年都不可能，」她說，「光是想到要彈，都會讓我雙手流汗。」

安淳姆大笑。「我真沒想到，能有什麼會讓我們冷靜的法醫流汗。」

你要是知道就好了，莫拉心想。冰冷的艾爾思醫師，死亡天后，其實都只是外表而已。那是她戴去死亡現場、進入法庭的面具，她扮演這個角色太久了，因而大部分人都以為那就是她的真貌。

大部分人。

她看了客廳裡一圈，尋找丹尼爾。他跟安淳姆的女兒艾美站在客廳另一頭，兩個人都專注看著牆上的一幅畫。

「你的朋友們喜歡這場音樂會嗎？」茱麗恩問。

「我結束後還沒有機會跟他們講到話。有太多人了，真的是一片混亂。」

「滿座！」安淳姆說，「我聽說票賣光了。」

「我注意到瑞卓利警探在中途離開，」茱麗恩說，「真可惜她沒能留下來聽完全場。」

「警探大概跟我們醫師很像，」安淳姆說，「總是會被電話叫走。」

「我們都知道那是什麼樣，」一名大提琴手說，「生日被打擾，小孩的演奏會錯過。至少我們的明星鋼琴師沒被抓去什麼犯罪現場。」

「至少，找我的電話都不會是緊急狀況。」莫拉說。

「唔，我現在就看到一個緊急狀況了，」安淳姆說，「你的酒杯空了！」他去拿紅酒瓶，但是要倒之前暫停一下。「還要嗎？」

「是的，麻煩了。今晚丹尼爾開車。」

安淳姆幫她補了酒，然後看著客廳另一頭的丹尼爾和艾美，他們還是看著那幅畫。「我看到他喜歡藝術。」

「對。尤其是神聖藝術。」

「那麼他應該去看一下我書房裡的那件三聯畫。是我幾年前在希臘買的。畫商發誓是古董，但是茱麗恩很懷疑。」

「丹尼爾也是在醫學界服務嗎？」茱麗恩問。

「不是。」莫拉說。

接著有一段談話的暫停，本來很自然是該由莫拉填滿，回答茱麗恩沒問出口的問題，也是她向來害怕聽的問題：丹尼爾是做什麼工作的？實話太複雜，而且一概都會引起大家的驚訝，所以她只是機靈地轉移話題，問起那一櫃正面裝了玻璃板的小提琴。

「告訴我有關這些樂器的故事吧，麥可，」她說，「你怎麼會有五把小提琴呢？」

「要聽實話嗎？」安淳姆大笑。「我一直買了又買，是因為我認為有一天我會終於發現一把讓我拉起來像海飛茲的琴。但結果每一把都讓我的琴聲同樣糟糕。」

「至少你會演奏樂器，」茱麗恩說，「我連樂譜都不會看。」她四下看了一圈客人。「這麼多有才華的醫師！我覺得自己像個劣等生。」

安淳姆一手攬著太太的腰。「啊，但是你做菜時像個天使。」

「如果天使會做菜的話。」

「我們就是這樣認識的，你知道嗎？茱麗恩在醫院對面的小餐館當經理。我以前每天都會過去買午餐，順便跟這位美女聊聊天。」

「火雞肉加培根三明治，雙倍卡布奇諾，」茱麗恩說，「他每天都點同樣的午餐。」

「看到沒？」安淳姆大笑。「一個女人這麼懂得男人的胃，我怎麼抗拒得了？」

「說到這個，我們應該去補充一下那些托盤裡的食物了。我還有一些蟹餅放在烤箱裡保溫。」

安淳姆夫婦走進廚房時，莫拉四下張望要找丹尼爾，結果沒看到，於是她穿過房間走向他和艾美之前站著的那幅畫。她看得出為什麼他對這件作品這麼感興趣。那是一幅立體派的聖母與聖嬰，以橘色調和紅色調的色塊組成。這件作品明顯違背了丹尼爾所深愛的神聖繪畫傳統，即使描繪的是同樣深受喜愛的聖像。

她隱約聽到他的聲音，於是循聲進入走廊，看到他和艾美正站在一張黑白照片前。

「莫拉，過來看，」丹尼爾說，「是大部分人都沒看過的威尼斯聖馬可教堂。一個人都沒有！」

「我清晨四點醒來，拍到這張照片，」艾美說，「那是唯一不會有擁擠觀光客的時間。」

「這張照片是你拍的，艾美？」莫拉問。

「我們在威尼斯過我的十六歲生日，」她看著照片微笑。「就是那趟旅行讓我愛上了藝術史。我等不及要再去義大利。我爸說下回我們會去烏菲茲美術館。我寫的畢業論文就是有關那裡的一幅畫，但是我從來沒有親眼看過。」

「你爸說他書房裡有一件三聯畫，丹尼爾可能會有興趣看。」

「啊，好主意。我媽認為那是假的。或許丹尼爾能看出真偽。」

艾美帶他們沿走廊往前，然後打開燈。一望即知，這是醫師的書房。書架上有許多莫拉自家書房也有的書：哈里遜的內科原理和史瓦茲的外科原理，薩比斯頓的外科學課本和佐林格的外科手術圖譜。這些書中間放著一張裱框照片，是麥可和茱麗恩穿著他們的結婚禮服，小艾美站在兩人之間。她看起來大約十歲，像個童話公主，黑色短髮上戴著一只玫瑰花冠。

「這就是那件有名的三聯畫，」艾美說，指著牆上的那件作品。「媽認為爸被坑了，但是雅典的那個古董商發誓這件有百年歷史。你認為呢，丹尼爾？」

「我沒專業到可以說出這件作品的年代或真偽，」丹尼爾說，彎腰仔細審視著。「但是我看得出這些聖人是誰。他們是希臘正教的代表性人物。中間畫板上的女性是天主之母（Theotókos），也就是我們所知道的聖母馬利亞。左邊畫板上顯然是施洗者聖約翰。而右邊畫板，根據外袍和領子的圖案，一定是聖尼古拉。」

「米拉城主教。」艾美說。

丹尼爾微笑。「不是每個人都知道真正的聖誕老人其實是土耳其人。」他指著底部角落。「這裡有一些片段的文字。莫拉，過來看一下。你懂一點希臘文，或許你看得懂。」

莫拉湊過去好看得更仔細。「字太小了，我需要放大鏡。」

「我爸書房裡有一副，」艾美說，轉向書桌。「我想他收在最上層——」

莫拉聽到一個很大的喘氣聲，趕緊轉身看。艾美僵住站在那裡，手摀著嘴巴，望著窗外。

「怎麼了？」莫拉說。

「他在那裡。」艾美從窗邊退開。「他找到我了。」

「什麼？」

艾美轉身，眼神狂亂地對著莫拉說：「墓園裡的那個男人！」

丹尼爾走到窗前，往外注視著後院。「我沒看到任何人。」

「剛剛他就站在樹旁，看著我！」

丹尼爾走向書房門。「我馬上出去看。」

「慢著，」莫拉喊道，「丹尼爾？」

他奔出後門時，她緊跟在後，兩人進入溼氣濃重的夜晚，簡直像是走進一道蒸氣牆裡。他們一起站在草坪上，掃視著黑暗。屋裡傳來爵士樂和客人們的交談聲，但外頭只有蟋蟀的鳴叫。莫拉轉身，看到艾美站在書房窗前，焦急地看著他們。

「這裡沒人。」丹尼爾說。

「他有足夠的時間跑掉。」

「如果真有人曾在這裡的話。」

她看著他低聲說：「你認為是她想像出來的？」

「或許她看到玻璃上自己的鏡影，以為是有人在外頭。」

莫拉走過潮溼的草地，蹲在樹下。「丹尼爾，」她低聲說，「不是她想像的。真的有人待在這裡過。」

他在她旁邊蹲下，注視著清晰印在泥土上的鞋印。

她掏出手機打給珍。

「真是瘋狂的一夜，這是很適當的收場。」珍說，「先是我媽讓一個男人繳械。現在艾美的跟蹤狂好像又回來了。」

「你忘了提我鋼琴處女秀的巨大成功。」莫拉說。

「喔，是啊。」珍嘆氣。「很抱歉我提早離開你的音樂會，莫拉。但是我看到我媽傳來的簡訊——」

「我只是在開玩笑。媽媽的緊急狀況當然要優先處理。」

她們並肩蹲在安淳姆家半黑的後院。現在是午夜了，除了她和丹尼爾，其他客人都已經離開，整個社區也陷入寂靜。莫拉低頭看著她絲質裙子的裙邊，現在溼溼的，大概還沾到了草漬。每個調查都有其代價，但這回要比大部分的都昂貴。

莫拉又站起來，大腿因為蹲太久而痠痛。「他知道她住在哪裡，隨時可能再出現。」

珍也站起來。「他父母嚇壞了，而且氣得要命。」

「這當然不能怪你啊。」

「不然還能怪誰？他們的女兒有個跟蹤狂，而我好像抓不到他。」珍轉身看著街道上那輛巡邏警車的閃爍警燈。「你和丹尼爾完全沒看到人？」

「對。艾美是唯一看到他的。等到我們跑出來，他已經離開了。今晚客人這麼多，街上至少停了一打汽車，所以他的車不會被注意到。從這裡，他可以清楚看到書房裡面。」莫拉轉向窗子，望著依然亮著燈的書房。「我們在裡頭看著牆上的畫時，他就在後院這裡，觀察她。」

「瑞卓利警探？」

她們轉身，看到茱麗恩出了後門，穿過草坪走向她們。這個夜晚很溫暖，但她雙臂交抱著自己彷彿很冷，然後在黑暗中站住，臉上被一叢紫丁香落下的影子遮得不清楚。

「我們現在該怎麼辦？」她問。

「你們有保全系統，就保持開著，不要關掉。」

「但是她待在家裡，知道他隨時可能出現在這裡，感覺上並不安全。麥可必須去上班，所以他沒辦法一直在家保護我們。」

「警察局離這裡只有十分鐘車程，安淳姆太太。」

「如果他們要花更久時間呢？等到警察趕到這裡，他可能已經進屋攻擊我們、攻擊她了。」她把自己抱得更緊，回頭朝街上看，彷彿有個人此時仍在觀察她們。「在你抓到這個人之前，我想把艾美帶離這裡。我知道該去哪裡。」

「你想的是哪裡？」

「我們有一棟湖畔小屋，在道格拉斯州立森林附近。那裡很偏僻，他絕對找不到我們的。麥可也同意那是個完美的地方。他得待在市區上班，但星期六會去跟我們會合。眼前，我不希望艾美待在這裡。」

莫拉看著房子，每個房間都燈火通明、毫無遮蔽。在晚上很容易就可以看清一個陌生人的房屋內部，觀察他們生活的種種細節。你可以看到他們做晚餐，坐在餐桌前。看到他們電視上播放什麼節目，知道他們什麼時間會上樓關燈。在夜裡，每一棟房屋都在邀請陌生人的注視，而這個陌生人的興趣有可能是善意的，也有可能不是。

「如果你們要把她帶走，」珍說，「那就去飯店或是朋友的房子。但是你們家的湖畔小屋？去了那裡，我就保護不了她了。」

「那在這裡的話，你就可以保護她？」

「我只是想確保她的安全，安淳姆太太。」

「我也是。」茱麗恩說，她的臉被陰影遮得模糊不清，但她聲音裡的冰冷刺耳清楚無誤。

「你盡你的職責，警探。也讓我盡我的職責吧。」

33

艾美

她不知道為什麼這個湖叫燈籠湖，但是這個湖名總讓她想到施了魔法的夜晚，想到螢火蟲和水面上的金色漣漪。從她十歲以來的每年夏天，當波士頓的悶熱變得難以忍受時，他們全家就會逃到這個湖畔度週末，在湖裡划小船，或是在淺水的蘆葦間玩水。艾美聽說過這裡也很適合釣魚，她父親有時會帶著釣竿出去垂釣，但是艾美從來不懂去弄那些魚鉤、釣線和釣具有什麼樂趣。不，在這裡她可以只是待著，不必做任何事，是她和母親會覺得安全的地方。她們沒費事請求瑞卓利警探准許；她們只是收拾行李就離家。現在來到這裡，艾美知道這是個正確的決定。

她只可惜事前沒多思考要帶什麼。今天早上她們匆忙離開波士頓，她母親用幾個雜貨袋隨手裝了些廚房裡的東西。不過她們母女有辦法將就的，向來都是如此。

遠處傳來的馬達咆哮聲吸引了艾美的視線，她望著一艘汽船掠過水面，打擾了原本平靜的湖，不過在一個溫暖的下午也是可以預料到的。到了今天晚上，所有船都會離去，鴨子和潛鳥又會收復牠們的王國。

「艾美，你餓了嗎？」她母親從後廊喊道。

「不太餓。」

「你想什麼時候吃晚餐？」

「你決定就好。」

茱麗恩走下小徑，來到水邊加入她。一時之間她們只是並肩站著，沒說話，傾聽著湖邊樹上的樹葉窸窣聲。

「我們明天應該把小船拖出來，」茱麗恩說，「明天早上的第一件事，趁著那些汽船出現之前，我們就划船出去吧。」

「好的。」

她母親看著她。「你害怕嗎，甜心？」

「難道你不怕？」

茱麗恩凝視著湖水。「我們經歷過更糟糕的。這回我們也可以度過的。眼前，我們每天就只要想著撐過今天就好。」她轉身朝屋子走去。「我會把行李箱裡的東西都拿出來放好，然後我們開瓶葡萄酒吧。」

「你確定應該喝酒嗎？」

「我想我們兩個現在都需要喝一杯。」

那天晚上她們終於坐下來吃晚餐時，已經快九點了。這頓飯很不像茱麗恩的風格，她以自己的廚藝為傲，通常在廚房都會竭盡全力。今晚的餐是義大利直麵澆上罐頭的義式番茄醬，生菜沙拉上頭只加了橄欖油和鹽。顯示茱麗恩憂心忡忡的程度，比她所願意承認的更嚴重。那艘汽船終於安靜下來，除了潛鳥幽靈般的啼叫之外，這個夜晚一片平靜。母女兩人都被種種事件的轉折搞得不安，只是沉默吃著，偶爾喝一小口葡萄酒。這棟木屋或許是她們的安全避難所，但是黑夜的來臨讓兩人又開始緊張起來，母女都忍不住豎起耳朵，希望能聽到任何警告的聲響。小樹枝斷裂的聲音，或是灌木叢擾動的嘩嘩聲。

手機鈴聲讓她們兩個都嚇了一大跳，艾美碰倒了她的酒杯，卡本內蘇維濃紅酒潑在桌子上。她心跳得好厲害，趕緊拿餐巾去擦，同時茱麗恩接起了電話。

「是的，我們在這裡很好。一切都很好。」

艾美朝母親詢問地看了一眼，茱麗恩用嘴型示意爸爸。當然了，他沒能陪著她們來，一定很內疚，但是茱麗恩堅持他應該照常去醫院上班。他們得有個人待在家裡，讓房子裡看起來有人在，那個跟蹤狂就會認為艾美還住在家裡。這是保護他們女兒的最佳方式，茱麗恩告訴他：把那個跟蹤狂的注意力從艾美身上轉移開來。

「是的，我已經打電話給瑞卓利警探了，」茱麗恩說，「她不太高興我們跑來，但是至少她知道我們人在哪裡。她已經跟道格拉斯警局聯絡，讓他們知道狀況。沒有必要擔心，麥可。真的。」

她現在用的是媽咪在主掌大局的口氣，艾美非常熟悉，而這個口氣對爸爸也很管用。他雖然是醫師，在加護病房習慣發號施令，但是在家裡他很樂意聽從老婆的話，因為家中處理事情的人的確是她，不管是支票簿或是廚房。

茱麗恩終於講完電話，看起來因為剛剛努力安慰丈夫而顯得疲憊，她朝艾美露出疲倦的微笑。「他很希望自己能在這裡。」

「他星期六還是會來嗎？」

「對，他下班後就會從醫院直接過來。」

「叫他再帶幾瓶葡萄酒。」

茱麗恩大笑。「你真可憐。困在這個偏僻的地方，只有無趣的父母陪著你。」

「無趣很好。眼前，這是我們兩個都需要的。」艾美把盤子收去水槽，轉身看著母親，茱麗恩正望著窗外的遠方，手指迅速輕敲著桌子。茱麗恩害怕時從不會承認。只要有可能害她女兒緊張的事情，她都絕對不承認。但是艾美不必聽她承認，她從母親的手指看得出來，一直不停地輕敲，像是敲出了害怕的摩斯密碼。

茱麗恩站起來。「我要出去再檢查一下車子裡。我的夾腳拖到處都找不到，可是我確定我有帶。」

「或許在車後座的地板上？」

「或是後行李廂。有可能是壓在那些雜貨袋底下。」茱麗恩從廚房抽屜裡抓了一把手電筒，走出門外，紗門在她身後吱呀關上。艾美聽著母親的腳步聲砰砰下了門廊的階梯，接著她望向窗外，看到茱麗恩的身影穿過幾棵樹間，走向車道。

艾美回到水槽，去對付晚餐的髒盤子。她們兩個今晚都沒吃多少，她把凝結的義大利麵刮進垃圾桶，然後洗好擦乾，放回櫥櫃裡。

茱麗恩還沒回來。

艾美朝窗外張望，但是沒看到茱麗恩，也沒看到手電筒的光。她母親跑去哪裡了？她猶豫著不知道該出去找茱麗恩，還是待在廚房這片明亮的燈光裡。時間分秒過去。她沒聽到叫聲，沒有任何讓她擔心的聲音，只有蟋蟀的鳴叫。但是她覺得有個什麼不太對勁。

她走出門來到門廊上。「媽？」她喊道。

沒有回應。

湖畔的其他房子都沒亮燈。她們的小屋是今夜唯一有人住的。她們獨自在這裡，位居樹林中，遠離公路。這裡正是她們想待的地方，但現在艾美卻有了新的想法。她懷疑來到這裡會不會是個錯誤。

「媽？」

湖裡有個濺水聲，她看到漣漪弄亂了映在水面的月光。只是鴨子或潛鳥，沒什麼好擔心的。她又回到木屋裡，但是當紗門在她身後關上時，她聽到另一個聲音，不是來自湖中，而是更近得多。一個窸窣聲，一根小樹枝折斷。

腳步聲。

她望著紗門外，想看清接近的是誰或什麼。會是茱麗恩從汽車那邊回來嗎？

然後她看到那個人影從樹林中出現，進入小徑，被來自湖上的光照出剪影。不是茱麗恩。

是個男人，正走向她。

此時她開始尖叫。

34

珍

珍還沒踏入木屋，就可以看到血了。動脈噴出來的血有如機關槍似的濺過地板，還往上噴到對面牆上。她一語不發地在門廊上停下來，彎腰套上紙鞋套。再度直起身子時，她吸一口氣，硬起心腸準備面對木屋裡的狀況。屋外的空氣有潮溼泥土和松針的氣味，但屋裡將會是不同的狀況、不同的氣味。她以前聞過太多次的那種。

「你也看得到，攻擊是從廚房開始的。」古德警佐說。他是第一個抵達現場的警探，雙眼因為一夜未眠而浮腫且充滿血絲。在這個鄉下地方，凶殺案通常很少，久久才有一次。而昨晚他所踏入的凶殺現場，顯然讓他大為震驚。彷彿不情願再看一次那個恐怖場景，他先在門廊上暫停一下，才終於拉開紗門，走進木屋裡。

「發生的事情相當明顯。」他說。

血說出了整個故事。拚命跳動的心臟輸送出來的鮮血到處噴濺，牆上、廚房櫃子上形成一道道血痕，現在已經乾了。一張椅子側倒著，地板上有玻璃碎片和模糊的鞋印，標示著攻擊者和被害人混亂的腳步。

「一路延伸到走廊。」古德警佐說。

他帶她循著血跡，走出廚房。才幾個星期前，珍曾在索菲亞・蘇瓦雷茲家循著一條類似的血跡。眼前像是一個噩夢重演。她暫停下來，瞪著牆上唯一的手印。那是被害人留下的，暈眩而虛弱，拚命伸出手要尋找支撐，然後才又踉蹌向前。

在臥室，血跡終於停止。

這裡的牆上不再有動脈噴出來的弧形血痕。之前失血太多了，沒剩多少可以讓心臟輸出了。此時垂死被害人體內所剩下的血只是滲出，形成一道緩慢而減弱的血流，累積成一灘，這會兒在珍的腳邊凝結。法醫處已經搬走屍體，但陳屍位置的印記還在，那是鮮血染透的衣服所留下的。

「我們已經按照你的要求，把屍體送往波士頓了。」古德說，「因為這個似乎跟你正在調查的案子有關。」

珍點頭。「我希望由我們的法醫進行驗屍解剖。」

「這麼一來，我們就比較輕鬆了。其實是輕鬆太多了，因為你已經知道這個命案的背景。目擊證人的證詞也清楚交代了發生的狀況。」他看著珍。「你還需要看其他什麼嗎？」

「車子。」

「停在離這邊一段距離的馬路上。要不是他來這裡的途中迷路，就是——」

「他不想讓她們知道他來了。」

古德點點頭。「我也是這麼想的。」

他們走出木屋，沿著泥土車道往前，走向環繞著燈籠湖南端的柏油路。他們來到柏油路時，古德說：「那裡。就是那輛車。」

他指著那輛車，離進入安淳姆家車道的入口只有十來碼。是一輛深綠的本田Civic，掛著緬因州的車牌，上頭的驗車貼紙已經過期了。車子顯然使用多年，底盤生鏽，駕駛座旁的車門有好幾道凹痕。

「我們查過車牌了，確定是登記在緬因州波特蘭市的詹姆斯．柯瑞騰名下，但是他現在不住在那個地址了。房東說柯瑞騰付不出房租，四個月前只好搬走。指紋符合，所以我們知道是他沒錯。我們搜索過車裡，在後座找到一個睡袋和一個枕頭，另外還有半打咖啡白蘭地的空罐。看起來他住在車上已經有一陣子了。」

「他的手機呢？」

「沒找到。」

珍皺起眉頭。「我們很確定他有一支拋棄式手機。」

「不曉得那支手機怎麼了。但是我們有找到的，你會有興趣的。」他掏出自己的手機，找出一張照片。「現在送去州警局鑑識實驗室了。我拍了張照片，因為我猜你們會想看。」

珍注視著他手機上的照片。是一把鐵鎚。

「我們發現這個塞在後行李廂的地毯底下，就在備用輪胎旁邊。車上放著一把鐵鎚並不稀奇，但是你問起過。」

「上頭有血跡嗎？」

「肉眼沒看到，但是實驗室剛剛傳簡訊給我。他們在鎚頭上發現了潛血。」下午的太陽現在直射著他的眼睛，他在強光下瞇起雙眼。刺眼的光線照出了他臉上每一條皺紋、每一個瑕疵。「如果跟你在波士頓的被害人吻合，那可能就解決你所有的問題了。」

「看起來是這樣。」

他打量她一會兒。「跟蹤狂死了，兩位女士都安全了。但是你看起來好像並不滿意。」

她嘆氣，往上看著樹。「我想再去木屋裡巡一遍。」

「沒問題。鑑識組的人已經採證完畢了，所以你盡量看。我現在得回局裡，如果有任何問題，打電話給我就行了。」

珍獨自沿著車道走回木屋。她在外頭的院子裡站了一會兒，聽著鳥叫，以及風吹過樹林的窸窣聲。今天一早，她和佛斯特已經找艾美和茱麗恩問過話，談了昨夜發生的事情，這會兒她再度爬上門廊樓梯時，腦中回想著她們的說詞。

艾美：他走出樹林——直直走向我。我想關上門，把他關在外面，但他硬是推著門進來。我知道他要來殺我……

茱麗恩：我在底下的湖邊，看著水面，然後我聽到她尖叫。我聽到我的寶貝在尖叫，就趕緊跑向木屋。

珍走進廚房，站在裡面，再度審視著濺血的櫥櫃、玻璃碎片、翻倒的椅子。她轉向料理檯，看著菜刀架。其中一格是空的。是很寬的格子，大得足以容納一把主廚刀。

茱麗恩：我跑進廚房。他跟艾美在裡頭，他把她按在牆面上，雙手掐著她脖子。我想都沒想就動手了，做了任何母親都會做的。我從料理檯上抓了一把刀……

接下來所發生的事，證據就噴濺在櫥櫃上，抹在地板上，而珍可以看到事情次第發生，彷彿此刻就在她眼前。茱麗恩把刀插入攻擊者背部。那男人受傷嚎叫，轉身面對她，朝她衝過來。她手上的刀盲目地拚命朝他砍，刀刃割過他的頸部。這回的傷口是致命的，但不是立刻。他還有足夠的力氣試著去搶下她手上的刀，在扭打中，她割傷了自己的手。但現在他眼前開始模糊……

他盲目地踉蹌進入走廊，伸手扶牆想穩住自己，在牆上留下模糊的手印。此時他已經失血過多，眼前開始發黑。他跌跌撞撞走進一間臥室——沒有別的出路。在這裡，他的雙腿再也無法支撐他往前了。

珍站住，往下看著詹姆斯．柯瑞騰的身體終於倒下的地方。當他的出血減緩為細流，當他的心跳吃力地放慢而停止時，他在這邊嚥下了最後一口氣。

茱麗恩：我打九一一時，他還活著。我確定他還活著。他始終沒說任何話。他沒說過他為什麼要攻擊。等到警方趕來，他已經死了，所以我們永遠不會知道他為什麼挑上艾美。為什麼他不肯放過她……

艾美。珍看了臥室一圈，看著蕾絲窗簾，還有架上的那排絨毛玩具動物。這一定是艾美的臥室。在度過了驚恐的一夜後，她和母親被護送回到波士頓的家，所有東西都留在這個木屋。艾美的空行李箱還在衣櫃裡，梳妝檯抽屜裡還有她的內衣、襪子和T恤。兩個人的牙刷都還放在共用浴室的櫥櫃裡，連同茱麗恩的一瓶處方藥片和一盒染髮劑。

珍走出木屋，來到門廊，抽出手機打給佛斯特。「你還在他們家嗎？」她問，「他們狀況怎麼樣？」

「還是驚魂未定，不過整體上還可以，」他說，「安淳姆醫師在家裡陪她們，茱麗恩去樓上小睡了。湖邊那裡有什麼出乎意料的事情嗎？」

「或許吧。鑑識組的人在柯瑞騰車上找到一把鐵鎚。實驗室說上頭有微量血跡。如果是索菲亞．蘇瓦雷茲的血——」

「那就真的解決這一切了。」

「只除了一個問題：為什麼？我們還是不知道他的動機。為什麼他要殺害索菲亞？為什麼他要跟蹤艾美？」

「的確讓人想問為什麼。我知道你一定會恨我這麼說，不過反正這是個謎。」

「沒錯，我的確很討厭你這麼說。」她往外看著湖面，有兩個人划著紅色小船經過。這個下午平靜無風，水面平滑如鏡。「這裡真的很美。讓我想在湖邊買棟房子。」

「我們應該慶祝一下，對吧？愛麗絲一直想去試一家新開的義大利餐廳，在牛頓市那邊。

他們事務所裡每個人都誇得不得了。你覺得怎麼樣？」

「或許吧。眼前我還有一個細節要去查一下。」

「什麼細節？」

「解剖驗屍。」

儘管站在解剖檯前的那個人穿了外袍、戴了口罩，頭髮也都包在紙帽底下，但那是莫拉，絕對不會弄錯。珍站在驗屍處的前廳裡，隔著玻璃窗望向裡頭，心裡納悶是什麼讓莫拉這麼好認。是她去拿解剖刀的那種莊嚴姿態？或是她往下注視著屍體時那種強烈的專注？就連珍推門進入解剖室時，莫拉都沒抬起眼睛看一眼，照樣完成她的Y字形切口，然後開始剪斷肋骨。

「你判斷出死亡時間了嗎？」珍問，走到解剖檯旁。

「我的估計跟目擊證人們的說法沒有衝突。」莫拉拿起胸骨，胸腔裡的各種器官展現眼前。「死亡時間大約在晚間十點到十一點。我已經檢查過背部的刺傷。那一刀穿透了第五和第六胸椎之間的肋間間隙，傷口也符合證物中的主廚刀尺寸。」接著莫拉指著頸部的傷口，現在血都已經沖洗掉，像第二張嘴似的張著，粉紅色的，正在微笑。「另外你可以看到，第二個傷口割過左邊的頸動脈。我跟伍斯特的法醫談過。他昨天夜裡去了現場，跟我說那邊一片血腥凌亂。」

「是這樣沒錯。」珍說。

「他們可以在伍斯特進行這個解剖的。你不需要把屍體運來波士頓。」

「但是我知道你不會漏掉任何細節。而且你從一開始就參與調查，我想你會想參與後續的工作。」

「謝了。」

這是諷刺嗎？以莫拉來說，有時候很難分辨，而且莫拉的表情也沒有透露任何線索，她只是切下心臟和肺臟，攤開冠狀動脈。沒有多餘的動作，每一刀都有效率且精準。

「冠狀動脈很乾淨，」莫拉說，看了一眼那張憔悴的臉。「即使他身上其他地方看起來都不健康。」

「是啊，死人看起來都不健康。」

「我指的是他的惡病體質。他的衣服大了好幾號，而且你看到他的太陽穴萎縮得有多厲害嗎？他瘦了很多。」

珍想到他車上的咖啡白蘭地空瓶。「酒精成癮嗎？」

「有可能是一部分因素。」莫拉把一圈圈小腸放到一邊。「但是我想真正的原因是這個。」她指著一個鼓起的團塊。「胰臟。已經轉移到肝臟了。」

「所以是癌症了？」

「末期。他快死了。」

珍低頭看著詹姆斯．柯瑞騰凹陷的雙眼。「你覺得他知道嗎？」

「他只要照鏡子就會知道。」

珍搖搖頭。「說不通。這個人得了癌症，而且一定知道自己快死了。為什麼他要跟蹤一個女人？為什麼跟蹤她到湖邊攻擊她？」

莫拉抬起頭。「你親眼看到過艾美脖子上的瘀傷嗎？」

「是啊。」

「很明顯嗎？」

「你不相信被害人的說法。」

「質疑是我的天性。你知道的。」

「那些瘀青很淡，」珍說，「但是艾美的確有瘀青。而且別忘了。他前妻也是被掐死的。」

「警方始終無法證明是柯瑞騰幹的。」

「在這次攻擊之後，看起來更可能了。」

「可能並不是證據。」這就是莫拉會說的那種話。這類話老是搞得珍火大，即使她心裡知道是實話。

莫拉放下解剖刀。「我能給你的，就是死亡時間、死因、死者身分。這個人的指紋和血型都符合詹姆斯．柯瑞騰，年齡五十六歲。」

珍的手機響了。她伸手到手術袍底下，從外套口袋裡拿出來。「我是瑞卓利警探。」

「我有個消息會讓你很高興。」古德警佐說。

「那就讓我高興一下吧。」

「你知道我們在詹姆斯・柯瑞騰車裡發現的那把鐵鎚？州警局實驗室剛剛確定上頭的血是人類的，而且跟索菲亞・蘇瓦雷茲吻合。恭喜。你抓到你的凶手了。」

珍低頭看著那具內臟被掏空的屍體。最後一片拼圖剛剛落到應有的位置，她應該覺得高興才對，現在索菲亞・蘇瓦雷茲的謀殺案可以結案，大家終於可以放心了。然而，當她注視詹姆斯・柯瑞騰的臉時，心中卻只是想著：為什麼我覺得自己漏掉什麼了？

35

安琪拉

今晚我以英雄的身分接受祝賀。反正滿桌的人都說我是英雄，而我絕對樂在其中，因為平凡的老媽能出門吃晚餐、得到一輪敬酒，這可不是常有的事。而且這頓晚餐非常棒，我不必自己做，而是在我這輩子所去過最昂貴的餐廳之一吃的。餐廳是愛麗絲·佛斯特挑的，雖然我們得大老遠開車過來。愛麗絲知道所有最好的餐廳，而如果你像她在一家成功的律師事務所裡當律師，你就會得到情報，知道最熱門的新主廚。

我猜想我可以學著喜歡她。那就過幾天再說吧。

今晚佐餐的葡萄酒也是她負責點的，這又是她非常擅長的事情。我已經喝了兩杯，現在侍者過來要幫我的杯子倒酒。他暫停一下，舉著瓶子擺出準備要倒的姿勢，然後歪著頭詢問地看著我。

「喝吧，媽，」珍說，「我會開車送你回家，所以你就放心喝吧。」

我朝侍者露出開心的笑容，他替我倒了。我喝著酒，看著滿桌的人，真希望文斯也在場。他喜歡好派對。等他從加州回來，我一定要帶他來這家餐廳慶祝。

我們所有人今晚都有事情要慶祝。珍和巴瑞結掉了他們的案子，愛麗絲晉升成為事務所的合夥律師，而我的小瑞吉娜剛從幼兒園小班畢業。我看著愛麗絲和巴瑞，看著嘉柏瑞、珍和瑞吉娜，心想：我真是太幸運了。

等到文斯回來，一切就完美了。

「敬安琪拉・瑞卓利，我們的超級英雄！」嘉柏瑞說，舉起他那杯通寧水。「她獨力讓一個持槍男人繳械。」

「唔，其實不是獨力啦，」我承認。「我有阿格妮絲・卡明斯基當後援。所以即使她不在場，我們真的也該敬她的。」

「敬阿格妮絲！」他們都說，這讓我對於自己沒邀她來有點歉意，但我知道如果我邀她來，她會抱怨菜太鹹、音樂太吵，而且哪門子傻瓜會為了一道前菜付三十元？

這會兒我舉起自己的杯子敬酒。「也恭喜珍和巴瑞。辛苦工作了幾個星期，你們抓到凶手了！」

「嚴格來說，媽，我們沒有。」珍說。

「但是你們破了案，現在他再也不會去傷害別人了。所以敬波士頓最棒的警探！」

珍看起來有點不太情願接受，不過其他每個人都開心地喝了酒。我太了解我女兒了，看得出來有事情困擾她，於是也讓我覺得困擾。這就是當媽媽的重擔：無論你的小孩年紀多大，他們的煩惱也會是你的煩惱。

我湊向女兒低聲問：「怎麼了，小珍？」

「只不過是這個案子很漫長、很挫折。」

「想談一談嗎？」

「不必了，沒什麼。只是一些煩人的小細節而已。」

我放下酒杯。「我撫養出全世界最聰明的警察……」我暫停，忽然意識到她的搭檔巴瑞也在聽，但他並不覺得被得罪，只是和氣地舉杯致意。

「我沒有意見，瑞卓利太太。」

「好吧，我撫養出全世界最棒的兩個警察之一。」我修正。「你那些警察素質是天生的，我不認為是遺傳自你父親。」

珍哼了一聲。「我也不認為。」

「所以或許你是從我這裡得到的。或許我可以對你的案子有一點小貢獻，給你某種新的觀點，你覺得怎麼樣？」

「我沒那麼確定，媽。」

「我雖然不是警察，而且我知道自己很容易被低估，因為我是個老女人等等，但是——」

「那個，」愛麗絲插嘴，在空中搖了一下杯子。「是這個社會的錯。一超過了生育年齡，我們女人就失去了所有價值。」

「是啊，好吧。我不曉得什麼生育年齡之類的。我只是希望有人把我的話當回事。」我看著珍。「要是有什麼困擾你，我可能幫得上忙。」

珍嘆氣。「我不曉得困擾我的是什麼。」

「但是你知道有什麼不對勁，對不對？好，這個我懂。就像有回你哥哥法蘭基跟我說他在麥克．帕波維奇家過夜，但其實是跑去採石場旁邊抽大麻抽得暈頭。我知道，是因為我有直覺。」

「我只是得想一想。」她說。

後來我們開始吃甜點提拉米蘇，我又喝了第四杯葡萄酒，此時我看得出來她還是一直在想。她一整晚只喝了一杯，因為她是我的指定駕駛。這就是她骨子裡的公僕精神，她致力於執法，這表示她一整晚都沒真正放鬆。而且她的心思顯然在別的地方。

我上了她的車、扣好安全帶時，她還是心不在焉。她和嘉柏瑞是分別開車來的，他要帶瑞吉娜直接回家睡覺，所以車上只有我和珍。我真希望有更多跟女兒單獨相處的時間。生活的節奏太快，她太忙了，而當我終於有機會跟她獨處時，她似乎總是忙著要去別的地方。

「這頓晚餐真不錯，嗯，媽？」她說。

「愛麗絲挑了一家好餐廳。」我拍拍膝上那盒打包的剩菜。「我想那個女人不是只會說大話而已。」

「這話聽起來有恭維的嫌疑喔。」

「我還不打算恭維她。」我望著車窗外的愛麗絲和巴瑞，他們正要上車。像巴瑞這麼可愛的男人，應該要有一個更好的女人，但是談到愛情，是沒有辦法解釋好惡的。

珍發動車子，我們駛離餐廳的停車場。

前方有一輛閃著警燈的巡邏車剛攔下一輛小貨卡，兩輛車都停在路邊。很自然地，珍減速打量了一下狀況，看是不是需要她介入。這就是我女兒，老是在注意有沒有什麼麻煩。

我也是這樣。

「我想葛林夫婦一定是搬走了。」我說。

「是嗎？」她問，其實沒在聽我講，因為她的注意力還集中在那輛停下的巡邏車。

「我好幾天都沒看到他們任何一個。不過我看到屋裡有亮燈，所以我想他們一定是裝了自動定時器，天黑後就會自動開燈，好嚇退小偷。」

「媽，有你隨時在監視那棟房子，小偷沒有機會的。」

這話逗得我大笑。「是啊，我想你說得沒錯。」

「察覺問題，開口直言。你把這句口號提高到一個全新的標準。」她看到那輛巡邏車掌控狀況，滿意了，於是才開過去。「葛林夫婦大概受夠了你的監視。」

「我只是對鄰里發揮一點守望相助的精神而已。要是我沒留意，賴瑞・李歐波現在已經死了，而瑞克・塔利就要被以謀殺罪起訴了。」

「你跟賈姬談過了嗎？」

「我想她太難為情了，不好意思跟我談。」

「你的意思是，因為她的外遇？」

「不，我想主要是因為她外遇的對象。賴瑞・李歐波？真的？」我嗤之以鼻。

「這種事很難講，媽。他可能在床上很猛。」

有那麼短暫的一刻，我想到喬納斯和他肌肉發達的胸肌。我承認，他的確曾吸引我的目光。我也承認，要是碰到意志不堅的時刻，加上馬丁尼喝太多，我可能會有一些肉慾的想法。幸好阿格妮絲讓我清醒過來。從一開始，阿格妮絲就看透了他。

現在我對於沒邀她來一起吃晚餐覺得內疚。儘管阿格妮絲很煩，但她在我有危機的時候站在我身邊。雖然她當時有點喘，但的的確確是站在我身邊。

珍送我到家後，我注意到阿格妮絲家的燈還亮著。我知道她習慣晚睡，現在大概正在看電視，抽著她喜愛的維珍妮香菸。她大概很歡迎有我作伴，也會喜歡我珍貴的剩菜。

我走到隔壁去按門鈴。

「安琪拉！」她一看到我站在門外就說。我後退一步，被她屋裡湧出來、彷彿最高等級大火的煙霧給燻得受不了。「我剛剛給自己倒了一杯酒！進來跟我一起喝吧。」

「我帶了點心來。」我說，舉起手上那盒剩菜。

「我現在正需要點心。」她伸手拿起茶几上的威士忌酒瓶。「給你倒一杯雙份怎麼樣？」

「有何不可？」

第二天早上，我付出了代價。

我醒來時腦袋抽痛，模糊記得我們喝完了她那瓶Jameson威士忌。現在太陽已經升得老高，照在我臥室的光線明亮眩目，我被照得幾乎睜不開眼睛。我看了時鐘，發現已經是中午，於是哀嘆一聲。我再也不會想跟阿格妮絲拚酒量了。我算哪門子超級英雄啊，居然喝輸一個七十八歲的女人。

我坐起身，揉揉太陽穴。在腦袋的抽痛中，我聽到門鈴響了。眼前我最不想要的就是訪客，但是我正在等文斯寄來的包裹，於是只好穿上拖鞋，走到門廳。我打開前門時嚇了一跳，因為外頭站的不是UPS快遞員，而是崔莎．塔利。過去幾個星期她害慘了她父母；現在她站在我家門廊上，雙眼低垂，肩膀垮著。

「我剛剛發現你的門上塞著這個。」她說，遞給我一張當地披薩店的廣告傳單。

「崔莎。」我嘆氣。「我知道你來這裡，不是要給我廣告傳單的。」

「對。」

「你要進來嗎？」

「應該吧。」

「聽我說，你能不能先在客廳裡等幾分鐘？我昨天很晚睡，先讓我換一下衣服，我馬上就出來。」

我回到臥室，拍了點冷水到臉上，又梳了頭髮。我穿上牛仔褲和乾淨的襯衫時，納悶著那個女孩為什麼忽然跑來找我談。她來這裡就只是為了要跟我談嗎？或者我走出去時，會發現她偷了我的銀餐具跑掉？碰到青少年，什麼事都說不準。

我出來時，她沒在客廳。我聞到咖啡香，於是循著氣味來到廚房，崔莎正站在料理檯前，幫我們兩個人倒咖啡。她把兩杯咖啡放在餐桌上坐下來，期待地看著我。我不記得我的小孩是不是十六歲就開始喝咖啡，但她顯然不光是喝，還知道怎麼煮。

崔莎得一分。

我坐下時，看到她雙手緊握又放開，彷彿無法決定這段談話是不是該握拳。

「發生的事情，都是我的錯，」她說，「我的意思是，一開始做錯的人不是我，但是我的確讓事情更惡化。」

「我不太明白你要跟我說什麼。」

「一切都是因為生物課。」

「現在我真的聽不懂了。」

「你知道，在這個學年結束之前，我們上了一堂遺傳學的實驗課。我們要在自己的指頭上用針戳一下採血。」她回想著皺起臉。「我好討厭那樣，用針戳自己。」

我同情地點頭。「我自己絕對辦不到。當年我的實驗同伴只好戳我。」

她皺眉。「你也上過生物課？」

「是的，崔莎。信不信由你，我也讀過高中。我也會跟我父母吵架。另外順便提一下，我當年在學校是很受歡迎的。不過生物課這些，跟任何事有什麼關係？」

「我們當時在教血型。你知道，A型、B型、O型。我們戳了自己之後，應該要驗出自己的血型。我發現自己是B型陽性，佔人口大概百分之九吧。不是那麼罕見。」

「好的。」

「所以接著，因為我們在教遺傳學的原則，還有血型怎麼遺傳，所以我就想查我媽和我爸的血型，用來寫報告可以加分。」

哦—喔。我們的教育制度就在這一點上頭害慘了我們。這個制度沒有預見到種種災難，沒辦法應付知識太多的後果。

「我媽的捐血卡都收在皮夾裡，所以我已經知道她是A型陽性。然後我問我爸，他跟我說他是O型陽性。我就是那個時候知道的。」她深吸一口氣。「一個A型陽性的母親和一個O型陽性的父親，絕對不可能生出一個B型的孩子，好嗎？」她抬起一手，憤怒地抹掉淚水。「我媽否認，但是我知道她在撒謊。我受不了看到她。我受不了看到她跟我爸在一起，假裝一切都很好，但從頭到尾我都知道。」她直視著我。「所以我才會逃家。因為我得離開他們一陣子。但是我後來打了電話給我爸，讓他知道我沒事。他一路追查到我朋友家，找到我，開始跟我吼，說我不知感恩，是個小混蛋，我就再也忍不住了。我跟他說他根本不是我親生爸爸。我跟他說我們一直生活在一個謊言中。」

「告訴他的人是你？」

她垂下頭。「那是個錯誤。」

「所以他不是從私家偵探那邊聽到的？」

「什麼私家偵探？」

「白色廂型車裡的男人。」

「我不知道什麼白色廂型車。我只知道我不該告訴他的。我應該守著這個秘密，讓他繼續以為沒有什麼問題。讓他相信我們只是一個虛假的快樂家庭。但我就是忍不住。」

「你也告訴他賴瑞是你親生父親嗎？」

「沒有，我本來不曉得是他。」她扮了個鬼臉，那種厭惡的表情絕對是應該的。當你發現自己遺傳了賴瑞．李歐波的遺傳基因，還能有什麼表情？「我不敢相信我媽——和他……」她打了個寒噤。

「那瑞克是怎麼發現的？」

「我媽最後自己說了。那天晚上，她跟他說第三者是誰。這就是為什麼後來發生這一切，為什麼我爸會開車去賴瑞家。」

「啊，崔莎。真是一團糟。」

「我知道，我知道。」她嘆氣。「原來有可能更糟糕的，糟糕許多，幸好你在那裡阻止他，瑞卓利太太。他可能會殺了賴瑞。然後他下半輩子都得待在監獄裡。都只因為我。」

「不，蜜糖。不是因為你。絕對不要為這件事自責。犯錯的是大人。」我暫停一下。「向來就是大人。」

她頭埋進雙手裡哭，默默掉淚。她跟我女兒少女時期截然不同。我的小珍不會默默掉淚，要是她被打一拳，她不會哭：她會當場打回去。但是崔莎要敏感得多，她會需要她母親協助她熬過這件事。

我得打電話給賈姬。這會是一場尷尬的談話，因為她不曉得我對他們家知道多少，但她和崔莎需要彼此，我可能得成為把她們推進彼此懷抱的那個人。

我送崔莎到門口，當她沿著街道離開時，我想到電話裡我要跟賈姬說什麼。不能批判；她已經知道自己犯錯了（而且還是跟賴瑞．李歐波！），但是現在她需要朋友。一時之間我站在門廊上，審視著這一帶，準備好要打這通可怕的電話。即使一切看起來都相同，但這條街道似乎不太一樣了。李歐波家的花園還是一如往常維護得很好，但是那棟房子裡正有一樁婚姻陷入危機。以前我們鄰居間以為是海軍海豹部隊退役的喬納斯，這會兒沒在他窗內的老地點舉重。他現在被揭露是冒牌貨，大概不敢露臉了。還有葛林夫婦呢？即使在這個晴朗美好的星期天，他們家的百葉簾還是關得緊緊的，遮蓋住他們的秘密。

我正要回屋裡去，忽然看到一輛熟悉的白色廂型車駛來。就是那輛老在這條街出現的廂型車，幾天前的晚上曾停在李歐波家外頭。我本來假設車上的人是瑞克雇用的私家偵探，但現在我知道不是。所以開那輛車的是什麼人？為什麼車子又跑來了？

那輛車緩緩駛過我家外頭，在前面幾戶外停下。接著車子就只是停在那裡，關掉引擎。駕駛人為什麼不下車？他在等什麼？

我再也受不了那種不確定性了。我可是搞定過一個持槍男子的女人，救了賴瑞．李歐波的命。我當然有辦法解決這個小謎團。

我抓了手機走出去。這是那輛車頭一次白天在這裡停這麼久，可以讓我仔細觀察。我幫後車牌拍了張照，然後走到駕駛座旁的車門，敲敲車窗。

「哈囉？」我喊道，「哈囉？」

駕駛人正在講電話，此時抬起頭看著我。他是個三十來歲的金髮男子，肩膀厚實，沒有笑容。完全沒有笑容。

「你是幫誰做事的？」我問。

他只是繼續看著我，好像我是在講外國話。

「因為留意這一帶鄰里是我的職責。到現在我已經看到你在這條街上出現好幾次了，我想知道你來這裡做什麼。」

我不認為他聽懂了我的話，因為他還是沒回答。也或許因為他看到的只是一個中年家庭主婦，他覺得不理我就好。我被忽略太久，實在厭倦了這種情況。我站直身子。現在該改用我女兒的聲音，改用我女兒的權威了。一個警察會怎麼說？

「我得打電話回報這件事。」我告訴他。

這招有用了。「我是送一件貨物來的，」他終於說，「是鮮花。」

「給誰？」

「我去查一下名字。就在後頭的寫字板上。」

他下了車，我發現他的塊頭比坐在駕駛座上看起來更大，我跟著他到廂型車後頭，感覺自己好像跟在希臘神話裡的大力士英雄赫丘力士後頭。

「或許你可以幫忙看一下卡片上的名字，」他說，「看我是不是找對了地址？」

「給我看看。」

他打開後車門，讓到一邊，好讓我看看裡頭的鮮花。

只不過裡面沒有花，是空的。

一隻手緊緊摀住我的嘴巴。我想掙脫，想反擊，但是那就像是在對付一堵肌肉形成的牆。他把我抬起來推進車後時，我的手機嘩啦掉在地上。他爬上車，猛拽住門關上，把我們兩個關在裡面。從眩目的陽光下進來，整個廂型車裡似乎好暗，我只能隱約看到他的身影彎向我。我聽到強力膠帶撕開的尖響。

正當我吸氣要大叫時，他用膠帶貼住我的嘴巴。然後把我翻身趴地，粗暴地拽著我的兩手，一起用膠帶綁在背後。沒幾秒鐘，他就綁住了我的手腕和腳踝，迅速、殘酷，又有效率。

他是專業好手。這表示我死定了。

36

珍

「我一看到那手機掉在街上這裡，立刻就曉得事情不對勁。」阿格妮絲．卡明斯基說，「我去敲了她家的門，沒有回應，但是門沒鎖。你母親向來都會鎖門的，因為你跟她講過一大堆可怕的故事。這就是為什麼我會打電話給你。」

隨著驚慌之感愈來愈強，珍檢查了她母親的手機。機殼上有一張瑞吉娜的照片，因此無疑是安琪拉的手機沒錯。她想要相信有一個完全無害的理由可以解釋這支手機為什麼掉在街上，比方或許她母親出去散步時掉了而已，但是這不能解釋為什麼她家前門沒關。當你女兒是凶殺組警探，而且你男友是退休警察，你一路聽過所有關於這個大城市的掠食者故事，你就絕對不會不鎖門的。

「她屋子裡面都好好的，」阿格妮絲說，「看起來沒有人動過。」

「你已經進去過了？」

「唔，我得檢查一下。我們獨居女人得互相照應才行啊。」

才幾個星期前，阿格妮絲和安琪拉還根本不跟對方講話的。現在卻一副兩人是死黨的模樣。人生的變化真快。

「她沒鋪床，但是她煮了咖啡，咖啡壺還是溫的。」阿格妮絲說，「而且廚房桌上有兩個杯子，所以她之前有個訪客。或許這代表了什麼。」

珍走進屋裡，阿格妮絲跟在後頭，還照常抽著香菸。門廳的小几上一如往常，放著安琪拉的皮包和房子的鑰匙。這是另一個壞跡象。她們走進廚房，裡頭的咖啡壺的確還是溫的。餐桌上有兩個空的馬克杯，就跟阿格妮絲描述的一樣。

有人今天早上來訪過。這個人在桌前坐下，跟安琪拉一起喝咖啡。

「看到沒？」阿格妮絲說，「就跟我剛剛說的一樣。」

珍轉向她。「你有看到來訪的人是誰嗎？」

「沒看到。我忙著看購物頻道。他們在賣一種最新型的吸塵器，我在考慮要買。」她指著手機。「你不曉得怎麼解鎖嗎？或許她曾打給某個人，或者某個人曾打給她。或許那是關鍵線索。」

珍皺眉看著她母親的手機。要解鎖需要六碼。*她是我母親，我應該要知道的。*她輸入母親的出生年月日。不對。她又按了自己的，也不對。

「那是你女兒，對吧？」阿格妮絲說。

「什麼？」

「貼在手機殼上的。那是她的照片。她去上托兒所之前，幾乎每天都待在你母親這邊。安琪拉想死她了。」

當然了，珍心想，然後按了瑞吉娜的出生年月日。

手機神奇地解鎖了，秀出來的螢幕是之前正在用的：相機。她點了最近的照片。結果是一輛白色廂型車的車尾，而且是兩個小時前拍的，在下午一點十二分。

「那是我們這條街，」阿格妮絲說，湊過來看著螢幕。「就在屋子前面。」

珍出門走到人行道，站在她母親拍下那張照片的大約相同位置。現在那裡沒有白色廂型車，街邊是空的。她把手機上的照片放大，車牌號碼佔據全螢幕。是麻州的車牌。你為什麼拍下這張照片，媽？這就是你消失的原因嗎？

「啊老天，」阿格妮絲說，瞪著對街。「是他。」

神秘的馬修·葛林剛剛走出屋子。他直直走向他們，一副準備上戰場的模樣，他的步伐從容，肩膀挺直。鏡面太陽眼鏡遮住他的雙眼，珍無法解讀他的表情，但是她毫無困難就看到他襯衫底下帶著手槍的輪廓。他走近時，珍忍住了拔出自己手槍的衝動。畢竟現在是大白天，而且她旁邊還站著一個目擊證人，即使這個證人只不過是阿格妮絲·卡明斯基而已。

「珍·瑞卓利警探嗎？」他說。

「是的。」

「我想你是要找你母親？」

「沒錯。你知道她人在哪裡嗎，葛林先生？」

「我不完全確定。」他摘下太陽眼鏡，直視著她，他的臉像機器人似的無法解讀。「但是我想我可以幫你找到她。」

37

安琪拉

以前每當我想到自己的死亡，總以為會是在很多年以後。我想像躺在家裡自己的床上，環繞著愛我的家人。或者是醫院病床上，由護理師照顧。或者最好的，我會躺在溫暖的沙灘上，手裡拿著一杯邁泰雞尾酒，突然因為中風而死，沒有痛苦。在我想像的畫面中，從來不會有強力膠帶。

然而這就會是我的下場，雙手和雙腳被綁住，在這輛廂型車後頭被勒死。也或者他會把我拖到某個偏遠的地方，朝我腦袋開一槍。這是專業的手法，而我相信現在坐在駕駛座的人就是專業的，會送我進墳墓。專業殺手。

我怎麼會錯得這麼離譜？正當我把注意力中在崔莎和李歐波家和神秘的葛林家時，我面前發生了一件完全不同的事情，使得這輛廂型車一次又一次來到我們這條街。這輛車的出現不是為了監視賴瑞．李歐波的；而是為了另一個理由，只不過我還沒搞清是什麼理由。不過現在也沒差別了。

我繼續試著想掙脫，但是強力膠帶太頑強了，真的是全世界最堅固的東西。最後我筋疲力盡，只能絕望地放棄。這就是我多管閒事的下場。我插手李歐波家的閒事，沒被開槍是我運氣好。於是我變得自信過頭，現在就要付出代價了。

廂型車轉了個彎，那個衝力讓我往旁邊滾，腦袋狠狠撞上車子的側邊。疼痛往下直竄到脖子，難受得像是遭到電擊。我忍不住開始啜泣，感覺軟弱而挫敗。現在我連雙臂都動彈不了，要怎麼反擊呢？

廂型車緩緩停下。

我心臟猛跳，聽到駕駛座旁的車門打開，又用力甩上。轟然的聲響迴盪著，於是我知道我們不在戶外，而是被關在建築物裡。或許是一棟倉庫？駕駛人沒打開後門；他只是走開，腳步聲在混凝土間發出回音，手腳綁住的我被留在車子上。我聽到他跟某人談話的模糊聲音，但是沒聽到其他人。他一定是在講電話，而且聽起來很激動、很心煩。他們是在討論要怎麼處置我嗎？

他的聲音逐漸遠去，接著是一片安靜。一時之間，我似乎被遺忘了。

現在我在車上沒被甩來甩去，終於可以坐起來了，但是中年和僵硬的關節害我光是要直起身子都很吃力。坐起來大概就是我的極限了。我沒辦法尖叫，沒辦法讓手腳掙脫束縛，而且我被困在一個上鎖的金屬箱子裡。

最後某個人總會發現我失蹤了，但是要花多少時間？文斯會納悶我為什麼都沒接電話，然後打給珍嗎？阿格妮絲會忽然跑去我家想謝謝我昨天給她的剩菜嗎？我想過所有可能的情況，最後的結局是我活下來，但總是碰上同一個無法克服的障礙：即使他們真的開始找我，也不會有人知道我人在哪裡。

啊，安琪拉，你真的死定了。

恐慌讓我又開始扭著強力膠帶。我啜泣又流汗，扯得好用力、好拚命，搞得手指都麻痺了。我不曉得過了多少時間，但是感覺上有好幾個小時。或許那個駕駛人不會回來了。或許這個就是結局，我被扔在棄置的廂型車裡，成為一具乾屍。

而我連最後一頓早餐都沒吃到。

我累壞了往後靠。小珍，我知道你對我期望更高，但眼前這個我辦不到。我救不了自己。空氣變得又熱又污濁，我開始喘不過氣來。也或許只是我太恐慌了。冷靜下來，冷靜下來。我閉上眼睛，試圖讓自己的呼吸減緩。

然後第二輛車抵達，我又猛地直起身子。

那輛車開進這棟建築物時，我聽到引擎的隆隆聲，以及輪胎在水泥地上煞住的尖響。引擎關掉，車門砰一聲甩上。

我這輛廂型車的後門打開，一名男子站在那裡朝裡看著我。他的臉背光，所以我看不到他的表情，但看得出一個粗腰、肥短脖子的輪廓。

「把她弄出來。我要跟她談。」他說。

第二名男子拿著一把刀伸手進來，割斷了我腳踝和手腕上的強力膠帶，然後拖著我下車，讓我站著。我被綁太久了，兩腿僵硬，搖搖晃晃站在那裡，面對著三名男子。一個就是把我抓走的廂型車駕駛人。另外兩個是剛剛開著一輛黑色凱迪拉克Escalade休旅車來的，那輛車現在停在廂型車旁邊。沒有人笑。我可以輕易看出，那個比較老、比較胖的男人是老大，另外兩個比較年輕的站在他兩側。那老大往前走向我，直到跟我幾乎鼻碰鼻。他五十來歲，淡藍色眼珠和剪得很短的金髮，鬍後水的氣味好重。我猜想是很昂貴的鬍後水，但是他沒有鑑賞能力，照樣在臉上拍了一堆。

「所以她人在哪裡？」他問。

我嘴巴還貼著強力膠帶，只能發出模糊不清的聲音。他毫無警告就扯掉膠帶，我驚嚇得往後退，膝蓋後部撞上廂型車的後保險桿。根本沒有空間讓我後退。我被困在這輛車和這個灑滿鬍後水的男人之間。

「她人在哪裡？」他又重複一次。

「誰？」我問。

「妮娜。」

「我不認識任何叫妮娜的人。」

沒想到他笑了起來，看著其他兩個男人。「這一定是他們現在教的新招數，如何裝笨。」

「我沒裝笨。」我是真的笨。

他轉向那個廂型車駕駛人。「你有她的身分證件嗎？」

那駕駛人搖搖頭。「她身上沒有任何證件。」

「那她就得自己告訴我們了。」大塊頭中年男子又轉回來面對我。「你是幫哪裡工作的？」

「什麼？沒有。我只是個——」

「哪個特勤單位？」

特勤單位？我慢慢開始搞懂了。他們以為我是另外一個人。或者反正不是我真正的身分——一個家庭主婦。

「你們把她藏在哪裡？」

要是我告訴他們實話，說我不知道，那麼我對他們就沒有價值了。只要他們認為我知道一些有價值的資訊，就會讓我活著。他們可能會打斷我的骨頭、拔掉我的指甲，但是他們不會殺我。這應該是好消息吧。

我沒看到那一拳過來。他出拳太快、太意想不到了，我根本沒有機會準備。他的拳頭砰的打中我的臉頰，我往旁邊踉蹌倒地，覺得眼冒金星。等到我眼睛又可以看清楚，發現他站在我上方往下看，扯著嘴唇冷笑。

「你做這行不會太老了嗎，女士？」他說。

「你不也是嗎？」我還來不及阻止自己就脫口而出，然後看到他舉起手又要出拳，於是往後瑟縮。但接著他停住，放下拳頭。

「或許我們一開始沒弄好，」他說。他抓住我一手，拉著我重新站起來。「你知道，你如果合作一點，事情會簡單很多。甚至你可以得到好處，金錢上的。以你們領政府薪水的人，我想退休生活應該是不好過。」

我小心翼翼碰了一下臉頰被他打過的地方。沒有血，但是我可以感覺到那裡的肌肉組織已經開始腫起。之後一定會有個很慘的黑眼圈——要是我能活那麼久的話。

「告訴我，你們把妮娜換到什麼地方去了。」他說。

又回到這個神秘的妮娜了。我不能讓他知道我根本不曉得她是誰。我得靠吹牛矇過眼前的狀況。

「妮娜不想被找到。」我說。

「講一點我不曉得的事情吧。」

「事實上，她嚇壞了。」

「那是應該的。我希望我的員工忠心，而跑去跟聯邦幹員講話是極度不忠心的行為。」他看了站在旁邊的兩個人。「他們就很清楚。」

「但是妮娜不清楚。」

「她上不了法庭的。無論你們把她換幾次地方，我都會找到她。但是你知道，我真的很厭倦了。」他的聲音柔和下來，變得友善，幾乎是親暱。「用掉我這麼多資源去追蹤那個賤貨。這回我花了整整四星期，才查出她的下落。還逼得我得動用里維爾警局裡的一個關係。」

四個星期。一切都變得清楚了。四個星期前，葛林夫婦搬到對街的房子裡。他們一直關著百葉簾，車庫門也都關著，老是對我敬而遠之。我想到那個緊張的女人自稱凱莉．葛林，但那不是她真正的名字。

她其實叫妮娜，而且顯然她知道的資訊足以把這個男人送進大牢，除非他先殺了她。

「我們就把這件事好好、輕鬆解決掉吧，」那男人說，再次湊近我，壓低聲音哄著。「你幫我，我就幫你。」

「如果我不呢？」

他左右看了一下自己的手下。「你們覺得呢，兩位？把她活埋？還是垃圾壓縮機？」

我開始覺得，一顆射進腦袋的子彈還算不錯了。

他又轉回來看著我。「我們再試一次吧。說出你們把她藏在哪裡，我就讓你活著。我可能甚至會留著你當我的雇員。我需要裡頭有另一雙眼睛和耳朵。你之前說，你是幫誰工作的？」

「她沒說，」那廂型車駕駛人說，「但是我感覺得出她是警察。從她跟我講話的方式，還有她走向我的那個樣子，活像那條街是她家的。」

那是我的錯，自以為真是動作片裡的英雄，但其實我只是里維爾的一個家庭主婦。可惜我的表演太有說服力了。現在我就要因為我不曉得妮娜／凱莉在哪裡而死掉了。

但是他們不必知道這個。

「我來猜猜看。聯邦調查局？」那個大塊頭問我。

我沒回答，這回我事先看到他拳頭要過來了，但是儘管準備好了，那一拳給我的震驚感還是跟第一拳完全一樣。我又往旁踉蹌倒下，下巴抽痛。我摸嘴唇的時候感覺刺痛，然後看到手指上沾了血。

「我再問一次。你是聯邦調查局的人嗎？」他說。

我吸了口氣。低聲說：「波士頓市警局。」

「終於有點進展了。」

我喪氣得半個字都沒說，只是低頭看著我的血滴到水泥地上，等到我死去許久之後，這些血都會是我沉默的見證。我想像幾天或幾星期或甚至幾年後，犯罪現場鑑識人員會徹底搜尋這個倉庫。屆時我沒辦法告訴他們發生了什麼，但我的血將會告訴他們。

接著珍會接手。這一點我知道自己可以仰仗：我女兒會看到正義實現。

「我們再試一次，」他說，「妮娜人在哪裡？」

我只是搖搖頭。

「殺了她。」他說，轉身要離開。

其中一個男人掏出手槍往前走。

「慢著。」我說。

那大塊頭轉身。

「柱廊飯店。」我脫口而出。我會想到這家飯店，只因為阿格妮絲・卡明斯基的姪孫女是在那裡辦婚宴的。我還記得三層蛋糕和香檳和矮得出奇的新郎。這是個糟糕的答案，他們只要去一趟飯店就能推翻的，但是那一刻我只想得出這個答案，好拖延我不可避免的命運。

「她登記的名字是什麼？」

「卡明斯基。」我回答，希望不要真有個姓卡明斯基的人正好住在那個飯店。

他看了廂型車駕駛人一眼。「你過去一趟，查一下。」

我心想，等到他查出我一直在胡說，他們要找的女人根本不在那裡，這場猜謎遊戲就會結束了。我想不出能說或能做什麼好救自己。我只能想到我深愛的人，還有我再也見不到他們了。

那駕駛人爬上廂型車，駛出倉庫。半個小時、頂多一個小時，我心想。他就能揭穿我撒謊了。我四下看看，想找逃脫路徑。我看到營造設備——一輛水泥卡車、一台挖土機——但是除了現在被兩個人擋住的倉庫門之外，沒有其他出路。

那個大塊頭男人拖來一只條板箱坐下。他看著自己的指節，另一隻手握了一下。那個混蛋為了打我，自己的手也瘀青了。很好。他看了一下手錶，搔搔自己的鼻子，平凡無奇的手勢，出自一個長相平凡無奇的男人。他看起來不像怪物，但他確實是怪物，我想著妮娜真勇敢，站出來對抗他。我想著她緊張的臉和她留在我門廊上的字條，要求我不要打擾他們。從頭到尾我一直以為她害怕她丈夫，但她害怕的其實是眼前這些人。

他的手機響了，我聽到時瑟縮一下。他掏出口袋裡的手機說：「喂？」

現在結束了。他會聽到杜廊飯店裡沒有登記卡明斯基的住客，他會知道我在撒謊。

「你是誰？」他厲聲說，「你怎麼會有這個號碼？」

汽車引擎聲轟然響起，引得兩個男人都朝打開的倉庫門迅速轉身，同時一輛黑色的休旅車猛衝進倉庫。

這是我的機會。或許還是唯一的機會。我把握住了。

前面有人擋著，我沒法從打開的倉庫門跑掉，所以我趕緊溜到那輛Escalade車後頭，衝向水泥卡車。

「媽的怎麼回事？」那大塊頭男人喊道。

我蹲在水泥卡車後頭，所以沒看到發生了什麼事，但是我聽到更多車子開進倉庫裡、輪胎尖嘯著停下。我聽到喊叫和靴子砰砰奔跑在水泥地上。

還有槍聲。耶穌啊，這是黑道處決。我就置身其中。

我又往倉庫更深處爬去，躲在挖土機後頭。他們忙著為性命奮戰，或許會忘了我也在場。等到他們結束槍戰，等到所有身體都倒下，我就可以爬出去溜掉，從這場大屠殺脫身。我全身緊縮成一顆球，抱住腦袋，默唸著：他們看不到我。我是隱形的，我是隱形的。

我的雙臂抱著腦袋抱得太緊，過了好一會兒才意識到槍聲停止了，而且沒有人在喊叫了。我像一隻陸龜緩緩從殼裡冒出來，小心翼翼地探出頭，聽到……

一片安靜。

不，不完全安靜。腳步聲更接近了。從挖土機底下，我看到一雙鞋子就在我的躲藏處旁邊停下。黑色的短靴，狹窄且有刮痕，而且出奇地熟悉。

「媽？」

珍的臉忽然從挖土機底下看著我。我們看著彼此片刻，我想我是產生幻覺了。這怎麼可能？我聰明的、不屈不撓的女兒竟然神奇地出現了。她來救我了。

「嘿，你沒事吧？」她問。

我從挖土機底下爬出來，把她抱進懷裡。我不記得上次把我女兒抱得這麼緊是什麼時候了。應該是好多好多年前，她還是小女孩的時候，當時我可以把她一把撈起來抱著。現在她個子太大了，沒法再那樣，但我還是可以試試看，當她的鞋跟離地時，我聽到她大笑。「哇，媽！」

以前我是那個去救她的人，會幫她包紮破皮的膝蓋、發燒時幫她冰敷。現在換成她來救我，而我從來沒這麼慶幸有這個女兒。

「媽。」她往後抽身，凝視著我被打過的臉。「他們對你做了什麼？」

「稍微揍了我兩拳。但是我沒事。」

她轉身喊道：「葛瑞里，我找到她了！」

「誰是葛瑞里？」我問。

然後我看到他大步走向我們，就是我原以為是馬修．葛林的男子。他上下打量我，冷冷地評估我的傷勢。「你覺得需要救護車嗎，瑞卓利太太？」他問。

「我只想回家。」我說。

「我也猜想你會這麼說。就讓你女兒帶你回家，讓你梳洗一下吧。然後你和我得好好談一談。」他講完就轉身要離開。

「那妮娜呢？」我問。

他停住，又轉身面對我。「你對她知道些什麼？」

「我知道她就要作證對他不利。我知道要是他找到她，她就死定了。我知道他在里維爾警局裡有個線民提供他資訊，所以你最好去查一下。還有，他的一個手下現在跑去杜廊飯店，正要找她。」

他打量我一會兒，好像第一次真正看到我。他一邊嘴角微微揚起。「我猜想你是深藏不露。」他轉向珍。「警探，請帶她回家吧。另外如果可以的話，讓她別來煩我。」

「那妮娜怎麼辦？」我對著他離開的背影喊道。

「她現在不會有事了。」

「你怎麼知道？」

「相信我。」

「為什麼應該相信你？另外你真的姓葛瑞里嗎？」

他抬起一隻手，不經心地揮了揮，同時繼續往前走。

「來吧，媽，」珍說，「我送你回家。」

現在我不再嚇得半死，感覺到顴骨真的開始痛了。或許我其實需要救護車，但是我驕傲得不肯承認，所以我只是讓珍帶著我離開那台挖土機，走向倉庫門，那裡有一打警察，身穿印著美國法警的背心走來走去。

「不要看，媽。」珍警告我。

所以我當然要看。看著濺在水泥地上的鮮血。看著躺在那些警察腳下的屍體。所以這就是為什麼葛瑞里說妮娜現在不會有事了。因為追殺她的人現在倒在這裡死掉了，在跟美國法警的槍戰中被槍殺而死。我還聞得到他濃烈的鬍後水氣味。

我暫停，低頭看著剛剛打我臉的那個男人，他剛剛輕鬆地下令殺了我，這會兒我真的很想朝那具屍體狠狠踢一腳。但是我有我的尊嚴，而且這些警察都在看。於是我只是繼續走出倉庫，爬上我女兒的車。

幾個小時後，吞下超出一般劑量的安舒疼止痛藥，又用一袋冷凍豌豆按著臉頰後，我覺得好過多了。珍和我坐在客廳裡，光這一點就讓我覺得是難得的樂事，因為我女兒不常花時間單獨陪我。通常她忙著要處理工作或她女兒瑞吉娜或一千件她必須對付的其他事情，沒空陪她自己的老媽。但這個下午，她似乎滿足於只是喝茶，同時只是……聊天。談原先我所知是馬修和凱莉．葛林的那兩個人。

「所以這就是為什麼他們總是緊閉窗簾，」我說，「為什麼他身上帶著槍。為什麼他在窗子上裝鐵柵。為什麼他從不跟其他鄰居來往。」

「她是他們的明星證人，媽，他們得保住她的性命。之前已經幫她換了兩個地方，但是他總之就是有辦法查到她的下落。」

「因為里維爾警局裡有人通風報信。」

珍點頭。「多虧你，他們現在知道了。而且他們會查出到底是誰。」

聽到我的警察女兒這麼誇讚，我覺得有點小小的得意。

「葛瑞里兩星期前看到那輛廂型車出現，就有了警覺，」她說，「所以他們已經把她移到另外一個安全屋了。」

「但是對街的房子裡還是有人住，我看到裡頭亮著燈。」

「他還待在裡頭，好讓房子看起來有人住，也一面可以留意那輛廂型車。然後你就攪和進去了。」

「我想，我還把事情搞砸了。」

「不，媽。你給了他們一個理由，終於可以動手逮捕他。他們原先就差一個罪證確鑿的罪名，而現在他們有了他綁架的證據。他們老早就在他的Escalade休旅車上裝了追蹤器，所以跟著追蹤器就能找到你。他開始開槍時，就讓警方別無選擇，只能還擊。現在也不必審判了。」

「你還記得你小時候我跟你講過的話，有關選擇的？」

珍大笑。「記得，綁架你真是個壞選擇。」

我望著窗外，注視對街的房子。現在沒有人住在裡頭了，我得承認我想念葛林夫婦。我想念所有的謎團，所有引人好奇的可能性。現在只剩我們這個無趣的老社區，我唯一曾設法解開的謎團，就是誰跟誰搞外遇。

「說到做出壞選擇的人，」我說，「我終於搞清為什麼瑞克・塔利朝賴瑞・李歐波開槍了。我原先一直以為是瑞克雇了私家偵探，才發現老婆外遇。但結果是崔莎告訴他的。」

「崔莎知道？」

「她來過這裡，謝謝我阻止她父親殺了賴瑞。」

「那崔莎是怎麼發現的？」

「生物課。他們正在上遺傳學，必須測自己的血型。崔莎是B型陽性，她母親是A型陽性。問題是，瑞克是O型陽性，所以不可能是她的親生父親。這就是為什麼崔莎那麼氣自己的母親。她告訴瑞克，然後瑞克從賈姬那裡問出是誰，就跑去賴瑞家了。」

珍沉默了好久，我看得出她正在想別的事情。這是常有的狀況，我講我的，她的心思早就飄到別的事情上頭去了。那些事總是比她老媽說什麼更重要。現在她隨時都會找個藉口，結束這場無聊的談話，然後就離開。

「耶穌啊，媽。」她說，忽然從椅子上跳起來。

「我知道，」我嘆氣。「你得離開了。」

「你剛剛破解了！謝謝！」

「什麼？我說了什麼？」

「血型！我早該明白，一切都跟血型有關。」她走向門。「我有一大堆工作要做了。」

「你在說什麼啊？」

「索菲亞·蘇瓦雷茲。我之前全都搞錯了。」

38

艾美

瑞卓利警探又來了。隔著門廳的窗子，艾美看到她站在前門外，心裡納悶著，在她們上次談過的幾個星期後，她不明白為什麼這位女警探又跑來。或許有一些最後的細節要在正式結案之前弄清楚，形式上還有一些小地方要確認。

艾美打開門，朝珍露出微笑。「我不知道你今天要過來。很高興又見到你。」

「我想來看一下你和你母親近況如何。」

「我們很好，謝謝你的關心。事情全都結束了，我們現在都睡得比以前好多了。請進。」

「你媽媽在家嗎？」瑞卓利說，一邊走進屋內。

「她剛剛出門去買些雜貨，不過很快就會回來。你想跟她談嗎？」

「是的。另外也要跟你談。」

「我們去廚房吧。我正要泡茶。你要一起喝嗎？」

「那就太好了，謝謝。」

她們進入廚房，艾美開始燒水。這是她母親很久以前教她的：上午就請客人喝咖啡，下午就請他們喝茶。無論哪樣，一定要提供客人喝的。艾美等著水燒開時，看到瑞卓利警探用手機打了一則簡訊，然後若有所思地看了廚房一圈。那就好像她是第一次看到這個廚房，不過這當然不是瑞卓利第一次來他們家。或許她只是在欣賞那個不鏽鋼的Sub-Zero冰箱，或是六個灶口的Viking爐子，這些設備都是她母親非常自豪的。

「她是優秀的廚師，不是嗎？你媽媽。」

「她每樣東西都從頭做起。這一點她很得意。」艾美說，打開一個塑膠盒，裡面裝著茱麗恩烘焙的檸檬方塊。

「她是怎麼學會烹飪的？」

「不曉得。她只是向來都在做。小時候她就靠廚藝賺錢養家。在餐廳、咖啡店工作。」

「我聽說她就是這樣認識安淳姆醫師的，在醫院對面的小餐館。」

艾美大笑。「那個故事我聽過一千次了。」

「那是發生在你們剛搬到波士頓的時候？」

「我九歲那年。當時我們住在多徹斯特一戶好可怕的小公寓。然後媽媽認識了爸爸，一切就改變了。」艾美把檸檬方塊在一個漂亮的瓷盤上擺好，然後放在餐桌上。食物的吸引力，擺盤佔了一半。她母親總是這麼說。

「搬來波士頓之前，你和你媽媽住過哪些地方？」

「很多不同的地方。伍斯特、紐約州北部。」

「還有佛蒙特州，你是在那邊出生的，對不對？」「唔，我不記得那麼早的事情了。」

「你還記得曾住在緬因州嗎？」

「我們沒住過那裡。」艾美從茶罐裡舀出烏龍茶葉，放進茶壺裡沖了熱水，讓茶葉泡開。

「但是你們去過。」

「去過一次，是度假。爸爸想去看那裡的燈塔，結果一整個星期都在下雨。我們後來就沒再去過了。」

她們在餐桌旁沉默對坐一會兒，廚房的時鐘滴答輕響，茶葉泡著。這些閒聊似乎只是消磨時間，瑞卓利警探來這裡的真正目的想必是要跟茱麗恩談。茶還沒完全泡開，但是艾美仍是倒了兩杯，其中一杯推過去給訪客，然後她拿起自己的那杯要喝。

「在你喝茶之前，我得先幫你做口腔棉棒採樣。」瑞卓利說。

艾美放下杯子，皺眉看著瑞卓利從口袋掏出棉棒，拿掉蓋子。「為什麼？這是要做什麼用的？」

「只是為了排除嫌疑。那把刀上頭的血不止一個人，實驗室需要當時木屋內每一個人的DNA。」

「但是你知道我媽媽那天夜裡割傷自己。所以她的血會在那把刀上啊。」

「我們也需要你的DNA。只是為了結掉這個案子。這是例行程序。」

「好吧。」艾美最後說。

瑞卓利採了樣，重新蓋上棉棒的蓋子，放進自己的口袋。「現在，告訴我你最近怎麼樣，艾美。這幾個星期對你來說一定很辛苦。被那個男人跟蹤。」

艾美捧著那杯熱茶。「我現在沒事了。」

「真的嗎？因為有某種程度的創傷後壓力症候群是很正常的。」

「我會做噩夢，」艾美承認。「爸爸說我最好就是保持忙碌。回到學校，拿到我的學位。」她悽慘地笑了一聲。「即使媽媽希望我永遠待在家裡，跟她在一起。」

「她向來都這麼保護你嗎？」

「一直都是，」艾美微笑。「在她認識爸爸前，只有我們母女兩個。我還記得以前我們會在車上唱這首歌：你和我對抗全世界。」

「你能記得多早的事情？」

這個問題讓艾美愣了一下。她們的對話忽然改變了，轉向另一個新方向，讓她覺得很困惑。她被瑞卓利專注的目光搞得不安，那眼神彷彿正迫切期待艾美講的每一個字。現在感覺上這不是喝茶閒聊了，而開始像是在偵訊。

「你為什麼問這些問題？」

「因為我還在設法了解詹姆斯·柯瑞騰的動機。為什麼他跟蹤你？是什麼讓你對他而言這麼特別？他第一次看到你是什麼時候？」

「在墓園。」

「或者更早？有可能會是在你非常小的時候，詹姆斯．柯瑞騰就認識你母親了？」

「不，如果是這樣，她會告訴我的。」艾美喝了一口茶，但是茶已經冷了。她注意到瑞卓利都沒碰她那杯茶，只是坐在那裡看著她。

「跟我談談你父親吧，艾美。不是安淳姆醫師，而是你的親生父親。」

「為什麼？」

「這很重要。」

「我盡量不要去想他，永遠不想。」

「但是你一定記得他。當你母親嫁給麥可．安淳姆的時候，你已經十歲了。我看過安淳姆醫師書房裡的結婚照。你當時是花童。」

艾美點頭。「他們是在燈籠湖畔結婚的。」

「那你的親生父親呢？」

「對我來說，麥可．安淳姆就是我父親。」

「但是還有另一個男人，名叫布魯斯．福拉格勒。他是個打零工的木匠，常常搬家，修理陽台、整修廚房。」

「布魯斯跟這事情有什麼關係？」

「所以你還記得他的名字。」

「我盡量不要。」艾美忽然站起來，拿起放在料理檯上的手機。「我要傳簡訊給我媽，請她馬上回家。她可以回答你的問題。」

「我必須知道你記得些什麼。」

「我不想記得！他好可怕。」

「你母親說她是在你八歲時跟他分手的。八歲夠大，可以記得很多細節。」

「沒錯，我那時候夠大，記得他打她。我記得她把我推進我臥室，讓我遠離他。」

「布魯斯・福拉格勒發生了什麼事？」

「去問我母親。」

「你不知道嗎？」

艾美坐下，看著桌子對面的珍。「我記得的是我們離開他那天。我們把自己的衣服塞進一個行李箱，跳上車子。媽媽跟我說一切都會沒事的，說我們要去進行一場大冒險，只有我們兩個。我們會離得遠遠的，他永遠找不到我們，而且我們再也不會害怕了。」

「他現在人在哪裡？」

「我不在乎。你為什麼要在乎？」

「我必須找到他，艾美。」

「為什麼？」

「因為我相信他十九年前殺了一個女人。他在她家掐死她，帶走了她三歲的女兒。我得把他關進大牢裡。」

艾美的手機發出叮的一聲。她低頭看，是一則她母親發的簡訊。

「你母親知道布魯斯做了什麼嗎？她就是因此離開他嗎？」

艾美打了回覆的簡訊，然後放下手機。

「你知道跟她同居的那個男人是謀殺凶手嗎？」珍問。

她們兩個人都聽到鑰匙插入前門的聲音，然後艾美跳起來。「她到家了。你不妨就直接去問她吧？」

茱麗恩提著一個雜貨袋走進廚房，新鮮九層塔的香氣隨著她飄進來。她把袋子放在料理檯上，裡頭的玻璃瓶撞得叮噹響，然後她朝珍露出微笑。「瑞卓利警探，要是早知道你要來，我就會早點趕回家。」

「艾美和我只是在聊一下近況。」瑞卓利說。

「她幫我做了口腔棉棒採樣，媽。」艾美說。

「艾美的？」茱麗恩皺眉。「為什麼？現在這個噩夢全都結束了——」

「你是這樣想的嗎？全都結束了？」

茱麗恩打量了瑞卓利一會兒，艾美不喜歡隨後那段漫長的沉默。她不喜歡她母親的笑容消失。茱麗恩的臉現在難以理解，像個空白的面具，那是艾美以前看過的，而且她知道那意味著什麼。

「我也得幫你做口腔棉棒採樣，安淳姆太太。」

「但是你已經知道那把刀上有我的血跡。你那天夜裡也看到我手上的割傷。我割傷是因為要保護我女兒，要抵抗那個男人。」

「他的名字是詹姆斯・柯瑞騰。」

「管他叫什麼名字！」

「我很確定你知道他的名字，安淳姆太太。而且你知道為什麼他對你女兒這麼感興趣。他完全有理由。」

「我不明白你在說什麼。」

「告訴我有關艾美的親生父親吧。我相信他的名字是布魯斯・福拉格勒。」

「我們不說這個名字的。絕對不說。」

「為什麼？」

「因為他是個錯誤。我這輩子最大的錯誤。我認識他的時候才十七歲。然後花了十年才終於脫身。」

「布魯斯現在人在哪裡？」

「我不知道。或許在揍另外一個可憐的女人。要不是我當初離開他，我早就沒命了。或許艾美也會沒命。」

「你會為艾美做任何事，不是嗎？」

「那當然。」茱麗恩看著艾美。「她是我女兒。」

「但我不認為她是，安淳姆太太。」

艾美的目光來回看著兩個女人，不確定要做什麼、說什麼。她母親整個人靜止不動，但她的臉毫無恐慌的跡象。「艾美，」茱麗恩冷靜地說，「請到樓上我的臥室裡，把我們的舊相簿拿來。有你嬰兒時期和出生證明的那本。就在衣櫃裡上方的架子。另外把我的護照也拿來，放在我的絲巾抽屜裡。」

「媽？」艾美說。

「去吧，甜心。警方只是搞混了。一切都會沒事的。」

艾美雙腿發抖地走出廚房，爬上樓梯去父母的臥室。她走到她母親的衣櫃，伸手去搆架上的那一疊相簿，拿下來放在床上，找到了她母親要的那本。她知道是這本沒有錯，因為這本很舊，有二十年了，裝訂邊都開始崩裂，但她還是打開封面確認一下。第一頁是年輕的茱麗恩站在一棵櫟樹下，懷裡抱著一個黑髮嬰兒。在那張照片的隔頁，也就是封面裡頁，是一張嬰兒平安出生的證明，裡頭記載著艾美．威爾曼生於佛蒙特州，體重二四五〇克。父親姓名那一欄是空白的。她闔上相簿，坐在床上一會兒，想著接下來會發生什麼。她想著母親會做的事情，還有她必須做的事情。

她走到房間另一頭她母親的抽屜櫃，打開最上層的抽屜。她把整齊疊好的絲巾撥到一邊，去拿她母親要她來取的東西。

39

珍

「她不知道自己的親生父親是誰，對吧？」珍說。

兩個女人隔著廚房餐桌面對面，茶壺和茶杯和一盤檸檬方塊放在兩人之間。這麼平靜而家常的環境裡，卻是在進行一場偵訊。

「我可以給你看她的出生證明，」茱麗恩說，「我可以給你看我抱著她的照片，就在她剛出生的時候，照片不會撒謊的。我可以證明我是艾美的母親。」

「我相信那些照片是真的，安淳姆太太。我相信你的確是艾美的母親。」珍頓了一下，目光緊盯著茱麗恩。「但是真正的艾美死了，對吧？」

茱麗恩整個人變得靜止不動。珍幾乎看得到她那張煞費苦心維護的面具上，開始出現了小小的裂紋。

「你真正的女兒是怎麼死的？」珍輕聲問。

「她*就是*我女兒。」

「但她不是艾美。你女兒的遺骸——真正的艾美——兩年前被發現了，在緬因州的一個州立公園。那裡離你以前跟男友布魯斯．福拉格勒同住的地方只有一小段距離。福拉格勒是木匠，曾幫忙整修艾路易絲．柯瑞騰教授的廚房。布魯斯有家暴的前科，我們知道他攻擊過你。小艾美就是這樣死的嗎？他殺了她？」

茱麗恩沒吭聲。

「警方不曉得那具遺骸是誰的。對他們來說，那只是個無名氏女嬰，埋在樹林的一個淺坑裡。但是現在我們知道她有名字：艾美。我無法想像當時你失去那個小女孩有多麼傷心。要是換了我，碰到這樣的事情，可能根本就不想活了。」

「他說那是意外，」茱麗恩輕聲說，「他說她摔下樓梯。我永遠無法確定真相是什麼……」她深吸一口氣，注視著窗外，彷彿看到了那一天，她失去孩子的那一刻。「我當時的確想死。我試過。」

「為什麼你沒報警？」

「本來是要報警的。但是接著那天晚上，他帶她回家了。她那麼小，那麼害怕。她需要我。」

「他帶了另一個小艾美給你，好封你的口。一個新的艾美，取代他弄壞的那個。這就是為什麼你從來沒去報警。為什麼你給了他綁架她那一夜的不在場證明，這麼一來，你才能留下你的新女兒。但她不是你的。布魯斯跟你說過他怎麼殺害她母親嗎？他怎麼兩手掐住她的喉嚨？」

「他說他當時慌了。他說小孩大哭時，吵醒了母親，他唯一能做的就是——」

「勒死她，用他唯一有的武器，就是他的雙手。」

「我不知道那是怎麼發生的！我只知道這個小女孩需要我愛她。照顧她。她要花一點時間，才能忘記另一個女人，但是她終於忘了。她逐漸懂得愛我，懂得我才是她母親。」

「她本來也有父親的，茱麗恩。她父親也很愛她，而且絕對不會停止尋找她。所以你和布魯斯就收拾東西搬離緬因州。你改了名，搬到麻州、新罕布夏州，最後搬到紐約州北部。就在那裡，你終於設法離開他。你帶著新女兒搬到波士頓，在這裡，生平第一次，你的生活終於順利起來。你嫁給一個不錯的男人。你住在這棟好房子裡。一切都很完美——直到艾美出了車禍。那完全就是一時倒楣的隨機事件，害她住進醫院。結果卻改變了一切。」

茱麗恩的臉沒有緊張的抽搐，雙眼裡沒有緊張的神色，珍忽然想著自己是不是全都搞錯了，茱麗恩會不會忽然拿出自己無辜的證據來。

不，我的推斷是對的，我知道我是對的。

「艾美住進了加護病房，索菲亞．蘇瓦雷茲是負責照顧她的護理師。索菲亞看到艾美胸部有小時候心臟手術的疤痕，看到了艾美的血型是罕見的AB型陰性。於是她想起自己十九年前照顧過的一個病人。一個三歲的小女孩，血型AB型陰性，動過心臟手術。她清楚記得那個小女孩，因為後來發生在她身上那個不幸事件。小莉莉．柯瑞騰在家裡被綁走，從此下落不明。現在，十九年後，索菲亞看到艾美的手術疤痕，但這個手術在她的醫療紀錄上完全沒有。她還注意到她罕見的血型。」

「你怎麼可能知道這一切？」

「因為索菲亞．蘇瓦雷茲留下了種種線索，我得全部拼湊起來：她上網搜尋血型的紀錄。她尋找詹姆斯．柯瑞騰。她打電話給加州的一個護理師老同事，那個老同事也清楚記得莉莉被綁架的案子。但是安淳姆醫師是索菲亞的朋友，她不能跟他提起自己的懷疑。所以她很低調地到處詢問，這些問題一定讓你警覺起來。有關艾美的心臟手術為什麼沒出現在她的醫療紀錄中。」

「那是因為我們搬家太多次了！艾美和我住過很多不同的地方，不同的州。那些紀錄遺失了。」

「那麼，當你自己的女兒明明很需要輸血的時候，你為什麼都沒捐血給她？索菲亞一定也很納悶。我不曉得你講的藉口是什麼，但是我知道真正的原因。你不能捐血給她，因為你是O型陽性，茱麗恩。索菲亞曾打電話給一個病歷部的朋友查了你的病歷，得知了這件事。如果你不是她母親，那麼她的親生父母是誰？索菲亞知道唯一查清楚的方式，就是驗DNA。

「所以她去追查詹姆斯．柯瑞騰的下落。她查到他以前的舊地址，寄了一封信過去，最後轉到他手上。他就是這樣得知自己的女兒莉莉可能還活著。那個男人不是隨機挑上一個人跟蹤，他是想查出艾美是不是就是他的親生女兒。」

「媽，我拿到了。」艾美說。她回到樓下，走進廚房，手裡拿著一本相簿，放在餐桌上。

「來吧，」茱麗恩說，把相簿推向珍。「打開來，你自己看。」

相簿的裝訂邊快要脫落，紙頁變得硬脆。珍動作輕柔地打開相簿封面，看到一張褪色的照片，裡頭是年輕的茱麗恩，懷裡抱著一個黑髮嬰兒。

「看到沒？」茱麗恩說，「那就是我和艾美。她當時才幾個月大，但是她已經長出了滿頭的頭髮。漂亮的黑髮。」她看著女兒。「就像她現在這樣。」

「多虧了染髮劑。」珍說。

茱麗恩皺眉看著她。「什麼？」

「我在你的湖畔小屋看到了一盒染髮劑。當時我以為是你的，用來染白頭髮的髮根。但其實是用在你女兒身上，對吧？好讓她的頭髮保持黑色。」珍看著艾美，她默默僵立在一旁。「又一個我原先忽略的細節，但是一個護理師會注意到的。護理師會幫她洗澡，幫她洗頭，注意到她剛冒出來的髮根處是金髮。」她的目光又回到茱麗恩身上。「索菲亞是什麼時候終於去找你當面問的？她是什麼時候告訴你她知道艾美不是你親生女兒的？」

茱麗恩的雙手開始顫抖，她為了穩住，緊握在一起，那些手指聚攏得好緊，於是指節特別突出，色白如骨。

「這就是你去索菲亞家的原因嗎？去懇求她別揭穿這個秘密？或許你原先沒計畫要殺她。這一點我姑且假設是這樣。但是那一夜你還帶了一把鐵鎚，以防萬一。」

「她就是不肯聽！」茱麗恩哭著說，「我唯一的要求就是請她保持沉默，讓我們繼續過自己的日子……」

「但是她不肯，對吧？她拒絕了，因為她知道那是不對的。所以你就拿出鐵鎚，解決了這個問題。接著你打破廚房後門上的窗子，偷走幾樣東西，好讓整個狀況看起來像是遭了小偷。你一定以為自己掩蓋掉每個細節。直到詹姆斯．柯瑞騰出現，要找他的女兒。然後你也得解決這個問題了。」

「那是自衛！他攻擊我們。」

「不，他沒有。攻擊是你策劃的。你打了他的拋棄式手機，邀他到湖畔小屋跟你碰面。」茱麗恩抓起自己的手機，朝珍遞過去。「來，你去查我的通話紀錄，就會知道我從來沒有打過電話給他。」

「不是從你的手機打的，你沒那麼粗心大意。我們有柯瑞騰那支拋棄式手機的通聯紀錄，你是從公用電話打給他的。現在要找公用電話不太容易，但是你在一處高速公路休息站找到了。對你來說，很不幸的是，休息站也有監視攝影機，拍到了你。就在柯瑞騰的拋棄式手機接到那通電話的時間，你被拍到站在那具公用電話前。你是跟他保證他來了之後，就可以跟他的女兒談談嗎？他罹患癌症快死了，只剩不到一年的時間。他一定很想看到原以為失去的女兒，所以他當然會去湖畔小屋。因為是你邀他去的。只不過那是個陷阱。你引誘他踏入，用刀把他刺死，把鐵鎚栽贓到他車上。你甚至還把自己女兒的脖子掐得瘀青，好讓我們相信他攻擊她。所有原先沒解決的問題，你全都處理掉了。」

「我這麼做是為了我們，為了艾美。」茱麗恩深吸了一口氣，輕聲說：「我所做的一切，都是為了她。」

這一點珍並不懷疑。世上最有力量的，莫過於父母對子女的愛。這種美麗又可怕的愛，導致兩個無辜的人被謀殺。

「媽，」艾美說，「你希望我怎麼做？」

珍轉身，這才頭一次看到艾美雙手裡握著的槍。她的手指已經搭在扳機上，握得並不穩，槍管搖晃著。那是一個嚇壞的年輕女人，就要犯下一個可怕的錯誤。

「我們會做我們向來做的，」茱麗恩說，「我們會度過這件事，親愛的，我們會繼續往前走。」她站起來，拿走女兒手上的槍，指著珍。「站起來，」她命令道，「艾美，拿走她的槍。」

珍冷靜地站起來，舉著雙手，同時艾美抽走了珍槍套裡的手槍。「我想我們要上車開一段路吧？」珍說。

「我不要鮮血弄髒我的廚房。」

「茱麗恩，你這樣會讓狀況更糟糕。對你們母女都是。」

「我只是在解決事情。就像我向來做的那樣。」

「你真的想害你女兒陷得更深嗎？你謀殺詹姆斯．柯瑞騰時，已經害她成為共犯了。」

「快點，」茱麗恩命令。「走出前門。」

珍看著艾美。「你可以阻止這個，你可以阻止她。」

「快點。」茱麗恩的雙手握緊了手槍，而且不像艾美，她握得很穩，準確地指著目標。她殺過人；再殺一個也絕對不會猶豫的。

珍走出廚房、進入通往門廳的走廊時，可以感覺到那把槍瞄準自己的背部。她沒辦法跑贏子彈；除了順從也別無選擇。她走到前門暫停。轉身再一次看著茱麗恩和艾美。雖然沒有血緣關係，但這兩個女人依然是母女，而且她們會保護彼此。

「最後一次機會，艾美。」珍說。

「照我媽說的去做就是了。」

所以結局就是這樣了，珍心想。她打開門踏出去，聽到茱麗恩看著眼前的景象而猛吸一口氣：巴瑞・佛斯特和兩名波士頓警局的巡邏警察站在前院裡，他們早已準備好要抓人，就等茱麗恩出現。

「結束了，安淳姆太太。」珍說。

「不。」茱麗恩的槍轉向佛斯特，然後又轉向珍。「不。」

兩名巡邏警察手上的槍都瞄準茱麗恩，但珍舉起一手命令他們不要開槍。之前已經流過夠多血了；她希望這個收場不要有更多流血。

「把槍給我。」珍說。

「當時我非得那樣做不可，你還不明白嗎？我沒別的選擇。」

「但是你現在有選擇。」

「那會拆散我們家。我為了保護她，做了那麼多——」

「你是個好母親。這一點沒有人懷疑。」

「好母親，」茱麗恩輕聲說。她往下看著手裡的槍，槍管依然指著珍。「好母親會做必須做的事。」

不，珍心想。

但是茱麗恩已經舉槍指向自己的頭。手指在扳機上，槍管指著自己的太陽穴。

「媽，不要！」艾美哭喊，「拜託，媽咪。」

茱麗恩整個人完全不動。

「我愛你，」艾美哭著說，「我需要你。」她緩緩走向她母親。

雖然珍很想衝到她們兩個之間，把艾美推開，免得她受傷，但是她知道艾美是唯一有辦法接近茱麗恩的人。艾美可以結束這一切。

「媽咪，」艾美嗚咽著，雙臂抱住茱麗恩，頭靠在母親的肩上。「媽咪，不要離開我。拜託。」

茱麗恩手裡的槍緩緩垂下。當珍從她手裡拿走槍時，她沒有抗拒。接著佛斯特把她雙手拉到背後、銬上手銬時，她也沒有抗拒。他抓著她一隻手臂，把她拖著離開她的女兒。

「不，不要抓走她。」艾美說，看著佛斯特帶茱麗恩走向巡邏車。

珍拿出手銬，銬住艾美的手腕，帶著她走向另一輛車。直到此時，兩個女人被帶往不同的方向，茱麗恩才開始掙扎，想掙脫佛斯特。

「艾美！」她大叫，同時佛斯特努力把她推進巡邏車。當車門甩上、把她鎖在裡面、隔開她和女兒時，她令人毛骨聳然的哭聲轉為尖叫。

「艾美！」

即使巡邏車開走了，珍還能聽到那尖叫，在茱麗恩離去之後，那絕望的回音仍在空氣中繚繞不絕。

40

安琪拉

我站在機場手扶電梯下頭等著文斯抵達時，感覺每個人都在盯著我瞧。也難怪；我看起來很可怕。現在我臉上的瘀傷比四天前逃離那棟倉庫時還要紫，臉頰腫得像個膨脹的氣球。這些是女戰士的瘀傷，我不會因此覺得不好意思。相反地，我覺得很驕傲，因為我希望文斯看到我是個多麼強悍的甜心。在行李提領處，我周圍熙來攘往的人群中，有幾個人可以說他們被綁架之後活下來，而且還曾讓一個鄰居繳械的？

這就是瑞卓利家女人的作風。難怪我女兒當警察那麼厲害。

一隻手輕輕放在我的手臂上，我回頭看到一個眼神和善的年輕女子，正關切地皺眉看著我。

「請原諒我這麼問，」她輕聲說，「但是你還好嗎？你安全嗎？」

「啊，你是指這個？」我指著我的臉。

「有人傷害你嗎？」

「是啊。他揍我揍得滿慘的。」

「啊蜜糖，我希望你報警了。我希望你提出控告。」

「不用。他已經死了。」

我的笑容好像嚇到她，於是她緩緩退開了。

「不過謝謝你問起！」我朝著她的背影說。真是好心的小姐，還會關心我的安好而詢問。我們全都該效法她，彼此留意，彼此照顧。我已經是這樣做了，因為我天性如此，即使我常常看起來像是在多管閒事。只因為問了太多問題、去管別人的事情，我得到了臉上這些瘀青，但這也是為什麼賴瑞．李歐波還活著，瑞克．塔利不會餘生都待在牢裡，而且不曉得姓什麼的妮娜小姐再也不必一輩子害怕了。

「安琪拉？啊老天，寶貝！」

我轉身看到文斯下了手扶電梯。他扔下他的手提行李，抓住我的雙肩凝視著我。

「啊，蜜糖，」他說，「這比珍告訴我的要嚴重太多了。」

「你跟她談過了？」

「昨天。她打電話警告我說你有黑眼圈，但是她都沒說你被打得這麼慘。我發誓，要不是那個狗娘養的已經死了，我會親手宰了他！」

我雙手捧住他的臉，小心翼翼靠過去吻他。「我知道你會的，甜心。」

「我不該待在加州。我應該待在這裡照顧你的。」

「我想我把自己照顧得很不錯。」

「根據你女兒的說法可不是這樣。她說你變成某種鄰里的守護者。她說我應該好好說你幾句，告訴你捲入不該管的事情有多麼危險。」

「這個我們回家再談吧。」

但是我們到家、走進前門後，我就覺得完全不想談這件事了。於是我們沒談，我只是拿了一瓶義大利奇揚地產區的葡萄酒進客廳，倒了兩杯。我吻了他，他也回吻我。他因為吃太多速食、又成天跟他姊姊關在家裡而養出的肚子往外凸。而且他因為剛下飛機而滿臉疲態，太疲倦了。我們擁住彼此，感覺上我的世界忽然又變得正常，過去幾星期的瘋狂彷彿從來沒有發生過。這就是該有的樣子：文斯和我，喝著葡萄酒，晚餐在烤箱裡。

隔著窗子，有個動靜吸引了我的目光。我望向對街，發現喬納斯又在舉重了。他沒朝我家看，因為他知道我已經曉得他的秘密，他並不是他自稱的那個身分。我發現了鄰居好多秘密。我知道誰跟誰搞過外遇，我知道誰其實沒在海軍海豹特種部隊待過，我知道誰曾為自己的性命可能不保而嚇得半死。而且最重要的，我知道我可以仰賴誰會陪著我衝進一場戰役中，即使她會一邊猛喘又咳嗽。

沒錯，我現在對所有鄰居都更了解一點，而他們也更了解我一點，即使我們不見得總是想法一致，有時候還會彼此不講話，偶爾甚至會有人想殺掉對方。但這是我的鄰里，總得有個人留意一切。

這個人不妨是我。

41

艾美

六個月後

她金色的髮根長出來了。每回她照鏡子，就會看到那些頭髮從她的頭皮冒出來，像是一個金色頭冠。就她記憶所及，她的頭髮一直是黑的，每隔兩三個星期，她母親就會執迷地把她的淺色髮根染黑。為了安全，我們就得這樣，茱麗恩會說。而她們會做出以前那些事，原因就是為了安全。她們染髮。從一個小鎮搬到另一個小鎮。重複地警告：絕對不要相信任何人，艾美。你永遠不曉得誰會背叛你。

但接著她們搬到波士頓，她母親在醫院對街的小餐館找到工作，認識了麥可．安淳姆醫師。他們愛上彼此，茱麗恩拋開了她自己的警告。他們成為一家人。他們有了個家，永久的家，她們永遠不必離開。她們終於安全了。

直到一個完全隨機的肇事逃逸車禍，讓艾美住進醫院，那裡有個名叫索菲亞的護理師看到艾美胸部的疤痕、她病歷上罕見的血型，還有她黑色頭髮底下冒出來的金色髮根。

於是她們安全的小世界內爆了。

她的金色髮根從來沒有像現在這麼長過，以前從來不可能的。艾美略略低頭，手指撫過頭上雙色的髮絲。這回她不會再費事染黑了。她會讓頭髮留長，這是她轉變的一部分，回去當她曾經是的那個女孩，對她而言依然很陌生的那個女孩。每星期她都會多放棄一點自己，多放棄一點艾美，直到回復到她真正的身分。

莉莉再也沒有任何理由躲藏了；現在人人都知道真相。或者部分的真相。

永遠不會有人知道全貌的。

茱麗恩已經招供自己殺了索菲亞．蘇瓦雷茲和詹姆斯．柯瑞騰。除了招供，她也沒什麼選擇；證據都在，在她打給柯瑞騰的電話通聯紀錄裡，那通電話她保證他終於可以跟他失蹤多年的女兒莉莉相聚。他沒跟蹤她們去燈籠湖。他是受邀去那裡的。

DNA證明了他是艾美的親生父親，但那只表示他是精子提供者。他沒看著她長大。餵她吃飯、幫她換衣服、唱歌哄她的是茱麗恩。保護她的是茱麗恩。

而且到最後，茱麗恩為了她犧牲自己。茱麗恩對兩樁謀殺都認罪，好讓艾美可以全身而退，所有對艾美的控告罪名都撤銷了。畢竟，艾美只是個被害人，一個從小被綁架的小孩，多年來跟她的照顧者產生了深厚的情感，因而讓忠誠影響了她的判斷。她愛她母親；她當然會去幫她母親取槍。她當然會對詹姆斯．柯瑞騰的死說謊。她當然會保護茱麗恩。

就像我以前保護她那樣。

她回想起八歲那年，她們母女跟布魯斯住在史密斯丘路那棟租來的醜房子裡。她記得她窗外就是高聳的山坡，牆壁上陳年的菸燻臭味繚繞不去。她記得這一切，連她那個小房間的髒壁紙都記得清清楚楚。褪色的藍色矢車菊。她會蜷縮在床上，聽著母親房間裡的吼叫。她會看著牆上那些盛開的矢車菊，手指跳過壁紙上撕開的地方，看著下頭露出的舊壁紙，是破爛的綠色紋樣。在最漂亮的表面之下，總是有一些醜陋等著要展現。她曾花了多少個小時摳那些壁紙，渴望身在別處，同時傾聽著茱麗恩的啜泣，以及布魯斯拳頭打在她身上的砰砰聲？還有他總是用來逼茱麗恩服從的那些話：要是我完蛋，你也會完蛋。要是你說出我做了什麼，他們就會帶走你女兒。

然後有一天，一切都停止了。有一天艾美再也受不了那些喊叫。那天她終於鼓起勇氣悄悄走出臥室，走進廚房，從抽屜拿了一把刀。當你夠絕望的時候，你就會有力氣將一把刀插進一個男人的背部。即使你才八歲。

但是那把刀插得不夠深，沒殺死布魯斯，只是更激怒他。他痛得大吼，轉身面對她，那一刻她看到聳立在面前的不是一個男人，而是一個怪物，他的怒氣現在正對準她。

她記得他雙手掐住她脖子時，他氣息中的酒味，同時自己就快被他掐死了。然後一切都轉黑，她再也不記得其他的。她沒看到茱麗恩抓起菜刀刺入他身體，一次又一次。

但是她記得自己恢復視覺後所看到的。布魯斯躺在地上，眼神狂亂，呼吸發出咕嚕聲。還有血。好多血。

「回你房間，親愛的，」她母親說，「關上門，待在裡面，等到我說可以再出來。一切都會沒事的，我保證。」

結果後來一切的確都沒事。艾美回到自己的房間，感覺上好像等到地老天荒。隔著關上的房門，她聽到有東西被拖動的聲音，接著是前廊台階的砰砰聲，然後是很長一段安靜。過了好久，傳來廚房水槽的水流聲，以及洗衣機的轟鳴旋轉。

當她母親終於叫她出來時，布魯斯不見了。潮溼的廚房地板乾淨極了，亞麻仁油地板發著微光。「他人呢？」她問。

她媽媽只說：「他離開了。」

「去了哪裡？」

「那不重要，甜心。重要的是他再也不會傷害我們了。不過你得答應我，絕對不能把今天發生的事情告訴任何人。只有這樣我們才會安全。答應我。」

艾美答應了。

一個星期後，她們上路了，只有她們母女兩人。你和我對抗全世界，她們唱著，開車離開那棟小屋。艾美始終不知道母親怎麼處理布魯斯的屍體，也從沒問過。或許把他埋在一片荒地裡，或是把他扔進一口廢棄的水井。茱麗恩向來擅長處理細節：她一定是把他丟在某個永遠不會被發現的地方，然後她回家把廚房地板刷得好乾淨，房東根本不知道那亞麻仁油地板裡有一個死去男人的血跡，只有顯微鏡才能驗出來。

有好長一段日子，她們都謹慎低調，搬來搬去。她們沒交到什麼朋友，也沒對任何地方產生依戀。沒人問起過布魯斯．福拉格勒的失蹤。沒有人在乎。只有艾美和她母親知道山坡下那棟悲慘小屋的廚房裡發生過什麼事，兩個人也絕口不提，因為愛需要勇氣，但有時也需要沉默。

浴室門忽然有人敲了一下，讓她回到眼前，回到波士頓她現在住的這棟房子。

「艾美？」她父親在門外喊，「要遲到了。」

「我馬上出來。」

「你——你確定要去探望她？」

她聽得出他聲音中的懷疑，以及痛苦。儘管艾美堅持每兩個星期都要去監獄探望母親一次，但麥可．安淳姆還是沒辦法面對茱麗恩。或許有一天，他會逐漸明白她為什麼要那麼做。他會明白絕望迫使她那一夜開車到索菲亞的房子，懇求她保持沉默。他會明白為什麼當她懇求失敗後，會從皮包裡拿出鐵鎚。

艾美明白。

她又看了鏡子一眼，想著她母親會不會對那些金色髮根不贊同。躲藏了這麼多年，這個新女孩終於從蛹殼裡冒出來，每一天頭髮都更金一點，更像莉莉一點。她還無法判定這樣是不是好事；她得問茱麗恩。茱麗恩會有答案的。

做媽媽的向來都有答案。

謝辭

原稿只是一個開始，接著還要把我寫的文字轉為成書，感謝在這個過程中每一個人所付出的辛勞和專業知識。大大感謝我的編輯 Jenny Chen（美國）和 Sarah Adams（英國）協助讓這個故事變得出色，還要謝謝我的文稿編輯幫忙我避免無數尷尬的錯誤，以及我在 Ballantine 和 Transworld 出版公司的團隊多年來熱誠的支持。同時也謝謝我不懈的文學經紀人 Meg Ruley 和無與倫比的 Jane Rotrosen 文學經紀公司。加油！

另外要謝謝我的丈夫 Jacob，謝謝你一直陪在我身邊。當作家的配偶並不容易，但你做得比任何人都好。

Storytella **162**

護理師

Listen to Me

護理師/泰絲.格里森作 ; 尤傳莉譯. -- 初版. -- 臺北市 : 春天出版國際文化有限公司, 2023.08
面 ;　公分. -- (Storytella ; 162)
譯自 : Listen to Me
ISBN 978-957-741-718-3(平裝)

874.57　　　112010565

ISBN 978-957-741-718-3
Printed in Taiwan

作　者　泰絲・格里森
譯　者　尤傳莉
總編輯　莊宜勳
主　編　鍾靈

出版者　春天出版國際文化有限公司
地　址　台北市大安區忠孝東路四段303號4樓之1
電　話　02-7733-4070
傳　眞　02-7733-4069
E－mail　bookspring@bookspring.com.tw
網　址　http://www.bookspring.com.tw
部落格　http://blog.pixnet.net/bookspring
郵政帳號　19705538
戶　名　春天出版國際文化有限公司
法律顧問　蕭顯忠律師事務所
出版日期　二〇二三年八月初版

定　價　440元

總經銷　楨德圖書事業有限公司
地　址　新北市新店區中興路二段196號8樓
電　話　02-8919-3186
傳　眞　02-8914-5524
香港總代理　一代匯集
地　址　九龍旺角塘尾道64號 龍駒企業大廈10 B&D室
電　話　852-2783-8102
傳　眞　852-2396-0050